Change Your Life

The Letters of Great Thinkers

见信如晤

20封哲思书信

[英] 艾达·布罗诺斯基 | 编著

Ada Bronowski

苏泓睿 | 译

陈斯一 | 审订

西苑出版社
XIYUAN PUBLISHING HOUSE

·北京·

序

对人类而言，交谈是一种最亲密的行为，写作是一种最孤独的行为。语言是理性的，说话似乎是人作为理性动物的特权，但交谈不仅仅是理性的，面对面交谈的双方会从彼此的声调和表情中获得许多言语无法传达的信息。特别是在亲密的人之间，有时不着边际的碎碎念不传达任何意义，却是最有效的沟通；又有时一切尽在不言中，唯有沉默的节奏起伏着，静悄悄地说出许多、听到许多。交谈的亲密就在于此。相比于语言，文字更加理性。文字的书写者把所有的信息转化为符号，每个符号都需要理性地解读才能被领会。当然，文字不仅能够传达思想，还能够传达情感，但符号与事物毕竟本质有别，正如画中的苹果尝不出甜味，再传神的辞藻也只是一串抽象的线条，作者牵着线条的一端，另一端漂浮于茫茫人海。写作的孤独就在于此。

在所有的写作中，哲学写作恐怕是最孤独的，因为它是最理性的。苏格拉底曾尝试不通过写作、仅通过交谈来从事哲学，然而若非柏拉图的写作（他的许多“对话录”所书写的正是苏格拉底如何与各式各样的人交谈），苏格拉底的哲学思想也不可能流传于世。不同于诗歌和文艺，哲学要思考存在的本质、生命的意义、人间的善恶，就必须用抽象的概念之网过滤掉一切感性与具象的个别性，提炼出普遍化的理性原则。如果文字是符号，那么概念就是符号的符号，每一套哲学概念都与生活经验隔着层层符号化的意义壁垒，而且哲学越是在历史上积累演变,它所编织的概念之网就越是复杂曲折，像一座不断内卷的迷宫，愈加遮蔽了生存经验的鲜活土壤。如今，除学术会议上的专业讨论之外，哲学早已无法供人们进行苏格拉底式的交谈。

幸好，这只是故事的一面。尽管哲学概念注定走向抽象，哲学思想注定追求超越时空的普遍真理，但是每一个概念、每一种思想，都必然生发于某一个在特定时空中生活着或生活过的人,生发于他／她的经验与处境、感受与思考。正是在这个意义上，一切普遍的理性原则都根植于个体生存所遭遇的感性具象，一切抽象的概念符号也都源自生动鲜活的经验和事件。正如苏格拉底和柏拉图的例子告诉我们的，哲学思想的一个重要源泉就是作为个体的哲学家与他人的哲学性对话——在哲学诞生的时刻，交谈曾是写作的土壤。尽管苏格拉底之后再无苏格拉底式的哲学家，柏拉图式的对话录文体也未能一直延续下去，但是带有哲学意味的人类交谈始终存在，始终为哲学的生长提供着新鲜的水源。诚然，未加记录的交谈就像历史长河中的浪花一般，每每在交谈停止之时便消散于时空并一去不返，但是这种交谈所实现的灵魂碰撞，作为人类精神经验至关重要的组成，却能经由写作而转化为哲学文本，从而超越历史、成为永恒。更加可贵的是，还有一些哲学交谈通过书信的方式保存至今，悉心阅读它们，我们就能领会思想如何生发于生活，概念如何根植于经验，对于真理的理性探究如何源自人与人之间充满感性的心灵交往。换言之，正是这些“哲思书信”的存在，让我们得以领会哲学的本源。

通信是一种交谈，也是一种写作。从一个角度看，通信不过是交谈的替代品，由于空间的间隔，信件只能传递文字表达的信息，无法还原面对面说话的丰富，也无法实现四目相对的亲密。但从另一个角度看，通信又是一种独特的写作，它拥有书面语的全部抽象力以及广度和深度，又不脱离通信双方最具体细微的人身处境。当你写信给某人——不是没有面孔的陌生读者，而是你熟知的某人——他／她读信的表情很容易浮现在你眼前，他／她的情绪你亦能感同身受；反过来讲，当你阅读朋友、亲人或爱人的来信，你会在头脑中以他／她的口吻默念信中字句，带着他／她的声线、语调、节奏甚至口音。你会更有耐心，不会打断，还可以反复阅读，仔细理解，无论你是否喜欢或赞同信中谈及之事，你都能更准确、更充分、更完整地理解他／她的思绪和观点。在这个意义上，通信可以比交谈更加亲密，因为它可以让心灵的交流更加深入，而这就是为什么，有些交谈恰恰只能通过书信的写作来实现，尤其是那些具有哲学意义的交谈。作为哲学交谈的媒介和记录，哲思书信在普遍与特殊、抽象与具体、思想与人身、哲学与心灵之间建立的联结，让它成为一种弥足珍贵的文体。历史上的哲思书信就像是一块块晶莹剔透的琥珀，每一块都藏着一个伟大灵魂的碎片。

本书收录了二十封来自西方的哲思书信，这些书信大部分出自哲学家之手（从古代的伊壁鸠鲁、塞涅卡，到近现代的笛卡尔、席勒、本雅明等），其中也有几篇，虽然并非严格意义上的哲学家所作（例如，叶卡捷琳娜大帝、剧作家王尔德、舞蹈家贝嘉），但它们同样传达了具有哲学意义的思考。正如本书编者艾达·布罗诺斯基（Ada Bronowski）在前言中写的："每一封独特的信件都关注着同一个问题，那就是我们该如何更好地生活。"凡是围绕这个最根本的哲学问题而展开的思考，无论是否运用"哲学概念"或"哲学论证"，在本书看来，都是具有哲学意义的思考。事实上，即便是严格意义上的哲学书信，我们所读到的也并非概念和论证，而是对他人的说服（例如，伊壁鸠鲁关于"活在当下"的劝导）、对自我的激励（例如，马可·奥勒留在他老师面前的自省），或朋友之间的探讨（例如，安妮·康韦和亨利·莫尔关于“颜色是否客观存在”的讨论）。除此之外，我们还会读到流亡途中的乡愁与安慰（杰曼·德·斯戴尔向德·苔丝夫人发出的和解呼唤）、对情人的责备（王尔德在狱中写给他那位忘恩负义的男友阿尔弗雷德·道格拉斯勋爵的控诉信）、对晚辈的启迪和鼓励（圣雄甘地给一位年轻远亲的回信、编舞大师贝嘉给年轻舞者的回信），甚至对昔日好友的痛斥（特吕弗写给戈达尔的信，这两位曾联手推动法国新浪潮运动的导演，最终因阶层和理念的冲突而决裂）……每封书信都包含着有待挖掘的思想，每封书信的背后也都有故事可寻。

本书以历史顺序呈现这二十封来自不同时空的哲思书信，在每封信后都附有一篇由专业学者撰写的导读，介绍书信的时代背景和写作缘由、通信双方的身份和社会关系，并对书信内容及其牵连问题进行解读与分析。走入这些书信和它们的故事，意味着走入那些真实发生过的交谈，走入交谈双方的内心并加入他们的交谈。相信以这种方式，读者能够异常亲密地触摸到哲学思想一次次萌生于人类心灵的瞬间。

陈斯一

2022 年 8 月

前　言

本书共收录二十位学者和艺术家所写的二十封书信，从罗马皇帝到17世纪英国贵族女子，从公元前3世纪的遁世哲人到20世纪的电影导演，书信作者来自不同年代，身处不同的社会环境，但是每一封独特的信件都关注着同一个问题，那就是我们该如何更好地生活。从如何面对死亡到如何承受生命，从如何获得快乐以及何为真正的快乐到何为幸福，还有如何珍惜时间，如何成善，作恶意味着什么，我们能否改变……本书中的二十封私人书信就在处理这些永恒而普遍的问题。

这些信件没有一封是写给普罗大众的，也没有任何一封信件——或者几乎没有——曾被认为有一天会被我们读到。在这个意义上，它们并不属于交换观点与见解的公共空间。以书信的方式公开交流观点这种实践在文艺复兴之后与现代之前的“文人共和国”达到顶峰，科学革命的伟大发现与启蒙运动的理念就是通过这种方式而被公之于众的。相比之下，本书收录的书信则是实实在在个人的和私人的，它们既不针对任何一个要与之争论的对手，不急于争先，也不为了取笑别人而做任何机智辛辣的嘲讽。我们在这些私人对话中可以看到，信件的作者们真诚而迫切地想要得到那些有关生活的艰深问题的答案，而没有人能避开这些问题。然而，当隐私可以为捍卫这些信件所阐发的真理发挥一定的作用时，这些问题就打破了书信的私人界限。在这些属于全体人类的问题面前，我们都是弗洛拉·特里斯坦笔下的“全人类的兄弟姐妹”，在这些作者的私人书信中留有我们自己的位置。

书信里阐发的思想是直接写给某一位真实存在的朋友的，而他们首先是根植于这些书信所处的具体历史背景当中的。一位叫作美诺西斯的人是伊壁鸠鲁的好朋友；安德鲁·贾克帕森是莱奥帕尔迪的好朋友，他们在1822年的冬天结识于罗马；德·苔丝夫人是杰曼·德·斯戴尔来自巴黎的朋友；马甘拉尔是甘地的远房表亲；莫里斯·贝嘉在书信中亲切地称他培养的最后一位舞蹈明星为纳韦尔……这些书信所展露的从容与亲切，不仅彰显了他们的情谊，也让这份情谊从其所处的时代背景中迸发出来。透过那一个个收信人，我们每一个突然醒悟要让生活有所改变的人都渴望倾听那回响在书信中的声音。

在古希腊哲学家柏拉图那里，哲学走在通向真理或某一个真理的道路上，而这些信件就是在向收信人指明踏上这条道路的方向。正是在这个意义上，这些信件是哲学的。这些信件不属于任何特殊的文学体裁的框架；也没有任何一位作者归属于一个被称作“哲学”的专业学科。在本书涉及的作者中，有一半都没有受过任何正式或非正式的学术训练，他们之中有很大一部分人对那些主流学术规范都只是略知一二，这意味着，我们不能简单地用这种规范之下的标准去评判他们。至于那些确实处在主流标准之下的作者，他们在写给朋友的信中却出人意料地显得不符合，甚至时常违背他们所阐发的某些核心教条与学说，而这些学说却成为他们在历史中留下的印记和标签。这一点尤其体现在笛卡尔身上。在写给他的笔友、落魄的波希米亚公主伊丽莎白的信中，笛卡尔意识到，在理论上成为一个二元论者或许很好，但这似乎与现实和生活经验相违背。笛卡尔是否（在私底下）放弃了他的二元论主张，又或者他本身并不真的坚持身体与心灵的二分？是否是这样一个没有在任何大学接受过任何一门哲学课程的女人让他看清楚了自己的错误？这些问题的答案将在本书的第五、第六章揭晓。

在标准的边缘，这二十位作者共同建立了一个特立独行的哲学传统，在“文人共和国”的阴影下，这一传统在私人书信中获得庇护并得到发展。有些女性在特殊的历史时期因其性别而被排斥在哲学之外，她们只能在私人通信提供的保护伞下找到允许她们进行思考和创造的友好环境。另外一些人仅仅在自己的世界中建立其学说，并没有要对抗或维护某种权威。还有一些人具备莱奥帕尔迪所说的“敏感性”，这让他们成为混合的思想家，他们不属于任何一个学派，学界也无法将他们归于任何一门专业，我们只能说他们是半个哲学家、半个诗人、半个舞者、半个政治活动家、半个电影创作者、半个剧作家。

在里尔克著名的十四行诗《远古的阿波罗躯干像》（1908）中，诗歌的结尾突如其来、毫无征兆地出现了这样一句指令、恳求或决议：“你必须改变你的生活。”里尔克抓住了一种醒悟和决定的瞬间，这个瞬间以不同的方式在所有信件中得以探索和发展。在诗歌的微观世界中，古老的无头雕像散发出的美丽与奇妙引发了诗人对世间万物的疑惑。在本书收录的每一封信中，也正是日常生活的宏观世界触发了作者们对深层真理的探索，它潜藏在那些日常经验带给我们的表象之下。

真理蕴含在日常经验中这一信念驱使里尔克发动诗歌的力量，作者们以书信形式探究真理也受到这一信念的驱动。里尔克的著名篇章《写给青年诗人的信》就展示了书信体作为放大镜的功能，里尔克在这部作品中将创作过程中的分析活动放大给读者看。书信体的这一功能在里尔克的另一封书信（收录于本书）中被用来放大有关幻灭与恐惧的日常经验。书信用通俗的语言传递出诗歌借助严谨的结构与宏大的想象所产生的效果，这两种不同的形式背后所传达的信息是一样的，即哪怕经验也不是被直接给予我们的，我们也必须学习如何感知经验（第十七章）。

当理念与现实无法调和时，无论多么痛苦、多么矛盾，我们都不得不苦恼地接受它。于是，莱奥帕尔迪不无绝望地重新诉诸想象的力量，因为它能够把我们从理念与现实的鸿沟中解救出来，宽慰我们（第十二章）。通过公元 2 世纪的讽刺文学家吕西安的创作，古代神灵克洛诺斯重获生命与言说的力量，面对这不可弥合的差异，他劝说他的朋友，梦也没那么值得追求（第四章）。而与此同时，梭罗极力劝说他的朋友去拥抱现实的本来面目，丢掉一切投射于其上的设计与理念（第十四章）。在温克尔曼那里，同一个力量引发了不同的结果，它释放了温克尔曼的热情，温克尔曼督促他的朋友要走进古代艺术作品的世界，亲自观看它们，唯有如此才能真正理解美——没有任何一本书、一件复制品能够替代一手经验（第十章）。

书信要求作者直接认识经验的具体性，不要躲在理论背后，躲在精雕细琢的艺术作品或完整成型的哲学论文背后——抛开修辞上的计谋，只追求真理，或至少某个真理。当伊丽莎白的个人经验与笛卡尔的理论相抵触时，她督促笛卡尔这样做（第六章）。当席勒急切地写信告诉歌德，无论理论秩序看起来多么令人信服，纯粹的理性主义还是有些错误的时候，席勒也劝告歌德这样做（第十一章）。而编舞家贝嘉写给他的年轻友人的信也表达了同样的道理：只有活生生的运动经验才是从我们自己、我们真实的自我中生发出来的（第二十章）。

书信展露的是心对心、灵魂对灵魂的对话，正因如此，心灵与身体的统一才会在书信中反复重现，人们在信中不可避免要应对这一迹象。我们不能假装身体与灵魂的统一对我们的生命无关紧要。王尔德在监狱中悲痛地写下了那封具有回忆录性质的书信，在这封信中他提出了一套新的关于感觉的哲学，他认为感觉必须要时刻满足身体与灵魂的双重欲望（第十五章）。伊壁鸠鲁告诫他的朋友，为了确保心灵能够做出正确的选择并让我们获得好的生活，我们必须好好照料我们的身体（第一章）。马克·奥勒留为新的欲求设定了新的规则，他向他的修辞学老师解释道，他不能再沉迷于两边倒的辩论术了，而要坚定地站在他自己的这一边，捍卫自己所信赖的真理（第三章）。里尔克在他那封回响着不幸征兆的信中，为了对抗恐惧与未知，也发现了这种新的规则（第十七章）。弗洛拉·特里斯坦的一封信宣告了一种新的爱的体系的诞生，在这一体系中，女性拥有决定权而男性只能服从，在这封信中，她也发现了同样的规则（第十三章）。

书信体是一种自由的体裁。它摆脱了逻辑推理的论证，并尽可能快的分享给别人；它不害怕说出某些与主流价值观相违背的观念，避免了浮夸与迂腐。伟大的人显得谦卑，谦卑的人显得伟大，吕西安创作的那封虚构的通信正体现了这一点。这次通信发生在落魄神灵克洛诺斯与一位自我标榜的穷人代表之间，后者从一开始就向别人夸耀 “那位神灵最为尊敬的人是我”（第四章）。

金钱也是书信中反复出现的主题。我们该如何看待金钱？如何利用它？是否应该追求它？追求一点还是很多，抑或是一点都不应该追求？恰恰是因为坚信心灵若离开身体就不能发挥更大的作用，所以在关于金钱的问题上，这些书信的作者既不虚伪地宣扬节制，也不鄙视财富，相反，他们深入探讨并在伦理层面考察财富在我们生活中的地位和用处。克洛诺斯告诉那位穷人，富人固然因财富而邪恶，但与此同时，只有当穷人愚蠢地崇拜财富时，穷人才会因此变得贫穷。塞涅卡颠倒了“时间就是金钱”这句话的含义，他指出，这句话应该按照字面意义来理解，因为时间自身就是唯一真正的货币，而我们是时间的挥霍者，随着时间的流逝而变得愈发贫穷（第二章）。弗朗索瓦 · 特吕弗嘲笑那些认为光靠对左翼社会主义电影进行投资就能获得自我救赎的富人，也嘲笑拍摄这种电影的导演，例如戈达尔，这种人认为掏出一沓钞票就能够抵偿他们严重缺乏的同情心与个人实际行动（第十九章）。

这一封又一封的书信也不断发展与深化了一种道德观，它不是老生常谈的善恶对立的故事。每一位作者都凭借其不同寻常之处让善恶的价值在那一封封书信中得以重塑和延续，他们放大了道德健全的重要性，强调了个人与善和幸福的关系，以及人们要为自己与他人所承担的责任。于是，在对卡夫卡的伟大之处的生动刻画中，本雅明粉碎了人们对“正确必将战胜错误”的一厢情愿的天真幻想。他的最终结论是，希望是存在的，“但不是为我们而存在”，失败反而是我们所能期望的最好结果，因为在不断认识失败的过程中，我们会慢慢实现自我的觉醒（第十八章）。

人们可以自由而无所畏惧地在私人书信中思索失败这一比其对立面——成功——更加普遍的经验。伊壁鸠鲁认为，因正当的理由而失败总比侥幸获得成功要好。他的同道中人遍布各个大陆、跨越漫长的世纪，他们将失败看作终于可以停下来检验自己的机会，按照奥斯卡·王尔德的说法，这是“人格的强化”。

没有什么比一封书信更能拼凑出一段关系是怎样互动的：谁占据上风，谁在引诱对方。18 世纪俄罗斯帝国女皇叶卡捷琳娜大帝在写给其侍从的一封信中展现出了两种形象，一方面她很精通启蒙思想，另一方面又带着对现实政治的缜密考量废弃了这些理论，因为她看到了这种哲学虽然有着美好的愿景，但却难以付诸实践（第八章）。在她的信中，她始终无法停止思考“什么是真正的自由”，哪怕她摒弃了这个问题背后的普世主义抱负。于是，她把自己更好的一面留在了信中。同样的问题出现在甘地的书信中，他一次又一次地叮嘱他的朋友寻求自我觉醒，不要盲目服从来自权威的指令，即便是为了祖国印度的解放。自由在于自我觉醒，“解放你自己……你自己就是印度”（第十六章）。若非如此，人将处于自我疏离的状态，在这个意义上，斯戴尔夫人为自己在巴黎之外的流放遭遇感到悲痛，不仅仅是因为长期与朋友天各一方，更是因为她感到她失去了更好的自己，远离了那些能与她心意相通的人。书信此时缓解了那种人疏离于自我的感受（第九章）。

书信的私密性也让真诚的批评成为可能，严厉的词语并不是无谓的愤怒,它总能演变成清醒和冷静的分析，然而那些调控礼节与丑行之别的社会规范却常常妨碍这种分析，甚至把它曲解成恶意。但是在书信中，本雅明可以对他的朋友猛烈抨击马克斯·布罗德，在这个人身上，本雅明又发现了一个卡夫卡的谜团——他竟然和布罗德这种人交朋友！本雅明猜测，卡夫卡之所以委托此人销毁自己的作品，只是因为他知道此人不会听从他的请求（第十八章）。温克尔曼可以在信中无情地指责法国艺术评论家们故弄玄虚、矫揉造作，并向启蒙美学发起挑战（第十章）。特吕弗在一封书信中称戈达尔是“神坛上的卑鄙小人”，在这封令人印象深刻的信中，与其说他在侮辱戈达尔，不如说他是在刻画一位艺术家的道德矛盾，他被困在道德的绝对律令与他身边那些活生生的受苦之人在此时此刻对他提出的要求之间——这一矛盾在之后又进一步上升为电影与生活哪一个更重要的问题（第十九章）。

这些书信按照时间排序，每封信都附带一篇导读，由相关领域的专家撰写，他们结合相关的传记和参考文献深入分析了书信的主题。这些书信因此成为一扇门，打开它，我们就进入了人类历史上那些伟大思想家的世界。

Ada Bronowski

目　录

Contents

第一章

活在当下!

伊壁鸠鲁致美诺西斯

(公元前 3 世纪)

伊壁鸠鲁致美诺西斯，祝好！[1]

(122) 无论一个人年龄有多小，他都不应该推迟学习哲学，而无论一个人年纪有多大，他也都不应该放弃学习哲学。因为，对保持灵魂的健康这件事情来说，没有过早或过晚这一说法。说留给哲学的时间还没来，或者那个时间早已过去，就好像是说追求生命蓬勃和幸福的时间还没到来或已经晚了。所以我说，无论是年轻人还是老年人，每个人都必须学习哲学！老年人应该学习哲学，这样才能对过往那些美好的事物心怀感激，从而重获青春；年轻人应该学习哲学，这样才不必惧怕未来，从而在年轻的时候就已然老成。

因此，对我们来说最关键的是，将我们全部的注意力放在那些会让我们生命蓬勃并获得幸福的东西上面。当幸福在我们身边，我们就拥有了一切，而如果幸福不在，我们就必须用尽一切办法去得到它。

(123) 所有那些我不停建议你去做的事情，请你一定要做！把你全部的注意力放在它们身上，把它们想成美好生活的头等大事。

你首先要思考的东西与神有关，你必须把他想成是一种不朽的生命体，享有至福（blessedly happy），正如我们对神的一般观念所确实认为的那样。除不朽之外，不要给他附加任何别的属性。不要把任何有违其至福状态的特征放在他的身上。只去设想那些能够确保他的至福和不朽的特性——这才是我们思考神的正确方式！

---

1 Epicurus, *Letter to Menoeceus*, in H. Usener (ed.) (1887), *Epicurea*, Leipzig: Teubner, 57-66. 本封书信由 Ada Bronowski 根据希腊文译出。

诸神存在。而且关于他们的知识是显而易见的。但是，他们不同于多数人所信仰的那样，因为这些人不去捍卫他们所具有的关于使神成为神的特性的观念。所以，否定多数人所信仰的那些神，这并不是亵渎，把多数人的意见加诸神，这才是亵渎。[124] 这是因为，多数人关于神的意见不是纯粹和原初的概念，而是错误的描述，形成于人们后来对神所做的种种断言。基于那种虚假的描述，人们认为神将巨大的灾难降给坏人，把好处赐给好人。但是，由此带来的结果是，人们习惯于偏好某些个别的德性，无论这些德性是什么，至于其他人，只要与自己相似，人们就会接纳，而只要与自己不同，人们就会视之为异类而排斥。

你要时常思考的另外一件事是，死亡对我们来说什么都不是。

所有东西，无论好坏，都来自我们的感官，而死亡是感官的缺乏。因此，正确认识到死亡对于我们什么都不是，将会让我们生命的有限性变得可喜，这并非因为它赋予生命以无限的时间，而是因为[125] 它去除掉了我们对永生的渴望。因为，一旦你认识到死没有什么可怕的，生也就没有什么可畏惧的了。

有的人会说，他害怕死亡，不是由于死亡来临时的痛苦，而是由于还未发生的死亡对现在造成的痛苦，这样的人是说胡话的蠢货。因为，所有正在发生且没有造成困扰的事情所带来的痛苦都只是人们对这些事情的预期所产生的想象。于是，死亡，这个所有恶中最离奇可怕的恶，对我们来说就什么都不是。而这正是因为，当我们存在，死亡就不存在；而当死亡存在，我们就不存在了。因此，无论对于活着的人，还是对于死了的人，死亡都什么也不是。对活着的人来说，死亡不存在；对死了的人来说，他们自身已经不再存在了。

可是，有时候，人们会把死亡当作最大的恶而躲避它，而另外的时候，他们又会选择死亡来结束生命中的恶。

(126) 然而，智慧者不会轻看他的生命，也不会惧怕死亡。因为活着并不令他悲愁，他也不认为死亡是一种恶。但是，正如在面对食物时，我们追求的不是最大量的食物（不管什么种类），而是最可口的食物，同理，完满的生命不是最长的而是最快乐的。

倘若一方面劝告青年人好好活着，另一方面又劝告老年人要善终，这是没有意义的。在任何情况下，我们都应该拥抱生命，而且，更重要的是，关心怎样活得好，与关心怎样死得好，其实是同一件事。

更糟糕的说法就是：最好不要出生，而一旦出生，请尽可能快地穿过冥府之门。[1]

(127) 说这种话的人，如果他真的被这种话所说服，他为什么不动身去死？如果他如此确信他的决定，他就应该做好准备立刻去做这件事请啊！但是如果他在开玩笑，那么他就是一个蠢货，竟然这样谈论那些并不可笑的事情。

你要记住，未来既不属于我们，但也不是完全不属于我们，因

1 伊壁鸠鲁在这里引用了公元前6世纪泰奥格尼斯（Theognis）的话（I. 427），见 D. E. Gerber (ed.) (1999), *Greek Elegiac Poetry*, Cambridge, MA: Loeb Classical Library。索福克勒斯在《俄狄浦斯在科罗诺斯》（*Oedipus at Colonus*）（II. 1225–1228）的合唱曲中对这句话进行了著名的模仿："最好不出生……第二好的是，刚见到白天的光明，就回到他来的地方，越快越好。"见 Sophocles, *The Theban Plays*, R. Fagles (trans.) (1984), London: Penguin。

此我们既不能盲目相信未来一定会发生，也不应完全否认希望，好像它一定不会发生似的。

你还要考虑到这一点，当谈到欲望的时候，它们之中有些是自然的，而其他一些是空洞的。那些自然的欲望也彼此不同，有一些是必要的，而另外一些仅仅是自然的。而且，即使是那些必要的欲望，也是存在差异的，有些对我们的幸福与生命蓬勃来说是必要的，有些对摆脱身体不适来说是必要的，而另外一些仅仅对于保持活着的状态是必要的。

(128) 一个首尾一致的欲望理论，将我们所做的每个选择和所产生的每个嫌恶，都交还给我们身体的健康和灵魂的安宁，因为它们是至福的完满生活的目的。正是为了这一目标，我们尽己所能，不让身体承受痛苦，不让灵魂遭到困扰。而一旦我们到达了那一境界，灵魂中所有的风暴都将会消散，我们的生命将不再彷徨，不必再疲惫地寻找它所丢失的这样那样的东西，也不必再追求新的东西用以增进灵魂与身体的福祉。

因为，只有当我们处在痛苦中，才会因为缺少快乐而需要快乐。但是当我们摆脱了痛苦，我们就不再需要快乐了。这就是为什么我们说，快乐既是至福生活的开始，也是至福生活的终结。

(129) 我们视快乐为源本的善好，它与我们的本性相符。的确，快乐是我们在进行选择和拒斥时首先要考虑的东西。而且快乐拥有最终的决定权，因为感觉是我们衡量一切好的东西之为好的标准。进一步讲，正是因为快乐是我们源本的善好并且我们生来就要追求它，所以我们才不会选择每一种快乐，相反，我们经常放弃许多快乐，因为那些快乐会带来更大的痛苦。同样，我们会认为相比于眼下的快乐，很多折磨是值得忍受的，因为，经过长时间的忍耐与承受之后，这些折磨会带给我们更大的快乐。因此，虽然每一种快乐就其内在的自然本性来说都是好的，但并不是每一种快乐都应该被我们选择。正如虽然每一种痛苦都是坏的，但并不是所有的痛苦都必须被我们自动地避开。

(130) 正是通过将快乐与痛苦相衡量，观察比较一方的益处和另一方的不便，我们得以恰当地评判每一种快乐或痛苦。因为我们总是在当下把某个东西当成好的，而过一段时间它变成坏的了，同理，我们会在此时把某个东西当成坏的，而过一段时间它又变成好的了。

现在我们认为自足是巨大的善，但这并不意味着我们要尽可能少地赚取财富，而是说，当我们没有得到很多的财富时，我们也能满足于我们现在所拥有的少量财富。因为我们都知道，真正能够享受财富的人是那些对财富最无所求的人。所有自然的东西都很容易获得，而只有空洞的欲望对象才难以得到。当匮乏的痛苦被移除，简单的事物和奢华生活里昂贵的事物所能兑换的快乐就是一样的。(131) 面包和水给需要它们的人带去了最高程度的快乐。

因此，唯有习惯于简单而非富裕的生活方式，才能增强生命的健康。它会让人在面对生活中那些必然的需求时没有恐惧。而当我们时不时进入富裕的状态，它也会让我们以更好的态度面对财富，让我们做好准备，无论面对好的命运还是坏的命运，都无所畏惧。

所以你看，当我们说快乐是生活的目标时，我们不是在说挥霍的快乐或者沉溺于感官享乐的快乐。那是无知之人的看法，他们不同意我们，或者对我们有所误解。我们所说的快乐是：对身体来说，不再感到痛苦；对灵魂来说，摆脱一切困扰。

(132) 不是在酒场狂饮与迷醉，也不是男欢女爱，更不是摆满鸡鸭鱼肉或其他精致食物的奢华晚宴——不，这些都不能给生命带来快乐。能给生命以快乐的是清晰的理智，它能够仔细检验我们每一个选择、每一个拒斥背后的理由，并能让我们摆脱一切给我们灵魂造成巨大困扰的意见。

而所有这一切的基础，也是最大的善，就是审慎。这就是为什么审慎比哲学更珍贵，因为它能够产生其他所有的美德。它让我们知道，如果不能审慎、荣耀、正当地活着，我们就不能快乐地活着，而如果不能快乐地活着，我们也不能审慎、荣耀、正当地活着。美德自然地根植于快乐的生活，而快乐的生活也离不开它们。

(133) 现在，告诉我，是否有人比这样一个人处在更好的境地之中？这个人将神视为神圣的；无论发生什么，当面对死亡时，他都毫无畏惧；他完全懂得自然的目的；他知道，美好事物的标准在于，它能轻易满足我们，且触手可及，而所有坏的事物，要么无法长久持续，要么程度并不强烈。至于命运，有些人把它看作一切事物的主宰，而他嘲笑这种看法，他认为，有些事必然发生，有些事偶然发生，而有些事取决于我们的选择。我们无法对必然发生的事负责，也不能预测偶然发生的事，但是取决于我们行动的事是不受任何外在管束的。正是这最后一种行动可以被指责或赞美。

(134) 相比于成为物理学家所说的命运的奴隶，我们还不如相信关于神的传说。在神话传说中，人们可以通过敬拜神灵来对神所允诺的斡旋保持希望，而命运则是无法改变的。

至于偶然性，这样一个人不会将它看作神圣的，如大多数人想的那样（因为神绝不会做任何无序的事情）。他也不会认为偶然性是一种不可靠的原因。因为他认为，就人能否度过至福的一生而言，好事物和坏事物并不是偶然地分配给人的。偶然性所能做的，只不过是提供一些起点，我们由此出发，通向巨大的善或巨大的恶。[135] 他认为，与其未经理性思考、仅凭靠偶然的原因而获得成功，不如经过理性思考、只因运气不佳而遭遇失败。在我们的行动之中，我们可靠的判断没能将我们引向偶然的成功，这是很好的。

注意这些事，以及与此相关的事情，日日夜夜训练你自己，训练你的伙伴。这样一来，无论你是醒着还是睡了，你都绝不会被困扰。你会在人群中像神一样活着。因为，一个人的生活如果充满了诸多不朽的善，他将与不朽的存在无异。

Ada Bronowski

在古希腊哲学家中，伊壁鸠鲁（Epicurus，公元前 341 年—公元前 270 年）以多产的书信作家的身份而闻名于世。在写给朋友、学生和家人的信中，伊壁鸠鲁从未停止过传授关于智慧的箴言，那些教导取自非常私人的哲学研究。他的信件广泛流传，甚至包括那些显而易见纯属私人的信件。比如伊壁鸠鲁写给母亲的一封信被寄出去大约五百年后，最终被刻在了奥伊诺安达的一座门廊上，那是希腊的一座偏远城市，位于今天的土耳其的西南角。伊壁鸠鲁在信中安抚他的母亲，因为她曾做了一个关于伊壁鸠鲁的噩梦。他劝说母亲关注当下，关注她此时此刻能看见、能触到的东西，不要为没有直接发生在她身边的思想和看法所担忧。他在信中引述了他的标志性概念“纷扰”（disturbance），人们必须不惜一切代价逃离这一状态，以此来达到它的对立面，即他的另一个标志性概念“无扰”（absence from all disturbance），他的解决办法是“母亲，鼓起勇气！”以提防那些让心灵去关注当下并未发生之事的想法。[1]

伊壁鸠鲁很可能不是第一个，当然也不会是最后一个告诉他的母亲不要为自己担心的孩子。但是，这封《致母亲》，自它的石刻残片被公之于众起，就因某种东西让这封信和伊壁鸠

1 Diogenes of Oenoanda, Frag. 124-126 in M.F. Smith, (ed.) (1993), *The Epicurean Inscription Fragments*, Naples.

鲁这样的孩子显得与众不同。这封信结合了两方面的内容：一方面，它展现了伊壁鸠鲁对收信人在道德与精神上的提升所付出的迫切与真诚的关心（他教导她，实现生命的最高目的并远离忧心，这完全是她力所能及的）；另一方面，它同时提出了一种哲学论证，证明为什么这样做既是必需的也是可能的。这个论证看似简单：只有当下在场的才是真的。这句话概括了关于感觉表征的一种复杂详尽的理论，这种理论认为，通过感觉的作用，我们的感官能够接收其他对象产生的印象；当我们的感官关闭了，比如睡觉的时候，这样一种信息的传递就不能发生。因此，在梦境中没有真相。在写给母亲的几行简短的话中，伊壁鸠鲁提炼出其哲学理论的核心，以只有亲密信件才能实现的方式，略过理论，依托对对话者的尊重并以此作为劝说的手段，迫切并真挚地想去解决发生在日常生活中的诸多问题，如在这封信中一开始出现的关于噩梦的问题。

伊壁鸠鲁写过至少45部哲学论文和著作，每一部又包含多卷，比如他的不朽著作《论自然》分为37卷。这些作品都消失了。除了少量保留在碳化莎草纸上的只言片语，伊壁鸠鲁伟大的创作没能在古代狂热的复制文本的活动中受益，这是古代用来流传和散布文本的唯一方式。这一悲剧的发生并非偶然。伊壁鸠鲁的哲学总是惹人不快，因为他的立场会对社会、政治、宗教的机构形成威胁。他提出的观点带有颠覆性，因而很容易被视作具有反社会倾向。他的学说是出了名的热爱快乐多过责任，他虽然不怎么反对诸神的存在，但是反对任何形式的神人沟通；或许，在这之中最具颠覆性的，莫过于他收集了物理、宇宙、天文等多方面的证据来证明，人类并无特别之处，因为我们和其他所有事物一样，仅仅是原子无序碰撞产生的片刻之物，这些原子进行着永恒的聚合分离运动，不受我们所思、所说和所做之事的影响。

于是，在伊壁鸠鲁的手中，书信获得了两重意义。在文体形式上，这些书信适于表达伊壁鸠鲁的思想。正如对话体是一种专门用来表现对事物进行彻底追问的形式，那种追问方式是柏拉图的特色，同样地，信件传达了伊壁鸠鲁的坚定信念：他拥有通向幸福生活的钥匙。无须没完没了的证明，收信人可以相信伊壁鸠鲁绝不会欺骗他／她，信中所展露的只有践行其哲学发现的迫切需求，因为更好地改变我们的生活才是最为要紧的事情。在学理体系之外，信件也是一种保留并散播学说的策略。这些写给亲友的信件微不足道、鲜为人知，因此，在它们的庇护之下，信件这种极易流通、相对短小的形式能够确保伊壁鸠鲁的思想得到长久的留存。[1]

从伊壁鸠鲁写给他母亲的信中我们读到很多东西。不难想

1 伊壁鸠鲁的书信战胜了时代变迁，也在文本流传的过程中遭遇了千难万险，得益于此，他的学说在古代就备受推崇，如罗马哲学家塞涅卡，他宣称自己给朋友写信就是在效法伊壁鸠鲁（见本书第二章），再比如第欧根尼·拉尔修（Diogenes Laertius，公元前3世纪），在《名哲言行录》一书中，他对伊壁鸠鲁的论述主要基于伊壁鸠鲁书信的节选，*Lives of the Eminent Philosophers*，P.Mensch, trans. and J. Miller, ed. (2018), Oxford: Oxford University Press。

象，他的母亲很得意并且乐于与他人分享那些话题，尤其是首先与她的其他儿子们分享。现在我们知道，伊壁鸠鲁的这些兄弟也追随他们尊敬的兄弟，就读于伊壁鸠鲁在雅典创办的学院并从事哲学实践活动。或许，那封写给他们母亲的书信就是从他们这里传播开来的，据传闻，她其中一位儿子曾说过，他们的母亲“所孕育的原子将会结合塑造出一位圣人”。[1]伊壁鸠鲁在他雅典的学院教书三十五年，这个地方与其说是一个学院，不如说更像是一个会谈的地点。它在一座花园中，无论是奴隶、妓女还是政客，只要感兴趣，都可以参与进来。人们在这里以伊壁鸠鲁为榜样，践行一种投身于他的哲学发现的生活，探讨这种生活的方式和好处。其中一个重要的发现是，哲学的建议应该经常且有规律地让心灵回忆起来，人们可以借助重读和重复那些精练的表达做到这一点。因此，如果一位朋友身处异地，那就应该确保，即使他不能参加雅典的讨论，他也能够回忆起学说中那些主要的和核心的元素。除了写信，一位好朋友还能为他的朋友做些什么呢？仅仅通过阅读书信的行为本身，收信人便能够回忆起那些改变生命的观点。伊壁鸠鲁的书信中所写的每一件事都充满着唤醒人心的热情：正如一位颇有见解的传记作家注意到的，伊壁鸠鲁的书信结尾不是苍白而简单的“祝你好运”，而是私人的、劝勉性的命令：“你要好好的！”“竭

1　见 Plutarch, *That Epicurus Actually Makes a Pleasant Life Impossible*, 1100A-B, in B. Einarson and P. H. De Lacy (eds) (1967), *Plutarch's Moralia*, vol. xiv, Cambridge, MA: Loeb Classical Library。

尽全力过好你的一生！”[1]一封来自伊壁鸠鲁的信就像是一把智识之琴，每一个词都奏出一段和弦。但是，正因为那些书信是这样一种亲切的指引，指向生活的改变，它们也就弥漫着一种普遍的渴望。在这个意义上，我们所有人都是那位读信的朋友。

在写给希罗多德（Herodotus）的一封信中，伊壁鸠鲁写道，他之所以把“自己学说的主要观点”的提要寄给他的朋友，是因为实际上这些“就足够了”（*Her.* 35 and 83[2]）。说自己殚精竭虑设计出来且建立了一个学派的原创思想不需要让人深入它的细节，核心要点就足够了。只有具备一种非常大度的性格，或者一个非同寻常的哲学家才能做到（尽管伊壁鸠鲁在同一段话中提醒他的朋友，他已经在别处论述过这些细节）。此外，伊壁鸠鲁还慷慨地为他的朋友总结出他需要知道的一切。抛开他的性格不谈，伊壁鸠鲁的“足够”也是一种哲学的安排。

我们现在能够完整看到的书信有三篇，它们由传记作家第欧根尼·拉尔修抄录在《名哲言行录》第十章（也是最后一章），这一章专门记载伊壁鸠鲁的生平与思想，并在伊壁鸠鲁死后大

1 Diogenes Laertius, *Lives*...10.13-14. And see on this specificity of Epicurus: B Inwood (2007), ‘The Importance of Form in the Letters of Seneca the Younger’ in R. Morello and A. Morrison (eds) (2007), *Ancient Letters: Classical and Late Antique Epistolography*, Oxford: Oxford University Press, 143.

2 伊壁鸠鲁致希罗多德的信，其注释所表示的是出现在第欧根尼·拉尔修的著作第十章的文本，因此 *Her.* 35 即 D. L. 10.35。

约六百年出版。第欧根尼·拉尔修完全在字面的意义上理解伊壁鸠鲁说的“足够”。他把这三篇书信收集起来，用以概括伊壁鸠鲁的全部哲学。第一封信是刚刚提到的写给希罗多德的信，这封书信主要阐述的是原子论以及原子如何组合形成可感知的物体。第二封信处理地球、太阳和星星的运行问题，其理论背景是对于无限多个可能世界的论证。第三封信是本章呈现的写给美诺西斯的信，这封书信要从上述那些科学发现中推导出一些结论，也就是说，当我们知道了整个世界是由原子组成的，知道了它当下的存在方式是由纯粹的机运所设定的，哪怕这个世界会在某一天毁灭，那也不是无限宇宙的终结——当我们知道了这一切，我们应该如何生活？

在写给美诺西斯的信中，当下的时间与在场的事物之间的关系问题贯穿始终。伊壁鸠鲁从这封信的第一句话开始就强调，只有哲学的学习与实践才能将这个问题揭示出来。“当下－在场”（present-presence）的双关遍布整封信件。[1]它构成了伊壁鸠鲁命令我们去接纳的那种生命规划的统一目的。所有诸如神、死亡、健康的饮食、自给自足这样的有关生命的大问题都能够被解决，只要我们清楚地知道如何面向在场之物而活在当下。

老少之间的矛盾在书信的开头就被转化为青春与暮年在

1 英文单词反映的是原始希腊文在“*mellein*”和“*meletan*”之间的双关，分别为“即将发生但还没发生”和“实际地关注此时此刻”的某件东西。伊壁鸠鲁督促他的朋友关注当下的事情（*meletan*），不要老想着那不可把握的未来（*mellein*）。

时间上的矛盾。青春的生命自以为拥有大把时间，于是背上了拖延的污名，暮年的生命却又太过饱和，以至于无力再行动。总是要么太早、要么太晚。但是，伊壁鸠鲁从一开始就向我们保证：如果我们练习哲学，我们的生命历程就会发生反转。年轻人可以变得老成，老年人也能继续保持年轻。要想实现这一点就需要在思想上有所改变：关注当下在场的东西。在下面几行，伊壁鸠鲁告诉我们，唯有辨别“使我们生命蓬勃的事物”，方可实现真正要紧的事情——“灵魂的健康”。在这里，关键的因素是对“事物”的诉求，“事物”又被定性为“那些当下在场的事物”，若它们不在场了，我们就要使它们复原。要想让它们给我们带来幸福，确保我们灵魂的健康，我们就必须清楚地意识到这些事物。不是它们对我们产生的影响，而是我们对它们的意识，才让我们真正拥有了它们——我们通过意识到它们而拥有了它们。这样，那些事物得以充实我们的此时此地。

伊壁鸠鲁不是二元论者。他不认为我们的身体与灵魂相分离，也不认为我们的灵魂有着身体以外的生命。他在信中反复确认：死亡存在，我们就不存在；我们存在，死亡就不存在。这句话既出名，又出了名的令人困惑，因为它本意是为了给人安慰，但又不能真正给人以安慰，因为困扰我们的问题是，这句话究竟如何起到实际的帮助呢？[1]然而，这句话至少确立了这一点：我们的生命是我们身体的生命。身体的死就是我们的

1 关于这话带有矛盾的简单性，见 J. Warren (2004), *Facing Death: Epicurus and his Critics*, Oxford: Oxford University Press。

死，不存在幸存的灵魂或者与身体相分离的灵魂。即便如此，在书信的开头，伊壁鸠鲁仍恳请他的朋友关注自己的灵魂，他含蓄地表明，是我们的身体在它年轻或年老的时期对我们造成了误导，它令我们的注意力离开了那些让我们幸福的事物，而投向那些即将发生或已经发生在我们身体上的事情，我们总是对这些事情产生错误的担忧。伊壁鸠鲁似乎表明，身体受困于时间之箭，然而获得幸福、平静和满足的可能性立足于灵魂特定的活动中。

这封信件充斥着强有力的命令，它们直接针对灵魂——“你必须学习哲学”“你必须注意”“你必须思考”“你必须记住”。这些命令既传达出当前任务的紧迫，又表现了有关这项任务的时间与空间的双重维度——此时、此地。这类规劝回荡着苏格拉底通过挪用那句德尔斐神谕——“认识你自己”——所确立的哲学传统。最终，作为书信的高潮，当伊壁鸠鲁督促美诺西斯“训练你自己的注意力”时，他仿佛再现了苏格拉底的格言。伊壁鸠鲁巧妙地改写了苏格拉底的指令。苏格拉底告诉我们，“认识你自己”这句看似简单的命令，蕴含着虽不是无法克服但也是极为巨大的挑战。[1]而伊壁鸠鲁的“训练你自己”则开拓了一种实际执行这项命令的可能性。

伊壁鸠鲁的格言拓展了希望的前景：那些能够实现完满和幸福生活的东西是我们触手可及的。它们不在我们之内，而在

1 Plato's *Charmides* in Plato, *Early Dialogues*, C. Emelyn-Jones, (ed.) (2005), London: Penguin, 177-211.

我们身旁，只要我们能够注意到那些当下在场的事物。苏格拉底与伊壁鸠鲁的根本差异在于，二者思考自我的方式不同：自我是与身体相对立的灵魂（苏格拉底），还是作为身体之完美状态的灵魂（伊壁鸠鲁）。但是这一区别不会构成直接的冲突，好像苏格拉底认为灵魂与身体互相分离，而伊壁鸠鲁不这么认为，因为伊壁鸠鲁也关注“灵魂的健康”。事实上，在伊壁鸠鲁与他的二元论哲学论敌之间,存在一种更为微妙的对话关系。

随着书信的展开，我们被告知要接纳生命的短暂，伊壁鸠鲁称之为“生命的有朽性”（*Men.* 124）。与其为了生命的终极而担忧，不如将它视作贯穿于我们生命的快乐源泉。因为生活的快乐有赖于它的终结：我们不追求生命在时间长度和数量上的最大值，而要制造最大限度的张力，它来自生命有开始也有结束这一事实。在这个意义上，“关心怎样活得好，与关心怎样死得好，是同一件事”（*Men.* 126）。要想掌控时间的这种弹性，就要学会掌控欲望的自然本性。有些欲望是自然的，而有些是“空洞的”，也就是说，它们不由任何理性所触发（与其说是欲望，不如说是心血来潮）。但不是所有自然的欲望都要求我们同等对待：有些是必要的，有些不是。对于必要的欲望的进一步区分深化了伊壁鸠鲁关于自我的分析：有些欲望对我们的幸福来说是必要的，有些对我们的身体摆脱不适来说是必要的（20 世纪的病理学哲学会说，这些欲望对“器官的平静”[1]

[1] G. Canguilhem (1989), *The Normal and The Pathological*, C.R. Fawcett and R.S. Cohen (trans.), Urzone: MIT Press, Part I, chapter 4.

来说是必要的），而有些对活着来说是必要的。身体的完好与生命的完好并不相同。生活分为三种状态：仅仅活着，医学意义上的身体完好，以及恰当地活出一个人的生命。

伊壁鸠鲁由此回应了柏拉图和亚里士多德，后二者都提出了生活的三个层次：为满足各种欲望而赚钱的生活、为满足荣誉心而参与公共行动的生活以及沉思的生活。[1]伊壁鸠鲁破坏了隐藏在其论敌的所做的区分背后的等级秩序。在柏拉图和亚里士多德看来，只有少量幸福的人才能抵达沉思的生活，这是一种优越的、唯一真正幸福的生活，这类人的理智能力能够抗拒所有或绝大多数的身体快乐，这将最终让他们能够沉思真理并获得智慧。

对伊壁鸠鲁来说，完满的生命不在身体之外，而要与身体同在，并借助身体获得。他在书信中用天气的比喻来阐述这一点，为我们播报了一场精神的天气预报：那是一场“灵魂的风暴”（*Men.* 128），令人不满的寒冬使我们的灵魂迷乱。为了安抚它，我们必须让灵魂与身体联合起来。维持身体的完整是一回事，享受那完整性又是另外一回事。从“器官的平静”之中，我们应该寻找风暴之后的平静，那是发生在我们心灵中的平静，在伊壁鸠鲁看来，这种平静是衡量快乐与痛苦的刻度表。接下

1 Plato, Republic IX, 581C, in Plato, *The Republic*, D. Lee (trans.) (1987), Penguin. Aristotle *Nicomachean Ethic* I.5, 1095b17-19, in Aristotle, *Nicomachean Ethic*, J.A.K. Thompson, H. Tredennick and J. Barnes, (trans. and ed.) (rev. 2004), London: Penguin.

来，他又用相当长的篇幅向我们指明，无论是现在惧怕将来的痛苦，还是将来为现在的痛苦而恐惧，都是错误的。归根结底地讲，这种错误的必然根源就在于，我们无视当下，无视那些我们于此时此地即可触及的事物。

在以朋友的身份劝勉友人的温和表象之下，伊壁鸠鲁撕开了公共生活所包含的每一个方面、习俗和惯例。直到今天，那贯穿其书信的反传统力量也仍然极其狂热地燃烧着。任何我们习以为常的观念，我们都应该抛弃：我们不是认为神，或者诸神，和我们共享相同的价值和感受吗？错！成为神的全部意义就在于对人的完全漠不关心。我们习惯性认为死亡是一种恶。但死亡完全不同于我们所知道的东西，所以我们不能用生活中的任何一般术语来认识死亡。对我们来说，死亡什么都不是。我们不是一直习惯于从数量和积累的层面上去认识快乐吗？又错了，快乐只会在没有或将来不会有痛苦的地方出现。饥饿是一种痛苦，所以只要能消除饥饿，哪怕最简单的食物都能带来最大的快乐。我们习惯于认为奢侈和华丽是好的，但是奢侈依托于外在的事物，而能够自立自足显然才是最好的。

伊壁鸠鲁最后的警诫，针对的是那些捍卫必然性与因果决定论的人，伊壁鸠鲁称他们为“物理学家”（*Men.*134）。必然性不存在。唯一存在的，是不可毁灭的运动着的原子，它们每隔一段时间就会进行无规律的转向。事物的发生是偶然的，这意味着我们是自由的。作为自由的个体，我们决定自己的行动。这就是为什么，伊壁鸠鲁在书信的末尾最后一次说出了那句令人吃惊的话——并非所有的成功都是好的。如果失败源自思考周密的计划，那么失败有时比成功要好；成功反而仅仅是偶然性的收获。这个细节使得伊壁鸠鲁区别于他最大的对手——斯多葛主义者。斯多葛主义将事物分为取决于我们自身和不取决于我们自身两类。对他们来说，如果我们只去做那些我们有能力做的事，并且计划周全，那么无论结果是什么，我们都算“做得好”；无论是失败还是成功都不是我们能决定的。对伊壁鸠鲁来说，结果也是重要的，但前提是配有理性的计划。好的失败源自身体和灵魂的良好秩序，而侥幸的成功将引发灾难——心灵内外的糟糕天气。

第二章

时间的价值

塞涅卡致路西利乌斯

（公元 63—64 年）

塞涅卡向他的朋友路西利乌斯问好，[1]

(1) 亲爱的路西利乌斯，下面是你要做的事：从你自己手中夺回你自己！而且，你过去的时间要么违背你的意愿被偷走，要么就是趁你不注意的时候自己溜走了，所以我说你还是要好好把握时间，留住它！要相信我写的这些事情：有些时间从我们手中被夺走，有些时间在我们不知不觉中就不见了，还有些像水蒸发一般消失不见。最可耻的莫过于因我们自己的疏忽而失去时间。想想吧，在做错事的时候，我们大部分的生命就会从我们指尖溜走，当我们什么都不做的时候，我们会丢掉更大部分的生命，而当我们忙忙碌碌却总是不做我们应该去做的事，我们将错过整个生命。

(2) 请做这样的一个人：他为他自己的时间定下一个起始价，他会珍惜每一天的价值，他能懂得他每天都在死亡！我们错就错在自以为死亡在离我们很遥远的未来，然而事实上，死亡的很大一部分已经发生并已经消失。无论我们的生命留下些什么，它都处在死亡的掌控之中。

因此，我亲爱的路西利乌斯，我下面写到的事情你一定要做到：把握每个时刻。如果你做到了，那么，因为你珍视今天，你将不再过多依赖明天。

(3) 当我们把事情往后推，我们就追不上我们的生命了。路西利

1 Seneca, *Ad Lucilium Epistulae Morales*, R.M. Gummere (ed.) (1917), vol. 1, Cambridge, MA: Loeb Classical Library. 本封书信由 Ada Bronowski 根据拉丁文译出。

乌斯啊，我们除了时间一无所有。自然仅仅将我们置于这一件东西的掌控之下，但它转瞬即逝，任何人都能任意把我们从时间的手中夺走。必死的凡人，因为获得了那些最没有意义、最没有价值、轻而易举就可被替代的东西而沾沾自喜，这是多么愚蠢啊！但也没有任何一个获得了时间的人会认为自己背负着某一种债务，尽管它是永远不能被偿还的，哪怕你心存感激。

(4) 你可能会好奇，既然我在向你传授这些训诫，那我自己又是怎样做的呢？我会诚心实意地向你坦白：就像有些人过着高质量的生活，但在财务上精打细算，我也在自己的账面上维持着精准的平衡。我不能说我没有一点浪费，不过我能告诉你我浪费了什么，为什么浪费以及我怎样浪费了它们。我能为造成我贫穷的原因负责。可是，即便如此，我还是和其他人一样，平白无故就变得贫穷了：这种处境，虽然人人都能理解，但是无人能够给予援助。

(5) 那该怎么办呢？我认为，如果一个人剩下的东西，无论多么匮乏，对他来说都还够用，那么他就不是穷人。但这并不意味着我不希望你珍惜属于你的东西，而且现在正如其他任何时刻一样，都是开始珍惜的好时候。正如我们的前辈清楚知道的那样，“到最后才开始节省已经晚了”。因为留在最后的都是最坏的，且所剩无几。

珍重。

Christelle Veillard

阅读《道德书简》，我们将深入哲学家塞涅卡（公元前4年左右—公元65年）与他的朋友路西利乌斯（Lucilius）之间的对话。这场对话每一天都在不断深化，随着日常生活中发生的各种事件，涉及的话题也是各种各样。当路西利乌斯随随便便地把他认识的一个他自己都认为不值得信赖的熟人称为“朋友”的时候，塞涅卡驳斥并提醒他做一个真正的朋友要付出什么（*Luc.* 3[1]）。一个真正的朋友应该证明他自己，比如花时间写信阐述并分享哲学原理。因此，当路西利乌斯说他正锲而不舍地致力于哲学时，塞涅卡为他努力成为更好的人表示祝贺，但同时警告路西利乌斯，由于过分沉溺于他自己的研究，路西利乌斯正冒着“扮演哲学家角色”的风险。塞涅卡这么说的意思是，路西利乌斯很可能只看见了这种角色，吸引别人的关注，但自己没有把注意力放在真正重要的东西上面。哲学家不是那个展示凌乱的胡子、睡在地板上的人（*Luc.* 5）。塞涅卡在轻松的氛围中将这份警告一笔带过，因为这样有助于传达出一封亲密书信的友好口吻。

作为朋友和老师，塞涅卡在书信中给予路西利乌斯充分的

1　《道德书简》的拉丁文和英文全集见 Seneca, *Ad Lucilium Epistulae Morales*, R.M. Gummere (ed. and trans.) (1917–1925), 3 vols, Cambridge MA: Loeb Classical Library，以下简写为 *Luc.*。

鼓励和忠告，同时，这封信还时不时充溢着塞涅卡为了变得更加智慧而付出的艰辛。现在他即将抵达生命的尽头，并已经从公共生活中脱身："我摆脱了世俗及其诸多事务，开始做我自己了。"（*Luc.* 8.2）这些书信写于63—64年，此后不久（65年），塞涅卡就去世了。路西利乌斯尽管与塞涅卡年龄相仿，但是仍然承担着公职，而且是一位级别很高的官员，在那个时期，他还是西西里的检察官。由此我们可以推测，通信消解了两位朋友因天各一方而承受的忧愁。在塞涅卡同一时期的作品《自然问题》中，他为这些信件做出了说明：

> 我们必须逃离世俗，回归自我。……尽管我们隔海相望，我仍会竭尽所能指导你，亲手引领你朝向更有价值的目的。你不会遭受孤独之苦，因为我会从这里，投入和你的对话中去。我们将会凭着我们自己最好的部分而团聚。[1]

"我们自己最好的部分"就是我们的灵魂，我们必须用一生的时间来提升它。

在整个的对话过程中，塞涅卡采取了一个特别的立场。他是一个给朋友写信、维系这份友谊之存续的友人，他安抚、劝慰路西利乌斯，并向他吐露自己的烦恼。然而，他同时又超越

1 Seneca, *Natural Questions*, pred. iva,§20, in H.M. Hine (trans.) (2010), Chicago: Chicago University Press.

了两个心灵之间的对话，开启了一场与全人类的讨论。透过路西利乌斯，塞涅卡向他所有的读者讲话：他在向后人讲话。有迹象表明，这次通信虽然是私人的，但塞涅卡有意将它公之于众，他从一开始就把这场通信当作一部有着明确哲学主题的正式作品仔细打磨。如果我们只看到塞涅卡这一方的信件，那是因为只有“老师”的文字是启迪人心、应被铭记的。塞涅卡坚定地宣称：“我能让我背负的名字长久存在。”（*Luc.* 21.5）他仿效伊壁鸠鲁，承诺带给路西利乌斯永恒的名声。正如伊壁鸠鲁在写给伊多梅纽斯（Idomenus）的信中曾经宣称的那样，塞涅卡也宣称：“如果名声对你来说是一种诱惑，那么与所有你所尊崇的和你被人尊崇的东西相比，我的信能够带给你更多的名誉。”(*Luc.* 21.3) 路西利乌斯和伊多梅纽斯地位相同，他们在他们所处的时代都是有权有势的著名政治家，但是他们却凭借着与某位哲学家的友谊和通信而被后人铭记。只有哲学带来真正的名声，只有哲学能让他们流芳百世，得到经久不衰的纪念，因为只有哲学才能做时间的主人。

这正是塞涅卡写给路西利乌斯的第一封信所阐述的主题，在这封信中，塞涅卡给出了他的第一条建议：

> 亲爱的路西利乌斯，下面是你要做的事：从你自己手中夺回你自己！而且，你过去的时间要么违背你的意愿被偷走，要么就是趁你不注意的时候自己溜走了，所

以我说你还是要好好把握时间，留住它！

（*Luc.* 1.1）

塞涅卡已经抵达了时间开始快速减少的人生阶段，于是他提醒路西利乌斯，时间是他最宝贵的财富。事实上，在诸多善好之中，只有时间认我们为其唯一的主人和指挥官。我们也只会对这个善好任意挥霍，因为我们会不假思索地浪费它，仿佛我们有着取之不尽用之不竭的储备。我们荒谬地把它花费在无用且愚蠢的活动上；更糟糕的是，我们让别人来处置它，让别人把唯一一件绝对属于我们的东西夺走，放弃赐给我们的权利。有谁不曾因心不在焉地听一位阿谀奉承之人无聊的长篇大论而失去了一整个小时？又有谁不曾在白日做梦中浪费了时间，尽管他本应专心于那么多重要的事项？塞涅卡提醒路西利乌斯，并透过他提醒我们每一个人：

想想吧，在做错事的时候，我们大部分的生命就会从我们指尖溜走，当我们什么都不做的时候，我们会丢掉更大部分的生命，而当我们忙忙碌碌却总是不做我们应该去做的事，我们将错过整个生命。

（*Luc.* 1.1）

塞涅卡这位斯多葛学派哲学家，因我们缺席于自己的存在、忘记关注自己的生活这一事实而斥责我们。因此，当前最为紧迫的事情是，找到一条出路以摆脱我们对自己不在场的状态，夺回我们对自己的所有权。朋友的作用就在于通过分享他自己的经验，指出发生在我们身上的这些错误。

是什么导致了“缺席于自身”这件怪事？答案就在我们对死亡的态度中。说来也简单：我们相信死亡还没出现，但是事实上死亡已经发生了。塞涅卡在这里采用了斯多葛学派的基本方法：重思事物的精确定义，由此发现它们各自的矛盾焦点。从被全新阐述过的定义出发，我们借此得以决定对待这些事物的正确姿态。死亡如何先于我们而发生？这是否意味着我们将不会死去？又或者是，我们已经死了？这一悖谬主张的真正含义是，死亡处在时间当中——那不再任由我们处置的时间。那已经失效作废了的时间，在所有的目的和意图面前，已经在我们过往的行为中被留在了我们的身后。因此，死亡不在我们前方，它每天都与我们相伴，在我们全部的活动中销毁着每一个经过的时刻。解救办法其实也很简单：我们要关注余下的、可以为我们所利用的时间。

展望未来、朝向我们实际生效的此时此刻，这便是塞涅卡向路西利乌斯传授的第一条建议——“把握每个时刻”（*Luc.* 1.2）。塞涅卡在书信中创作的格言回荡至今。它们的作用是激励灵魂，驱使路西利乌斯改变他的行动，把他从虽然舒适但实际上有害的昏睡中拉出来。

行为准则自身能产生重大的影响，特别是在它们被编入诗歌或凝结成散文、格言时。

（*Luc.* 94.27）

格言的好处在于，它能直接穿透人的灵魂而无须做进一步的解释；格言通过唤醒那更高贵的本性——不然它就会陷入休眠状态之中——刺激灵魂去行动。塞涅卡反复坚称，我们天生就倾向于美德，因为我们自身当中就蕴藏着美德的种子，只需加以激发，它们就会生长（*Luc.* 108.8）。一条结构完整的格言是对真理精炼的表达，它凭借自身显而易见的本性引人瞩目，并因此直击它的目标——灵魂，灵魂由此将这条格言铭记于心。在这一冲击之下，灵魂更高贵的本性就被唤醒了。格言使我们动了起来，它打动我们的心，诱导我们的心灵，激起我们对美德的欲望。为了说明这种现象，塞涅卡举了这样一个例子：在剧院里，一位观众听到一段措辞优美的台词时突然鼓掌，在那一瞬间，他的举动得到了在场所有观众的认同。观众们的灵魂之所以本能似的附和那些清晰的语句而无须任何证明，正是因为他们感到自己认同那些话语。真理能够让灵魂瞬间认可自己并刺激灵魂去行动。因为这个原因，诗歌比散文更有优势，因为它能更迅速地穿透我们的灵魂：

克里安提斯（Cleanthes）曾说："我们的气息在穿过小号那狭窄的管道后，能够从巨大的喇叭中爆发出洪亮的声音，同理，思想在韵文的限制中可以引发更大的共鸣。”我们在散文中听同样的东西会分心，那些内容也不那么引人注意；但是当有了韵律，当一套高尚的思想被格律的规范所限制，同样的思想就会像张开的双臂那样冲击我们。

（*Luc.* 108.10）

小号的比喻把我们带回到斯多葛学派关于灵魂的物质性概念中。灵魂是温暖的气息，它的舒展与缩紧取决于其所面对的对象。多亏了文雅的语句，灵魂能够获得一种特别的质地：灵魂的气息会与讲出的语句相冲撞；冲撞的程度取决于语句的凝练程度，无论是形式上的还是内容上的。语句越凝练，蕴藏于其中的真理越集中。诗歌语句的短小精悍造成灵魂中张力的收紧，这种必备的物质条件能够生成一种力量，它预示着具有美德的灵魂状态。智慧的灵魂所具备的高度张力就好比能够抵御一切外来袭击的防御工事。这个比喻，在比塞涅卡晚一个世纪的罗马皇帝、斯多葛学派哲学家马可·奥勒留的作品中留下了卓越的“子嗣”，他打造了灵魂作为坚不可摧的要塞和内在堡垒的意象。[1]通过构思那些引人注意的格言，塞涅卡把诗歌的凝练方法用在了他的散文中，这让他的语句变得更容易记忆。书信体于是成为一种带有试验性质的中间文体。它虽然不是诗歌，但是能容纳格言式的表达，并摆脱了哲学论文的那些前提

1 关于马克·奥勒留对哲学价值的珍视，见本书第三章。

规定。后者要求用冗长的讨论和论述来证明真理的可靠性，但却无法借助那些真理富有表达力的力量来捕捉我们的想象。

正是以这样一种富有表达力的格言，塞涅卡结束了他的第一封信：

> 到最后才开始节省已经晚了。因为留在最后的都是最坏的，且所剩无几。
>
> （*Luc.* 1.5）

塞涅卡警告我们，如果我们已经花掉了很大一部分的时间，正如塞涅卡和路西利乌斯面临的情况，那么再把剩下的时间储备起来就是个错误。塞涅卡以一种幽默反讽的语调指出，生命的终结是糟糕的，然而，尽管它令人反感，毕竟所剩的已经不多了。塞涅卡提出存在一种不幸的贪婪，它什么都想要，哪怕留给它的那个东西不会带来任何好处。他想说的是，我们不要成为时间的守财奴，以至于变得麻木和不作为，任由时间留给我们的东西变得朽坏。塞涅卡告诉我们，他是如何面对时间的：

> 就像有些人过着高质量的生活，但在财务上精打细算。
>
> （*Luc.* 1.4）

不要变成时间的吝啬鬼，而要明智地利用时间，带着愉快的心情与恢宏的气魄，迎接余下的生命。不要悲伤，不要丧气，“如果一个人剩下的东西，无论多么匮乏，对他来说都还够用，那么他就不是穷人”（*Luc.* 1.4）。塞涅卡引入了一种新的“经济学”，在其中，时间不再是金钱，相反，金钱是时间。这种转变极大地提高了时间的价值，因为其他任何能用金钱买来的都贬值了。哲学家成了会计，以一种近乎苛刻的固执，在可替代的和不可替代的东西之间划定了严格的界限。于是，塞涅卡认定，只有一种东西永远不会被替代，也只有这种东西是唯一有价值的，它就是时间。这种说法最初看上去是隐喻性的，然而经过塞涅卡坚持不懈的展开说明，它已经不再是比喻性的言辞所提供的安慰人心的安全处所，它让路西利乌斯振作起来，真的为一无所有而感到恐惧。贫穷与富裕将以时间的货币来衡量，这让我们每个人都容易变成乞丐。

时间于是成为新的硬通货，塞涅卡说，我们在采取任何行动之前都应该首先询问它值多少时间。正如打理好财务是为了帮助我们维持充足的预算，现在，在新的时间经济学之下，在“利率”和“津贴”上精打细算将会帮助我们更好地利用时间。

尽管塞涅卡传授的真理是残酷的，但是这些致路西利乌斯的书信终归还是一部部充满着乐观主义的作品：它们旨在为每一个将会读到它们的灵魂带去支援，无论现在还是未来，它们既向时间致敬，也战胜了时间。

第三章

学生的自罚与老师的溺爱

马可·奥勒留致弗隆托

（公元 146—147 年）

亲爱的老师，[1]

我跟您说啊，盖尤斯·奥菲迪乌斯现在兴奋得有些忘乎所以了。他把自己的判断力吹上了天。他说，在罗马找不到一个比他更明理的翁布里亚人（我甚至都没有夸张！）。您会说，那又怎样？他竟然希望自己作为审判官，正如他作为演说家那样，得到同等的颂扬。然后，当我报之以笑声的时候，他就讽刺我说：坐在审判官旁边张嘴表演很容易，但是实际做判决又完全是另外一回事。这句话是针对我的。但是无论怎样，事情已经尘埃落定。我很高兴地告诉您，那是一件好事。

至于您的到来，既给我带来了快乐，也令我焦虑，两种情感合二为一。您的到来让我充满欢喜不必多说，但是为什么我还会焦虑呢？我将向您坦白一切，请神灵保佑！您给我布置的写作任务，我到现在连一个字都还没写！我也不是没有多余的时间，而是因为阿里斯顿，他的作品现在对我起到了好的作用，但是与此同时，它们也让我产生了不好的感受。当他的作品教导我怎样变得更好的时候，它们毫无疑问给我带来了好的影响。但是这些作品也让我看到，我的能力远远落后于那些高贵的理念，于是您的学生经常深深地羞愧，对自己感到恼火！从出生到现在的二十五年间，我一直没能把那些好的意见和纯粹的原则融入我的灵魂之中，哪怕一条也没有。这就

1　Marcus Aurelius, *Ad. M. Caes.* 4.13 in C.R. Haines (1919), *The Correspondence of Marcus Cornelius Fronto*, 2 vols, Cambridge, MA: Loeb Classical Library, pp. 214-218. 本封书信由 Ada Bronowski 根据拉丁文译出。

是为什么我惩罚我自己，变得生气、沮丧，陷入了“危机”，嫉妒每一个人、每一件事，我连饭都吃不下了。

此刻，我正遭受这些忧虑的困扰，总把当天的事情推迟到明天，也就是我的写作任务。但现在，我想出了办法。正如某位雅典的演说家在公民大会上提醒他的同胞们所说的：“有时，我们应当允许法律睡一会儿觉。”我也会放下阿里斯顿的书，请求它们暂且离开，消失一阵子。接下来，我将转而投入您推荐我读的那个戏剧诗人上面——尽管我会首先去读一些西塞罗的短篇演说。不过，当我真的开始写作的时候，我只会捍卫正反观点中的一方，因为即使阿里斯顿短暂地休息了，他也绝不会任由我走得太远，以至于去同时捍卫关于同一个问题的两种对立观点。

祝您一切安好，我最好、最尊敬的老师。

我的妻子向您致以问候。

Ada Bronowski and Gweltaz Guyomarc

马可·奥勒留（Marcus Aurelius，121—180）——自161年起担任罗马皇帝——和他的修辞术老师弗隆托（Fronto，100—166/167）保持了超过三十年的书信往来。他们的书信往来大概开始于139年，那时马可19岁，但已经被提拔为恺撒的级别：他知道自己注定要成为皇帝。弗隆托在那时大概40岁，他来自罗马在非洲地区的努米底亚行省（位于现在的阿尔及利亚），是一名职业律师，同时也是一位广为人知、备受尊敬的老师，他的学生来自帝国最显赫的贵族阶层。在他们的书信往来开始的时候，弗隆托担任马可的导师已经有一段时间了。

马克·奥勒留和弗隆托似乎从没想过让他们的书信公之于众，这点不同于古代其他著名的通信，如塞涅卡的《道德书简》。[1]这些书信何以能够留存至今，对此最合理的猜想是，它们的公布归功于弗隆托的某位后人。尽管书信往来的两位主人公，无论在他们所处的时代还是其身后的时代，都是著名的人物，但是从很多书信中我们能够发现，这两位朋友之间的关系是出人意料的亲密和真诚。两位作者毫不遮掩他们自由散漫的写作风格，而且在这些信件中他们一直关心着日常生活的细节，从身体的小病到当年的葡萄收成，这些书信的私人性由此可见一斑。

1　见本书第二章。

发起通信的第一个原因是教学性质的：弗隆托的目标是完成对马可的教育。他会将阅读清单与写作练习寄给他的学生。他还会纠正马可的拼写和表达，在用词和意象的安排与选择上给予详细的建议。日常事件更是变成了进行修辞练习的素材，比如他们会论辩睡眠的利弊。[1] 在一些信件中，弗隆托展开了更为理论性的说明，他会讨论不同的修辞种类，[2] 或给出更为细致的教导，比如，如何通过改变一个字母彻底改变一个词的含义。

但是，在任何情况下，这位老师在给出建议、提出理论、做出进阶指导，甚至发出温和的责难时，都总是带着极大的关怀与小心谨慎，以防伤害学生的感情，而这是为了不断助长并增强他的自尊心。书信往来的全程都是在显著的充满关怀的词语中进行的。在某些地方，它们读起来像是发生在恋人而不是师生之间的对话。比如，弗隆托说，每当看到马可的肖像，他就总会上前亲吻。与此同时，尽管受到老师的责备，抑或是正因为受到这种责备，马可从没停止表达他像爱他自己那样爱他的老师。哪怕他明知老师第二天就会来看望他，他也要带着温柔的感激之情给老师写下这些话。实际上，这种爱意的相互表

1 见 *Ad M. Caes.* 1.4 and 1.5=pp. 90-98, Haines vol. 1。通信出版于 C.R. Haines (1919), *The Correpondence of Marcus Cornelius Fronto*, 2 vols, edition with translation, Cambridge, MA: Loeb Classical Library。这里所做的注释首先依照的是 19 世纪编者的组标题，以拉丁字母缩写形式出现（如 *Ad M. Caes.*），带有特定编号，Haines 版本的页码紧随其后。

2 见 *Ad M. Caes.* 3.16 = pp. 104-107, Haines vol. 1。

达更多的是一种教学关系的演绎风格，而不是情欲的交流。这既是一种教学手段，又是一种矫饰。弗隆托并非只对马可如此，例如，他在给马可的养弟路奇乌斯·维鲁斯（Lucius Verus）写信时，[1] 也采用同一种语言风格。尽管当前某些学术研究猜测马可与弗隆托二人之间有肉体关系，[2] 但是这一观点缺乏有力的证据。在安东尼的统治下，在经历了哈德良皇帝那些臭名昭著的情史的创伤之后，社会道德风气——尤其是在帝国上层的圈子中——变得日益严格，在这样的背景下，师生之间发生肉体关系是高度成问题的。

站在弗隆托的视角上看，他的策略是要慢慢培养一种对善意的实践：作为一种教学形式的善意。这种策略采取了赞美的形态，比如，弗隆托会告诉马可，他的某一篇文章可以在自己格外仰慕的“撒路斯提乌斯的某部作品”中占有一席之地。[3] 一般来说，这种策略来源于对人性的一种特定的理解：“天性决定了，人总是固执地面对批评、欣喜地面对恭维。”[4]

面对这样一种善意，学生不得不因没有达成老师的期待而

1 见 *Ad M. Caes.* 2.8 = pp. 238-239, Haines vol. 2。关于二人互相交换的吻（标志着路奇乌斯·维鲁斯的文明教养）以及大量表现他们爱的方式：*Ad Ver.* 2.5 = pp. 236-237, Haines vol. 2, *Ad Ver.* 2. 10 = pp. 234-237 Haines vol. 2，或是二人互相的思念：*Ad Ver.* 2.4 = pp.236-237, Haines vol. 2。

2 例如，A. Richlin (ed., trans., with intro and comm.) (2006), *Marcus Aurelius in Love: The Letters of Marcus and Fronto*, Chicago: University of Chicago Press。

3 *Ad M. Caes.* 3.11 = pp. 12-14 Haines vol. 1.

4 *Ad M. Caes.* 3.15 = pp. 100-103 Haines vol. 1.

感到羞愧。相比于批评时严厉的词语，维持高标准的关爱与慈祥更能让学生时刻约束自己。但是，马可还是担心他的老师可能会因为盲目关心而没有给到他足够的批评。[1]结果，马可几乎是自发地对自己的努力进行了羞辱和责备，这正是本封信所展现的，而且这封信不过是许多例子中较为显著的一个。责难让马可对老师充满感激之情，因为唯有如此他才能确信自己走在进步的道路上。他坚持把批评的内容当作寻找真理与知识的钥匙。

在我们所知的较早（如果不是最早的）的一次通信中（可追溯到 139 年），马可表示，他从老师的责难中感到了喜悦，因为正是通过这种方式，他从老师那里学到如何“言说真理”——这位未来的哲学家讲出了这句引人注目的话。[2]马可在这封信中对此做了解释，对他来说，老师的责备并不是对一些肤浅的辞藻错误的纠正，而是通过向他展示如何从虚假与模糊的语言中分辨真话，引导马可掌握言说真理的技艺。这份解释预先提炼出了这封信的核心内容，即马可对修辞术的功能与本质的哲学性解释。马可全心全意地把弗隆托教授的修辞术用在哲学对于真理的追求之中，把老师在形式上的批评理解为驱使他探索真理的深层动力。这种对待修辞术及其用法的态度使人

1 *Ad M. Caes.* 3.17 = pp. 106 Haines vol. 1.

2 *Ad M. Caes.* 3.12 = p. 14 Haines vol. 1.

联想起斯多葛学派的主张。[1] 但是，我们还远远不能明确认定弗隆托主张这种对修辞术的看法，或者他有意让他那充满爱意的责备开辟出如此深层的思想道路。

本章呈现的这封信大概写于 146 年，马可对修辞术持有的矛盾态度与其日益深刻的羞耻和自责之情交织在一起。一方面，他因为没有完成老师安排的任务而羞愧自责，尽管他有足够的时间去做这件事；另一方面，他为自己还不是一个足够好、足够具有美德的人而深感羞愧，在学习了哲学家阿里斯顿（Aristo）的作品之后，他清醒地认识到了自己道德上的缺陷。

这封书信在众多研究者中引发了激烈的争论，它一直以来也被当作马可转向哲学的前提。首要的一点是，这封信向我们揭示出，对一个卓越而自律的人施以过分关爱的教育将会带来怎样的效果。

马可给他的老师写信，是因为他发现自己变成了一个坏学生和一个坏人，并为此备受折磨，但是马可这样做并不是因为害怕承认自己的羞愧，而是为了把羞愧转化成对自己的警告，命令自己克服不可否认的失败，并督促自己进步。书信体让马可得以对他体会到的羞愧程度进行坦诚的分析，而他之所以能够如此，恰恰是因为这种分析迎合了弗隆托的教学意图，弗隆托就是要借助温和的羞辱以督促学生取得进步，这一直以来都

1　S. Bartsch (2017), “Rhetoric and Stoic Philosophy”, in M.J.MacDonald, (ed.) (2017), *The Oxford Handbook of Rhetorical Studies*, Oxford: Oxford University Press.

是他们的交流模式。从这封书信中我们得以洞察这位未来的帝王哲学家的成长历程，凭借着他的《沉思录》，这位帝王哲学家的名声流传至今。这部作品的标题带着现代感，是日记与私人笔记的融合，它阐述了一种关于忍耐力与意志力的哲学，而自我分析和自我批评是其核心。[1] 马可求助并依赖于他的朋友和老师，这其实是将内在决心的激励投射在一个权威形象之上。信任、友谊与取得进步这一首要的教学任务，让马可写给老师的信转变成对学生的考量，马可在其中担负着作为一个学生和一个人的双重责任。

这封书信根植于每日的事务与事件，但它始终笼罩在持续的评估与内在的省察之下。这封信以马可的抱怨开始，他向老师埋怨一个朋友的自大，这位朋友就是盖尤斯·奥菲迪乌斯（Gaius Aufidius），他看不起马可，认为马可只有特权，没有实力。在这里有趣的是，马可让这件事在老师眼里变成他第一层的自我羞辱：一方面他嘲笑朋友的骄傲自大，另一方面他也意识到，在写下这些事情，并把自己因朋友的嘲讽而感到不快吐露出来的同时，他也高估了这件事情的重要性，揭示出自己在某些不应该影响到他的事情面前的脆弱。他预料到老师的反应并写道："您会说，那又怎样？"通过这种方式，马可召唤出一位和蔼地责备学生的老师形象，这位老师让他为自己受微不足道之事的影响而自觉羞耻。

1 C. Gill (2011), "Introduction", esp. pp. viii-xiii, in Marcus Aurelius, *Meditations*, R. Hardy (trans.) (2011), Oxford: Oxford University Press.

就这样，马可开启了羞辱的程序，这将构成这封书信余下的全部内容。因自大的朋友取笑自己而受伤，马可承认对此感到羞愧。奥菲迪乌斯拿自己来之不易的自认为的成功与马可做对比，羞辱他只是一个享有特权的懒汉，而他自己虽然是外来的人（他来自翁布里亚），却凭靠辛劳与智慧赢得如今的地位。马可向弗隆托保证，他已经与奥菲迪乌斯和好，但是他也表示，奥菲迪乌斯的嘲讽之所以引起了他的紧张，是因为他总是担心，奥菲迪乌斯说的或许是对的。

接下来，马可用这封信的主要篇幅讲述着弗隆托的即将到来带给他的复杂感受：开心但也羞愧。马可承认他没有完成老师指派给他的作业。他给出的理由是：一直以来他都沉浸在阿里斯顿的作品中。人们对这位阿里斯顿的身份存在争议，但他很可能就是那位斯多葛学派哲学家——希俄斯的阿里斯顿（Aristo of Chios，公元前 3 世纪）。他给人留下特殊的印象是因为他在斯多葛学派的体系下放弃了逻辑学和物理学，只留下伦理学，并且他格外强调这一点。阿里斯顿与一般的斯多葛学派的观点相反，对后者来说，有些东西，尽管不是绝对意义上的善，但如果人们可以拥有它们，这些东西还是值得追求的，比如健康和维持生命。而对阿里斯顿来说，只有一种善，那就是美德。这种激进主义很可能对马可产生了吸引力——或许不仅仅是具有吸引力，因为马可接下来讲到，对阿里斯顿的学习给他造成了强烈的身心动荡，让他陷入自相矛盾的危机：

他的作品现在对我起到了好的作用，但是与此同时，它们也让我产生了不好的感受。……这就是为什么我惩罚我自己，变得生气、沮丧，陷入了“危机”，嫉妒每一个人、每一件事，我连饭都吃不下了。

马可在他流利的拉丁文中间，使用了希腊文 zēlotupō 一词来表达这种“危机”，就像是为了强调他正身处其中的陌生而疏离的境地。马可之所以陷入这一矛盾而艰苦的危机，其深层次的原因是道德性的：阿里斯顿向马可展示了如何成为一个更好的人，但与此同时也揭露了马可在道德上的劣势，以及在他的能力与恰如其分地成为一个好人所需要具备的能力之间的差距——而奥菲迪乌斯恰恰已经对马可的能力的劣势表示了轻蔑。换句话说，马可正经历着这样一种领悟带给自己的震撼：在事物应该所是与实际所是之间，在一个人应该去做之事与实际所做之事之间，存在着鸿沟。阿里斯顿作品的力量就在于它提出了关于生活的真问题，激发出一位未来帝王对于生活的赤诚的担忧。这种经历是如此有力，以至于马可在当下唯一的解决办法只能是暂且“放下”阿里斯顿的书，至少暂时地让自己投入学习修辞术和赶“作业”这些事情中。

但是，就在他承诺让自己投入老师安排的任务中的同时，他也预料到，他将难以彻底完成这个约定。因为现在的他深受阿里斯顿哲学的影响，无法仅仅专攻演说的技巧。也就是说，他再也不能同时为一场争论的双方进行辩护了，而这是演说家最高的技艺。他提醒他的老师，从现在开始，他只能捍卫争论的一方，也就是他自己的信念所在的那一方。他表示，从现在开始，他对修辞术的掌握将服从于表达他的道德诚实。

我们再次看到，同样是羞愧的感受，让马可几乎是背叛了他的修辞术老师。这是从阿里斯顿那里感受到的羞愧：无论这位古希腊哲学家死去多久，他的新学生也继续努力实现着阿里斯顿的哲学训诫给自己立下的期许。于是，老师弗隆托那温和有益且成为一种理论的羞辱机制，在哲学家马可那里被放大了，并且，它还转化为一种势不可挡的发动机，为改变生活的决心提供动力。对马可来说，进步是重要且必需的，但是执行起来是艰难的，因为进步的成果取决于对坏天性的克服。那驱使他去行动的羞愧感不只是产生于对自身不足的认识，更为关键的是，它来自对这些不足的承认。这本身就是一种哲学的立场。在这个意义上，一种显著的冲突发生于修辞实践和哲学指令之间，这让马可和他在世的老师弗隆托的关系备受考验。

弗隆托保持着与哲学的距离，他欣然承认哲学不是无用的，只要它能为演说提供素材——伟大的哲学家，特别是苏格拉底，并没有放弃使用修辞术。[1] 但是，纵观他全部的书信，我们可以看到，弗隆托崇尚修辞而反对哲学，因为哲学不能帮助人们减少生活的苦难。所以，建议马可阅读阿里斯顿的人绝不是弗隆托；他给马可的建议反而是阅读一些戏剧——马可在

1　*Ad M. Caes.* 3.15 = pp. 100-103 Haines vol. 1.

信的最后向弗隆托保证，他一定会去尝试这一建议，但是在那之前他要先读一些西塞罗。对弗隆托来说，演说和哲学不一样，演说可通达每一个人，它就像发笑一样自然。演说的言辞来自人们所处的文化；而正如弗隆托在给不同人的信中所写的那样，文化“属于演说家”，它根植于人类的实践活动，是“神圣事物”的反面。在其书信的语境中，“神圣事物”一词带有贬义，弗隆托说，“最好还是把它留给哲学吧”。[1]

不过，正如我们在马可的信中所看到的那样，他绝不会为了哲学而抛弃修辞术。此外，相对于亚里士多德主义与柏拉图主义，斯多葛学派更强调修辞术是哲学中不可或缺的一部分。正如我们早前提到的那样，马可认为弗隆托的修辞术教导是在向他传达“言说真理”的科学。[2]这表明，马可视弗隆托的教导为其个人哲学觉醒的关键环节。更进一步讲，马可并不是等到阅读了阿里斯顿之后才对哲学感兴趣的，他在《沉思录》(1.7)中讲到，自己很小的时候就已经接触到斯多葛主义了。如果阅读阿里斯顿的确对马可产生了深远持久的影响，那么这种影响其实是他所经历的长期转变的一个步骤，这种转变并未让马可对演说失去兴趣，更没有让他对自己爱戴的老师失去兴趣。

正是马可自己告诉我们，从他与弗隆托的交流中，他收获了某些远比修辞术更为根本的东西。在《沉思录》第一章，马

1 *Ad Amicos* 1.2 = pp. 286-289 Haines vol. 1.

2 *Ad M. Caes.* 3.12 = p. 14 Haines vol. 1.

可完整地罗列了那些他所感激的曾助他成长的人物。在这份古代世界独一无二的汇编中，马可没有把他全部的朋友都写在上面，只有那些值得被当作楷模的人才被提及。弗隆托是马可较早提到的一位（1.11），但并不是因为他的修辞术教导，而是因为他教导马可：

> 怨恨、善变和虚伪与绝对统治相伴，而那些一般来说被我们看作出身高贵的人，其实严重缺乏人性。

最后一个词“缺乏人性”，其希腊语为 astorgoteroi，这个词不免让我们想到它的反义词 philostorgia（古希腊语，意为“充满爱的”），这是一种备受赞美的品质，指的是发自内心的热诚和自然而然的人道感。在与弗隆托的通信中，马可就是这样评价弗隆托的。比如，在一封写给弗隆托的信中，马可带着友善的语气，在结尾时用希腊语写道：“再会，我最好的老师，您是全人类中最有人性的！”[1] 正是弗隆托向马可解释了为什么这个词只能用希腊语来表达：拉丁文中没有能与之对应的词，“因为在罗马没有人具备这一美德”。[2]

对弗隆托来说，philostorgia 是两个人之间一种亲密的形式，它要求毫无保留的诚实与忠诚。对斯多葛学派的马可来说，这

1 *Ad Fer. Als.* 4 = pp. 18-19 Haines vol. 2.

2 *Ad Ver.* 2.7.6 = pp. 154-155 Haines vol. 2.

个词具有哲学的含义。它不仅可以用来描述人类的感受，还可以表达一切生物献给它们的家庭和朋友的爱与关怀。变得智慧，意味着知道如何将这种爱扩展并转移到全人类身上。因此，准确地说，philostorgia 就是博爱，正如斯多葛学派之父克利希波斯（Chryisppus）所阐述的那样，马可在他的《沉思录》中高度赞扬了这一美德。据马可所说，正是蕴含于 philostorgia 之中的爱与人道让爱摆脱了激情（*Med.* 1.9），这也是马可必须保留的，以防自己“变得太像恺撒”（*Med.* 6.30）。正是在此处，弗隆托的教导取得了最显著的成功。权力可能会使人走向道德的败坏，而爱与人道是对抗它的堡垒。同时，philostorgia 也与善良意志有关，人们应该对他人施以善良意志，这在马可看来是美德最显著的特性（*Med.* 3.12；6.47）。事实上，好人的性情正是以善良意志为特征的（*Med*.4.25）。

弗隆托与马可的通信为这种 philostorgia 的发展与实践提供了背景。他们两个人的交往为它提供了条件，富有人道与爱意的老师在其中是全心全意表示关爱的典范，他叮嘱学生要真诚地表达自己。友谊无论多么自然，都需要学习和经营。因此，重要的不只是书信的内容，更是交流这件事情本身。弗隆托教给马可的不只有修辞术。说它是真理也好，说它是爱、友谊或是人道也好，只有通信，更重要的是长久并持续的通信，才能为未来的帝王哲学家创造一个学习 philostorgia 的教室。

第四章

犬儒神灵写给穷人的哲学

“克洛诺斯致穷人”，

选自萨莫萨塔的琉善的《农神节》

克洛诺斯致“我”

（公元 160—175 年，某一年 12 月的 25—29 日）

克洛诺斯致他所尊敬的人——我，也向诸位致敬！[1]

(25) 善良的人啊，你这愤怒是怎么一回事啊？为何你要写信告诉我当下尘世的情况，并催促我重新分配财物呢？你不知道这是别人的工作吗？现在的世界之主才应当关心这种事。我对你感到很惊讶，全世界可能只剩下你一个人还不知道，我已经不再是这个世界的主人了。确实，我曾经称王，但那已经是过眼云烟了。我已经把我的统治权分割给了我的孩子们。你所关心的事，现在主要由宙斯在料理。正如其他神灵有他们自己的职责，我也有我自己的职责，它们包括棋牌游戏、寻欢作乐、歌唱、醉酒，诸如此类，而且一年中只有七天留给我来履行这些职责，多出一天都不行。因此，一旦涉及你所说的那些更为重要的事，包括消除不平等，让人人富裕或人人贫穷，就应该由宙斯来帮你处理。但是，如果有人在节日里的权利被侵犯了，或者在分享快乐的事情上被欺骗了，这类事情就属于我来判决的领域了。因此，我会写信给富人，和他们讨论一下宴会、黄金和衣服的事情，我要让他们为了节庆活动把这些东西分一些给你们穷人。你向我提这些事情是对的。这些诉求是正义且理所当然的，富人应当尊重，除非他们有很好的理由来驳斥它们。

(26) 不过，你应该知道，一般来说，你们穷人很大程度上对富人产生了错误且盲目的认识，好像富人真的像你们所想象的那样极其幸福！好像只有他们应该过上某种快乐的生活，因为他们总在享

1　In Lucian of Samosata, *Luciani Samosatensis Opera*, K. Jacobitz (ed.) (1896), Leipzig: Teubner, vol. 3, Sat. 25-29. 由 Ada Bronowski 根据希腊文译出。

受丰盛的食物，品尝上好的红酒，与美丽的男人或女人共眠，穿戴最舒适的衣服。你完全想象不到过这样的生活是一种什么感觉！追求这些给富人带来的忧虑可不是什么微不足道的事情。富人必须每天紧盯着每一个东西，以防管家偷懒或在没人看着的时候偷东西；以防葡萄酒变坏或谷物遭遇虫害；以防小偷盗走他们珍贵的酒杯；以防巧言令色的公众人物在人群中制造恐慌，向人们散布自己有意对他们进行专制统治的谣言。以上这些还只是富人遭受的全部烦恼的冰山一角。如果你们这些穷人知道富人害怕些什么、为着什么事情担心焦虑，你们就会认为，人应该不计代价地避免变富。

(27) 那么，至于我呢？如果腰缠万贯、权势滔天是一件好事，我怎会发了疯似的将它们拱手让人？你觉得我会做出这种事，然后像一个平民百姓一样安于现状，任由他人指挥？因为太了解那些有钱有权的人所遭受的困扰，我逃离了权力；而且我的选择完全正确。

(28) 现在，你向我哭诉，在那些富人肆意享用野猪肉和甜品的时候，你却为了温饱而只能吃一些水芥、百里香和洋葱。好吧，让我们仔细考察这些事情吧！此刻，无论富人还是穷人，双方的饮食都一样美味，一样没有痛苦。然后呢？然后事情就会发生彻底的反转。你不会因昨日狂饮葡萄酒而导致第二天宿醉难忍，你也不会像他们那样，因吃得太撑而呕吐出肮脏难闻的东西。但这些却是那些富人的“收获”！此外，由于那些富人整夜都是与男孩、女人或者任何勾起他们的欲火的对象一起度过的，他们很快就因为这种骄奢淫逸而变得憔悴，患上肺炎和某种水肿。看看他们，他们之中有谁不是像幽灵一样面色苍白，有谁看起来不像是一具死尸？又有谁是靠着自己的双脚走向衰老，而不是靠那八条腿的担架？他们外表包装着黄金，内里却不过是由一些零杂碎随便拼凑起来的，就像是给舞台演员穿的衣服一样，由一堆一文不值的碎布缝补而成。

你这个穷人，没吃过鱼，很难知道鱼尝起来是什么味道，却也因此不会中风，不会水肿。你难道没有看到，你同时也摆脱了这些事情的烦扰吗？当然，还摆脱了由此导致的其他后果。还有，我告诉你，这些人也不可能每天都吃这些东西，因为欲求的满足是有界限的。记住我的话，他们随时都可能渴望吃一些简单的蔬菜和一些百里香，就像你渴望吃炖兔肉和猪排那样。

(29) 我也不必向你讲述这些人所忍受的其他烦恼了，从难以管教的儿子，到与家佣共眠的妻子，或是出于被迫而非欢愉才和他们相处的情人。还有更多你们这些人完全想象不到的事情，但是这些事情又在那些人当中极其普遍。你只看到了他们的黄金与珠宝。如果你曾目睹这些人坐在洁白的马车上从你面前路过，你定会张大嘴巴，目瞪口呆地望着他们，拜倒在他们的脚下。但是如果你蔑视这些东西，如果你不是对这些东西大惊小怪，而是认为他们没什么价值；如果你不会扭头盯着那些铺满银饰的马车；如果当他们说话的时候，你不会让自己的目光从他们的面庞中移开，只是为了看一看他们手上戴着的翡翠戒指，或是摸一摸他们外衣的边角并惊叹于这件衣服的柔软。如果你只是任由他们自己在那里富裕，那么你一定会发现：他们终将会涌向你。他们将会需要你加入他们的宴会，由此他们才能向你展示那些宴请客人的坐垫、桌子和酒杯。因为，如果没有任何人来见证他们对这些事物的享受，拥有这些东西对富人来说就将变得毫无意义。

[30] 现在你发现了，大多数情况下，他们占有这些东西只是为了你——不是因为占有这些东西有什么用处，而是因为唯有如此，你才会崇拜他们。

我写下这封信来安慰你，是因为我对两种生活方式都很了解。但是，不管怎样，你最好在庆祝这个节日的同时把以下这些话放在心里：很快，所有人，无一例外，都将离开此世的生活。富人会丢下他们的富有，你这样的穷人也会卸下你的贫穷。

但是你可以放心，我一定会遵守承诺给他们回信。我确信，他们不会冲着一封来自我的信而皱鼻子的。

Alberto Camerotto

克洛诺斯（Kronos）写给穷人的信看上去是关于幸福的。写这封信意在找到一条通往幸福之路，尽管这条路看上去可能矛盾重重，而且有悖于我们的期待。然而，这封信里面的内容与初看上去的样子完全不同：轻蔑的建议与刻薄的警告恰恰是构建那条通往幸福之路的工具和原材料。整场讨论在一种乌托邦式的追问中展开，它表达了对一个人人平等且没有不公的世界的渴望。

本章选取的信件是一场持续的书信往来中的第二封，神灵克洛诺斯是这一系列通信的关键人物。萨莫萨塔的琉善（Lucian of Samosata，125—180 左右）是一位小说家、博物学家、讽刺作家，也是一位哲学家。他为这部书信集的可信性创造了似真似假的条件：就好像我们在阁楼上找到了一些陈旧的书信，却发现这些信来自一位被遗忘了的古老神灵。在第一封信中，给克洛诺斯写信的人是穷人的代言人。此人在信中提到，这不是他第一次这么做了。但是这一次，克洛诺斯终于给他回信了，由此开启了这场对话。在写完本章选取的这封书信之后，克洛诺斯又反过来给富人写了一封信，与富人讨论即将在农神节前后举办的庆祝活动。书信集的最后一封信是富人给克洛诺斯的回信。[1]这些信件是一大批献给克洛诺斯的文章的一部分，这些文章都是关于一年之中被称作 kronia 的时节，也就是农神节的，这期间克洛诺斯归来统治人间七天。[2]克洛诺斯来自一个完全不同的时代，那是远在宙斯与其他奥林匹斯诸神统治世界之前的黄金时代。

克洛诺斯是一位与众不同的神灵。他是他者之神（god of otherness），这是一个重要而又多面的特性。[3]他已被时代抛弃，被一代代新神超越；他早已放下了自己的特权与力量。正因为

1 萨莫萨塔的琉善作品的手抄传统将这份通信放在琉善献给克洛诺斯的其他系列作品之中，并统一收录在希腊文标题之下，翻译为“克洛诺斯全集”（*Ta Pros Kronon*），引用时通常使用拉丁文标题 *Saturnalia*，其缩写为 *Sat.*，可见 Lucian, *The Works of Lucian of Samosata*, H.W.Fowler and F.G. Fowler (trans.) (1905), Oxford: Oxford University Press (repr. by Forgotten Books in 2007), vol. 4, pp. 624-638。Saturnalia 的第一篇文章是对农神节之神的采访；紧随其后的是一份冒充法律文书的档案，由克洛诺斯撰写，现在他像梭伦一样成为一个立法者，并荣获“克洛诺梭伦”的名声。*Saturnalia* 以我们这里的书信往来作为结尾。

2 一般的概论，见 J. Bompaire (1958), *Lucien écrivain. Imitation et creation*, Paris: E. de Boccard, pp. 293ff。更新的参考资料，见 F. Vettorello, ‘I Saturnalia di Luciano. Struttura e contesti’, in Lexis 33 (2015): 418-431, esp. 417-422。

3 讽刺作品中的他者为我们观察现实提供了一个与众不同的视角，关于这一点，见 A. Camerotto (2014), *Gli occhi e la lingua della satira. Studi sull’eroe satirico in Luciano di Samosata*, Milano :Mimesis Edizioni, pp. 74-76。克洛诺斯是那个遥远世界的典范，关于这一点可见 Lucian, *The Rhetorician’s Vade Mecum* 10, in Works...cit. vol. 3，以及 Aristophanes, Clouds, 1.929, in Aristophanes, *Lysistrata and Other play*, A. Sommerstein (trans. and ed.) (2002), London: Penguin。更多内容见 Bompaire n. 4 at 256。

如此，克洛诺斯摆脱了惯例的束缚，卸下了通常的社会与习俗的镣铐，只为让自己扮演一种与众神不同的角色，又抑或是为了保留一种逍遥世外的权利，不必承担管理尘世及其有朽居民的烦劳重任。这种距离是幸福的标志，正如伊壁鸠鲁对神灵生活方式的描述：他们远离并隔绝一切凡人的事务。[1]但是，恰恰凭借着这一距离，克洛诺斯得以采取与众不同的角度看待事物。克洛诺斯书信中的表达风格和遣词用句都表明，这是一位带着犬儒气质的神灵，一位古怪的哲学家神灵。连他对不承诺的承诺都显示出这位神灵的自相矛盾，他怀抱着秘密的理想主义，寻找一个不可能的乌托邦。他还从不保持沉默，而是任由自己充分发挥言说的自由，也就是古希腊人说的 parrhēsia，意为“平和却又挑衅的自由言论”，这正是古代犬儒主义者的特点。

简而言之，克洛诺斯完全扮演着讽刺英雄的角色。[2]他自己的模棱两可带着狄俄尼索斯的影子，而他那坦率的自由言论也在某些时候让人联想起普罗米修斯，一个在别的作品中被琉

1 见本书第一章。

2 关于讽刺英雄的定义，见 Camerotto (2014), n.3 at 105-107。在琉善式的奥林匹斯山上，还有其他一些神灵属于讽刺英雄之类，如摩墨斯（Momus），他出现在其他对话录中（如琉善的 *Nigrinus* 或 *Hermotimus*，见 *Works...vols.* 1 and 2）。

善改写成智者的神灵。[1]不过，就讽刺的方式方法而言，克洛诺斯全部的模棱两可与自相矛盾都可以被视为琉善自己的化身（alias）。一方面，这位神灵向我们暗示，从他那里听不到什么真理：他能扮演哲学家，但可以肯定的是，他早已抛弃了任何一种形式的教条。另一方面，他身为神灵，却放弃一切故弄玄虚和含糊其词，因此他也很有可能会直接揭露一些真理。无论如何，没有什么能确保对他的信任于我们有益。他为讽刺的真理代言，这些真理是简单的，也因此最有力，真正理解那些真理的人注定会让它们成为其生活的准则。

贯穿通信始终的那些主题都是典型的讽刺剧主题：富裕与贫穷的对立，还有过度、奢侈、虚荣。这些书信将社会的不平等暴露无遗，生活于其中的富人越来越富，他们铺张浪费，炫耀自己的财富，而一旦他们身上那极端的空洞被揭露出来，所有这一切都将变成一种羞辱，对财物的挥霍将成为绝对自大的象征。然而，尽管穷人承受着来自贫穷的越来越严重的摧残，但也没有任何一种道德上的正当性能够拯救他们，因为在这样的世界中，富人的自私和穷人的嫉妒与敬畏此唱彼和。没有一种人能逃脱这种境地；但是，随着对事实的认识逐渐清晰，人们仍有机会重新来过。的确，农神节开放庆祝活动的指令可能

1 埃斯库罗斯在《被缚的普罗米修斯》（*Prometheus Unbound*, I.182, in Aeschylus, *The Persians and Other Plays*, A. Sommerstein (trans.) (2009), London: Penguin）中让歌队对普罗米修斯说“你说话太自由了”，琉善则在 *Prom.*4 (*Prometheus on the Caucasus in Works... vol.* 1) 中将这句话转变成“一到演讲你就成了最机智的那个”。

会促成一场短暂的“革命”，但农神节的庆典也是进行讽刺的绝佳时机。

克洛诺斯和通信人“我”——这个称呼出现在书信开头——的信件往来充满着日常生活的细节。神灵克洛诺斯与他的通信人好像很亲近，从某些角度看，他们的关系让我们回想起塞涅卡与路西利乌斯的关系，而这明显是琉善模仿并取笑的对象。[1]哪怕是讨论的主题也都与塞涅卡探讨的相同：贫穷、奴役、财富、财产的误用、生活的腐败，以及应当采取的态度与应当做出的选择。只不过，斯多葛主义者塞涅卡变成了犬儒主义者克洛诺斯。

要想理解克洛诺斯给穷人的建议，我们最好先弄清楚在这场对话的第一封信里，“我”向克洛诺斯抱怨了些什么（*Sat*. 19-24）。一位不知名的凡人不是祈祷，而是给克洛诺斯写信。他并未祈祷，而是抱怨尘世的事情，正如我们所有人都会做的那样。这是一封很平常的信，在信里，“我”甚至还埋怨了邮政系统，因为有很多封信，要么被他们搞丢了，要么没被收信人读到，要么从没得到回复。借此话题，作者提及之前一封丢了的信，其简单具体的讲述风格符合人们对一封信的期待。这封信提出的问题是那些让生活难以忍受并让人类社会蒙羞的不平等。富人与穷人的鸿沟有如蚂蚁与骆驼、黄金与某种比铅还差的东西的差别。处在这种状态中的人类社会根本就是一只滑

1　见本书第二章。

稽的怪物，一脚踏进悲剧，另一脚又踏进喜剧。这幅景象只配遭到嘲笑，正是嘲笑摘下了全部的面具，揭露出社会的根基在于那些荒谬不经、令人难堪的不和谐。没人能以诙谐的口吻为这些巨大的不平等进行辩护，因为它们并非人们各得其所配得到的结果。这就是简单而纯粹的不公平。

克洛诺斯，以他的名义和行为，变出了各种乌托邦。一直以来我们被引领着期待那个诗人所传唱的统领黄金时代的神灵，能够将乌托邦变成现实。[1] 我们期待听到那从失落的原始天堂里收集而来的智慧，在那天堂里盛行着各种各样的丰饶，每一个人，无一例外都没有了担忧、劳苦与疼痛。

但是在现实世界，正义全部的迹象似乎都已经消失不见了。富人似乎格外幸福：他们拥有一切，可以为所欲为。不过，是不是如果穷人能够学会满足于他们所拥有的那点东西，他们就一定能幸福？我们应该看一看克洛诺斯对此会说些什么，但是在此之前，我们不妨回顾一下犬儒主义哲学家克拉特斯（Crates，公元前 365 年—公元前 258 年左右）在一段著名的诗歌残篇中提到的乌托邦城市的规则。在他虚构的岛屿佩拉（Pera）那里，富人所拥有的山珍海味毫无价值，人们在那里只需要“百

1 比如赫西俄德就在《劳作与时日》[*Works and Days*, II. 109-119, in Hesiod, *Theogony and Works and Days*, M.L. West (trans. and ed.) (2008), Oxford: Oxford World Classics] 中追忆了克洛诺斯统治下的黄金时代。

里香、大蒜、无花果与面包”。[1]而写信给克洛诺斯的穷人所抱怨的，正是他们只有一些水芥、百里香和洋葱。这显然是对佩拉的影射，只不过在克拉特斯那里被赞颂的，到了琉善笔下却引发哀怨。然而，在写给穷人的回信中，克洛诺斯在末尾向他们表明，这些东西才是对财富的欲望所指向的真正对象。

如果克洛诺斯能制造一场颠覆一切的革命，那将是再好不过的事情了，他将让一切事情回到太初的状态。克洛诺斯拥有改变一切的力量，在他对自由与变化进行说明的时候，在他表明自己能够让那些看似永不变化的事物发生改变的时候，他的话也表明了这一点。在穷人写给克洛诺斯的第一封祈求的信里，穷人甚至认为他有能力改变自然的法则本身。最终，那早已无人相信的平等将会实现——全人类之间的平等，就从财富的完全平均的再分配开始。但首先要做到一件小事：农神节午宴的邀请应该“更为民主”，每个人都应该获得同等数量的食物与葡萄酒。

第一封信结尾对富人的诅咒令人印象深刻：穷人召唤巨大的掘金蚁——取自希罗多德的《历史》——让它们将公民的

1　第欧根尼·拉尔修引用了克拉特斯的诗，见 Diogenes Laertius, *Lives of the Eminent philosophers*, P. Mensch (trans.) and J. Miller (ed.) (2018), Oxford: Oxford University Press, 6.85。关于犬儒学派的理想城邦，见 D. Dawson (1992), *Cities of the Gods: Communist Utopias in Greek Thought*, Oxford: Oxford University Press, pp. 111-222，以及 A. Camerotto (2018), “Vite da cani. Utopie e distopie ciniche in Luciano di Samosata”, in *Quaderni Urbinati di Cultura Classica* 148 (2018) : 105-126。

私有财产运输到公共金库中。[1]这一针对富人的诅咒虽然肤浅，却是以同一种乌托邦愿景为基础的。在那个世界里，个人财富最终将汇集成一个理想城市的公共宝库。对抗自私的办法只有一个：每个人必须将其财产交给集体。我们可以说这是一种共产主义理想，一个对全部财产进行理性的平均分配以反抗不平等的政治任务，赫西俄德与阿里斯托芬早已在他们的时代对此进行了描述。这也是一种在所有乌托邦愿景中都能找到的理念，当然也可以在托马斯·莫尔的《乌托邦》中发现它。

然而，克洛诺斯的回复接踵而至，也就是本章呈现的这封信。这封信开头那过于礼貌的问候显然是由一开始给克洛诺斯写信的人写的，因为这个人这样形容自己："我，克洛诺斯尊敬的人。"他借此自我吹捧地暗示着，那高高在上的克洛诺斯神灵为他一个凡人屈尊回信了。不过，在那些问候语中混入"我"这个称呼，这也表明这位主人公有意和我们分享神灵写给他的私人书信。然而，这种自我吹捧的问候口气很快就被书信正文一开始那寡淡冷漠的口吻驱散了。一切的抱怨和希望，所有关于乌托邦的一厢情愿的思考都化为毫无意义的空谈。对财物进行再分配的请求也被贬为一种纯粹的愚蠢。克洛诺斯立刻就将那些与世俗事物有关的责任推脱出去了。他似乎真的成了一个伊壁鸠鲁主义的神灵。这一切都是他自己的历史经历造成的，

1 关于希罗多德那里的来自印度的掘金蚁，见 Herodotus, *The Histories* 3.102-105, R. Waterfeild (trans.), C. Dewald (ed.) (1998), Oxford: Oxford World Classics。

而如果我们相信他的话，这也是他自己的选择。克洛诺斯的专长只是游戏、狂欢、唱歌、醉酒，这些才是在农神节那七天时间里被允许的消遣活动。

克洛诺斯的身上有“spoudogeloion”的痕迹，即一种一半严肃一半认真的混合口吻，它继承自阿里斯托芬的喜剧与柏拉图的《会饮篇》。消灭一切不平等是宙斯的责任，是他如今支配着这个世界，所有严肃的事情都归宙斯管——但是当克洛诺斯写下这些的时候，他为其言辞注入了一种轻描淡写的含蓄口吻，而他实际上对那个寄托在他身上的乌托邦愿景有着完全清楚的认识。因此，尽管那些最初的期望正在破灭而变成失望，这种破灭自身的表述却是含糊其词的，看上去带着欺骗性。[1] 从那些针对他的抗议与呼喊之中，克洛诺斯觉察到了战斗的呼号。他清楚地知道给他写信的人在说些什么，因为这些关于平等的想法正是他曾经专职的领域。

乌托邦以平等为前提：要么人人富足，要么人人贫穷。克洛诺斯完全明白犬儒主义那能够解决一切社会难题的理念是多么激进。[2] 但是如今是宙斯的天下，这位最古老的神的活动范围已经非常边缘化了：他只能在属于他的节日期间活动，只能在与他有关的特定管辖范围之内处理不平等的问题。因此，克

1　因此，Bompaire (n.4) at 293 将这封信描述为“看上去是对富人的辩护，但肯定了他们（收信人）的谴责”。

2　因此，在克拉斯特的梦幻岛佩拉那里，富人曾一度被全部排除，因此，一切可以引发嫉妒与仇恨他人的因素都消失了，见 *Diogenes Laertius* (n.9) at 6.85。

洛诺斯最多只能给富人提一些建议，比如，在农神节期间，他们应当大方施舍穷人，把剩余的食物和旧衣服赠予他们，邀请穷人参加富人举办的慈善宴会，这些正是我们今天在圣诞节会做的事情。对穷人来说，克洛诺斯乐善好施，甚至在某种程度上像家长一样。乍一看，令人完全想不到的是，克洛诺斯所考虑的是为这种伪善正名，他预感，为了他们那些微不足道的施舍，富人最终也会抱怨。[1]

这几乎是令人难堪的，除非我们注意到这一事实：克洛诺斯即便在承诺要去责骂富人的时候，也已经以一种离经叛道的方式逆转了视角。他最初还显得屈尊，但现在，他已经暴露出彻底的犬儒主义的一面。以这种方式，他参与到一个古老的希腊传统之中，该传统正是在琉善的作品中得到了永久的保存。克洛诺斯传达的信息是，由财富与权力带来的幸福是个陷阱，它只是金玉其外，实则败絮其中。这是因为，富人总是充满了担忧、恐惧和烦扰，所以他建议我们最好避免财富，这一哲学原则后来成为对于贫穷的经典颂词。克洛诺斯对此有过第一手的经验，正因如此，这位最古老的神回顾道，为了找到幸福，他自己是如何将他的财富与权力拱手让人的。如果我们认真思考富人的生活方式，我们会发现，富人总是在宴会和各种过度的举止，以及无度的奢侈与堕落中左右为难，于是，悖谬发生

1 更多的社会背景，见 C.P. Jones (1986), *Culture and Society in Lucian*, Cambridge: Cambridge University Press, pp. 87-88，以及 B. Baldwin (1973), *Studies in Lucian*, Toronto: Hakkert, pp. 109-110。

了，不平等反而成为穷人的幸运，因为任何财物的过剩对人来说都不是好事。我们必须时时刻刻学习这一点。人对好东西的拥有是可能过度的，比如，在吃东西吃到撑的时候，奢侈与堕落就成了疾病与痛苦的同义词。这一来自公元 2 世纪的教导对现在仍然有意义，肥胖成为我们这个时代的一大难题，消费主义的疯狂盛行于我们身处其中的这个过于舒适的世界。拥有一切对凡人来说并不是最好的，懒惰与好逸恶劳会很快把我们化成一具具死尸。

正是对此种事实真相的清楚认识，我们才有希望为改变世界、恢复正道创造唯一可能的机会。如果财富让我们不幸，那么贫穷就意味着拯救与幸福，这正是犬儒主义思想所主张的悖谬观点。不止如此，还有更可怕的“惊喜”在财富那里等待着我们。如果你有钱，那么所有的人际关系，包括所有你最珍视的关系，最终都会扭曲变形，因为你既不能信任你的朋友，也不能信任你的孩子，更不能信任你的妻子，甚至连爱情也会转变成利益、肉体交易，以及谎言。

归根结底地讲，问题无疑取决于对现实的认识和解释。巨大财富所彰显的辉煌胜利引起了穷人的崇拜，他们带着敬畏的目光凝视着黄金与珠宝、洁白的马匹与光芒闪烁的马车，这一切给富人带来极大的满足。事情的症结就在于此，而也正是在此处，讽刺能够产生效力，因为我们需要做的就是纠正我们的认知体系。我们需要遵循由苏格拉底辩证法教给我们的哲学反驳的经典规则，从而扭转我们的思考角度。这一方法帮助我们揭开习俗的面具，撼动公共意见。如果我们还有渺茫的机会来发动一场革命，那么它一定来自这种观念上的醒悟。这是因为，事实上，富人恰恰需要穷人，需要让他们的财富引发穷人的关注与崇拜。没有关注，财富将一无是处。

我们需要做的是揭开社会的虚伪面：正是社会的习惯与习俗吞噬了公正的一切可能性，而应该为此负责的是穷人。我们需要采用不同的思考方式看待现实。从这个视角看，克洛诺斯是一个讽刺英雄，他能揭开关于这个世界的谎言。财富，以及贪婪地索取，都只是为了作秀，为了向全社会炫耀。[1]奢侈实际上毫无用处，它被造出来只是为了制造惊讶与嫉妒，它的存在只能带来财富上的社会威望与财物上的占有，而无论如何，只有少数人才能够拥有这些。所以，要想让那个迫使人追求财富的运作机制失效，只需要拆解那些逻辑和社会意义上的陷阱。如果穷人不再对财富献出他们的崇拜与羞耻的谄媚，黄金立刻就会失去价值。实际上，它将时不时地成为最邪恶与最令人憎恨的东西，例如，在尼格利努斯的同名对话录《尼格利努斯篇》中提出的理想城雅典之中（此人是琉善笔下的另一个乌托邦哲

1 关于富人的华丽表演及其批判，见 F. Vettorello (2017), “L’ostentazinone è l’anima della ricchezza. La lezione dei Saturnalia lucianei”, in A. Camerotto and S. Maso (eds) (2017), *La satira del successo. La spettacolarizzazione della cultura nel mondo antico:tra retorica, filosofia, religione e potere*, Milano-Udine: Mimesis, pp. 413-438。

学家），或者在托马斯·莫尔的《乌托邦》之中，就是如此。[1]

最终，犬儒主义者获得胜利，这封信以一种强有力的悖谬和犬儒式的超脱结尾。克洛诺斯之所以能够给出他的建议，是因为他处在旁观现实的位置，他既能超脱于现实之外，又对两种生活方式有着自己切身的认知，因为他曾经富裕过，现在又甘愿贫穷。我们最好能怀着嘲笑一切的态度，考虑如何尽己所能过好当下。而且，既然现在是农神节期间，人们应该想着如何享受宴会。此刻，我们开始看到现实的本来面目，所有我们崇拜的财富、力量与美貌都只是过眼云烟，它们屈从于不可改变的“oligochronia”法则，也就是转瞬即逝的法则。始终存在着一种确定无疑的平等，一个对所有人来说都一样的不可改变的法则，那就是我们注定要离开我们在世的富有与贫穷，在这一点上，人与人毫无差别。但是谁又能知道，这个法则自身是不是来世的乌托邦呢？又或者是不是来世的反乌托邦呢？[2]

1　见 Lucian *Nigrinus* 12f, in *Works* (n.1), vol. 1 and Thomas More, *Utopia* 2.123-134, Part 129, D. Baker-Smith (trans. and ed.) (2012), London: Penguin Classics，更进一步可见 I. Gassino (2012), “Fiction, parodie et utopie: les *Histoires varies* de Lucien et *l'Utopiie* de Thomas More”, in *Morus* 7 (2010) :43-57。

2　对琉善来说，来世才是唯一可能的乌托邦，关于这一点及其所具备的全部犬儒学派的方面，见 A. Camerotto, “L'utopia dell'aldil'à in Luciano di Samosata”, in *Annali Online Ferrara-Lettere* 11 (2) (2016):9-26。网址：http://annali.unife,it/lettere/article/view/1398; P.Gómez (2016), “Voces del Hades, decretos del más allá: la consulta a los muertos en Luciano”, *in Revista de Estudios Clásicos* 43(2016) :97-128。

第五章

真实的人，真实的哲学

笛卡尔致波希米亚公主伊丽莎白

(写于艾格蒙特，1645 年 9 月 1 日)

尊敬的女士，[1]

因为我不确定尊敬的公主殿下您是在海牙还是在雷嫩，所以我在莱顿给您寄出这封信。您赏光写给我的信，被邮递员带到了阿尔克马尔，我收到这封信的时候，他已经离开了。这使我没能早一点向您传达我内心满怀的荣幸，因为您对那本您认真阅读过的书（指塞涅卡的《论幸福生活》）持有的看法与我的不谋而合，而且我的思考方式对您来说似乎是自然而然的。我确信，如果您有足够的闲暇去思考那些他（指塞涅卡）和我都研究过的问题，那么我一定写不出任何比您的观点更好的东西。但是，尊敬的公主殿下，由于您的年龄、出身和职权，您没有闲暇像我一样思考这些事情，所以，我给您写的这些内容或许能够为您节省一点时间，而我的那些错误或许也能够成为您发现真理的契机。

我曾说真正的幸福完全取决于我们的自由意志，而所有人完全不用借助外界的帮助就能获得它，您却非常正确地注意到，有那么一些疾病，它们不仅能剥夺理性思考的力量，还能阻止人们享受理性心灵的满足感。这使我意识到，我针对所有人提出的一般性结论实际上应该只局限在一部分人身上，他们能够自由使用他们的理性，并且因此知晓通达真正的幸福所必须选择的道路。人人都想让自己

1 In R. Descartes, *Oeuvres*, C. Adam and P. Tannery (eds) (1897–1909), Paris: Cerf, in vol. iv, pp. 281-287. Translation by Lisa Shapiro, in L. Shapiro, (ed. and trans.) (2007), *The Correspondence between Princess Elisabeth of Bohemia and René Descartes*, Chicago: University of Chicago Press. L. Shapiro 和 University of Chicago Press 已批准将本书再版。

幸福，但是很多人不知道如何获得幸福，而身体上的疾病又常常会阻碍意志的自由。这就像是我们在睡觉时发生的事情，若是一个人的体质使然，那么即使是这个世界上最具哲学头脑的人也不知道如何避免做噩梦。尽管如此，经验却告诉我们，当一个人在心灵自由的时候勤于思考，那么无论身体经受何种疾病，他也常常能够在康复之后返回那些思考。因此我可以说，我从没做过任何令我不愉快的梦。毫无疑问，长时间习惯于没有悲伤的想法对我们也有很大的好处。但是，只有当我们完全掌控我们自己时，我们才能彻底地为自己负责，而且对人来说，失去对理性的使用要比失去生命更令人沮丧。因为，哪怕没有信仰的教导，仅仅是自然哲学也会使我们希望，我们的灵魂在死后获得比现在更加幸福的状态。对灵魂来说，没有什么比被迫与一个身体结合并因此丧失自由更加可怕和沮丧的了。还有一些其他的疾病，它们无法完全困扰我们的感官，只是会影响我们的心情，导致我们极易产生悲伤、愤怒或其他负面情绪，虽然它们无疑也会给我们带来一些麻烦，但是这些疾病能够被克服，而且正因为克服它们是困难的，它们其实创造了一种能够为灵魂带来更大满足感的条件。我还相信，光鲜亮丽的高贵出身、王室成员的阿谀奉承、财务上的窘迫或宽裕，所有这些外在障碍都有一个共同点，那就是在我们朝着扮演哲学家的角色而前进的道路上，比起命运的不幸，它们对我们造成的阻碍要更多。因为，当一个人事事如愿，他就会忘记省察自己，而当运势发生变化时，他就会发现，他曾经越是信赖命运，现在就越是猝不及防。最终，人们可以在一般的意义上说，只要我们的理性不被干扰，就没有什么能完全夺走我们实现幸福的工具，而那些看起来最令人难过的东西往往不是最有害的。

要想搞清楚每件事物带给我们的满足分别是多少，我们必须要考虑带给我们满足感的原因究竟是什么，而这也是培育美德的众多知识之一。一切使人获得某种完满性的心灵活动全都是有美德的，而我们的满足感就在于对某种完满的内在确证。因此，据我们所知，没有哪一种美德的实践（也就是理性说服我们应该去做的事）是不能给我们带来满足与快乐的。但是，快乐也分两种，一种快乐属于纯粹的心灵，另外一种快乐属于人类，也就是与身体相结合的心灵。后一种快乐把自己混淆在想象之中，使它看起来比实际上的要强烈得多，特别是在人们拥有它之前——但它却是生活中一切邪恶与错误的源泉。根据理性的规则，每一种快乐都应该以它所产生的完满程度为其衡量的尺度，因为我们正是以这种方式来衡量一切我们知其原因的事物的。但是，激情却常常使我们过分偏爱并渴望某一些东西，远远超过它们实际的价值。因此，当我们曾为了得到它们而付出巨大代价，过后又失去它们的时候，我们同时得到了拥有其他更为真实的善好的机会，对这些真实善好的享受使我们意识到原来那些事物的不足，并由此生出蔑视、遗憾与懊悔。这就是为什么理性的职责是检验一切善好的实际价值，因为对它们的获取似乎在某种程度上取决于我们的行为，所以我们要确保始终把全部精力花在获取那些事实上值得追求的对象上面。即便命运与我们的计划相反，妨碍我们取得成功，至少我们没有因自身的过错而失去什么，为此我们会感到满足，而且，我们也并不会失去自然真实的幸福，取得这种幸福的力量将一直掌握在我们手中。

比如，愤怒有时会激发我们内在的复仇欲，它是如此残暴，以至于在我们的想象中惩罚敌人比捍卫荣誉与生命更令人快乐，我们甚至会不明智地令自己陷入二者皆失的境地。但如果由理性来检验那个从复仇中生出的快乐，看看在它里面有什么善好或者完满性，理性将会一无所获（至少是当这种复仇并不能防止我们受到的侵犯再次发生的时候）。这种快乐的唯一根源在于，它让我们感到拥有胜过复仇对象的优越感或者优势地位，然而这往往只是一种虚幻，因为与荣誉或生命相比，甚至与克制愤怒、放弃复仇所带来的满足感相比，这种幻觉是毫无价值的。

所有其他的激情也都是类似的。没有哪一种激情不会把那个由它鲜活呈现出来的善好摆在我们眼前，尽管它本身没有那么好，也没有哪一种激情不会引发人们对某些快乐的想象，这种快乐在我们尚未占有它时要比在我们找到并获得它之后显得更加强烈。基于以上原因，我们通常会责怪快乐，因为我们仅仅用这个词指称那些用表象欺骗我们的快乐，它们使我们忽视了其他那些更加可靠的快乐，然而我们并不是特别期盼这种通常而言只属于心灵的快乐。我之所以说“通常而言”，是因为并非所有心灵的快乐都是值得赞美的，它们中也有一些可能是基于错误的意见，例如诽谤带来的快乐，这种快乐基于这样一种认识——我们相信，别人越是被轻看，自己就越是被重视。这些快乐也会与某些强烈的激情相伴，用它们的表象来迷惑我们，例如野心带来的快乐就是如此。

然而，身体快乐与心灵快乐之间最主要的不同之处在于，身体屈服于持续的变化，甚至它的保存与健康也取决于这种变化；一切与此相关的快乐都因此难以长久。在身体获得对其有用之物的瞬间产生了身体的快乐，但是一旦那些东西不再对身体有用，它们带来的快乐也就消失了。相比之下，灵魂的快乐可以尽其所能保持不朽，只要它们的根基足够牢固，以至于无论是关于真理的知识还是任何错误的信念都不能对它造成破坏。

对普罗大众来说，理性在指导生活中最真实的用处是，在没有激情影响的情况下，检验并权衡所有用行动实现的完满性的价值，既包括身体上的，也包括心灵上的，从而让我们在不得不进行取舍的时候总能选择最好的那一个。由于身体上的完满性总是次好的，因此可以在一般的意义上说，没有它我们也能获得幸福。但是，我并不是认为我们应该完全鄙视身体上的完满性，也不是主张我们要摆脱激情。对我们来说，让激情服从于理性就足够了。而当我们驯服了激情，激情就会变得有用，甚至越是过度，就越是有用。在我所拥有的激情之中，没有比我对您的尊敬与崇拜更加过度的了，正是这种激情让我成为——

殿下您最谦卑顺服的仆人，

笛卡尔

Delphine Antonine-Mahut and Marie-Frédérique Pellegrin

笛卡尔（René Descartes，1596—1650）与波希米亚公主伊丽莎白（Elisabeth of Bohemia，1618—1680）之间的通信因以下三个原因而格外出众。首先，它对哲学做出了重要的贡献；其次，这些通信自始至终都是作为私人亲密的对话而展开的；最后，他们二人的书信往来独立于同一时期的其他哲学通信，因为这场对话果断摆脱了现代文人共和国的约束规范。前两个方面应当放在历史背景中加以理解。在那时，人们在写作哲学信件时并无意保持书信的私密性。然而，笛卡尔去世后，伊丽莎白却拒绝将她写给笛卡尔的信与笛卡尔写给她的信一起公之于众。在那样的历史背景下，伊丽莎白的拒绝往轻里说也是不同寻常的。她的举动让“笛卡尔全集”的编辑克劳德·克莱尔色列（Claude Clerselier，1614—1684）感到意外，也给他造成了困扰，因为笛卡尔和伊丽莎白之间的通信可以完整地勾勒出笛卡尔主义哲学的一个重要部分，如果少了这些通信，这个部分（特别是关于道德哲学和政治哲学的内容）是无法被恰当地归类并出版的。此外，这些书信还展露出伊丽莎白自己独立的哲学思想。

笛卡尔与伊丽莎白的书信对话不仅是笛卡尔主义道德哲学的实验室，也是伊丽莎白的道德生活与哲学生活的私人日记，后者有着令人震惊的思想深度。私人与公共的分立所营建的思想框架推动了整场对话的进行，因为正是从这个框架里的私人立场出发，伊丽莎白对笛卡尔的哲学立场发起了挑战。

这场通信最后一个令人印象深刻的方面在于它突破性地摆脱了当时的书信体规范。它把两个截然不同的人牵连在一起：一个是身为法国哲学家的中年绅士，另一个是年轻的日耳曼公主。这场通信由伊丽莎白发起。在荷兰乌得勒支大学的雷吉乌什博士的鼓励下，她大胆地直接写信给笛卡尔——当时最著名的哲学家，并向他请教那些艰深的哲学问题。伊丽莎白由此开创了一种新的文学类型：异性之间的哲学通信。在此之前，异性之间的通信在原则上要遵守严格的语言规范和社会规范，而这些规范禁止男女之间进行严肃的讨论。由于避开了迂腐的指控，私人信件这种文本本身对伊丽莎白来说演化成为一个允许女人自由从事哲学活动的安全场所。伊丽莎白在这些信里似乎扮演着反对者的角色，因为笛卡尔的哲学是他们讨论的主题，但与此同时，她从自己的性格和处境出发，凭着她的激情和理性所完成的研究，其自身也构成了一份源于哲学自省的哲学作品。有鉴于此，我们最好取一篇笛卡尔的信，再取一篇伊丽莎白的信（第六章），把两封信放在一起，以此来领悟二人有来有往、相互回应的思考方式，以及他们通过与他者交流而在认识自我上取得的进步。虽然二人的关系始于不平等的起点，但书信形式的交流最终实现了某种形式的平等。

笛卡尔致伊丽莎白，写于艾格蒙特，1645 年 9 月 1 日

从形而上学到数学，伊丽莎白在诸多领域都有着卓越的思考能力，她与笛卡尔的通信便是证据。但是，从其思考路线上看，她主要关注的领域是哲学在实践中的应用。在此前的一封信中，伊丽莎白问道，塞涅卡在其著作《论幸福生活》中提到“扮演哲学家的角色”，这样做的意义何在？如果不能为每一个个体提供追求幸福的自然手段，[1]那些有血有肉、真实的男人和女人，作为世界的一个部分，并受身体的束缚，他们能够拥有的一点点自由是什么？真正属于一个人自己的又是什么？

笛卡尔于 1645 年 9 月 1 日就以上问题亲自回应了伊丽莎白，他是从一段对塞涅卡的评论开始的。的确，我们每个人都能体会到生病是什么感受，它会影响我们的理性能力，这种影响或者是暂时的，或者是长期的。然而，难道因为这样我们就要反对塞涅卡，得出这样的结论——我们无法凭靠自己在此生获得幸福，只能把幸福完全交给未来那些偶然的事件？或者说，难道我们就应该因此拒绝那些使人真正成为人的东西，而这些东西不仅限于纯粹的灵魂？我们又该如何坚持要求美德的合理性，同时又不让美德丧失实践的可能性？

笛卡尔按照两个思路回答了上面这些问题。第一，他对那

1 Seneca, *On Happy Life,* in Seneca, *Dialogue and Essay*, J. David (tans.) and T. Reinharht (ed.)(2007), Oxford: Oxford World Classic, pp. 85-111. 关于塞涅卡，见本书第二章。

些可能会阻碍我们自由使用理性并因此阻挡我们获得幸福的因素（笛卡尔称为“疾病”）进行了评估。第二，他把讨论的主题重新聚焦在使我们获得幸福的真正原因上面，以此为前提来确定将美德付诸实践的最快速的方式。在信的末尾，针对“理性在指导生活上的真实用途”这个问题，笛卡尔精练地汇总了我们需要知道的一切。

声称我们能够在任何情形中、不借助任何外在事物的帮助就能获得幸福，这种观点似乎剥夺了大多数人实现这种他们确实孜孜以求的自然的至福状态的手段。笛卡尔的第一个回应思路就在于明确身体上的疾病对我们每天的理性操练造成的实际影响是什么。我们很快就会发现，这种影响等同于理性依赖于身体的他律原则。然而，大多数时候，这些疾病只是暂时的，因此，相对于更加常见的我们对于心灵的“自由”运用，他律原则的效力是有限的。因为人们只要养成了好好使用理性的习惯，就足以抵御暂时性的身体障碍。一个人若想要自己掌控自己，首要任务就是做好长期践行美德的准备。

如果说，即便那些能够严重扰乱理性运用的疾病也不过如此，那么那些仅仅引起情绪起伏的状况以及命运遭际所造成的后果就更是如此了。疾病越不是产生于我们的内在，或者说，它们越是产生于外在的遭遇，它们就越是无法影响我们的内在状态。进一步讲，一种未来的疾病越是难以克服，对它的成功克服就越是能够在我们的余生中巩固和强化我们的内在状态。习惯是由我们在生活中经受的考验来稳固的，它也因此证明了自由意志能够征服最顽固的敌人。正是一种理性思考的习惯提醒着我们“独立运用理性”的必要性，在那些命运眷顾我们的时刻，是理性提醒我们，切勿将一种偶然性的他律（无论它带来多少快乐）误当成了真正的幸福。

那么，在探寻何为真正的幸福时，哪种快乐或满足是我们可以相信的呢？

如果美德的确是人最大的善，那么对美德的践行就一定能带来最大的满足感。但是，相比于“心灵自身”，一个真实的人是“受限于身体的心灵”。在这个意义上，人是有激情的生灵。人怎样才能像塞涅卡做的那样，拒绝一切形式的激情，进而宣称美德使自己获得绝对的幸福？我们是否应该只允许自己享受心灵的快乐？

在这个问题上，笛卡尔首先诉诸激情对事物进行再现的维度。他解释道，被我们视作触发激情的对象常常（尽管并非总是）被我们高估，使它的价值脱离其真实价值。激情会放大、增强，甚至歪曲这一对象在我们想象中造成的好与坏。以这种方式，我们的想象在激情的再现力量与针对对象的理性评估之间造成了一种分野——后者通常跟在前者之后出现，晚于最初的再现。由此造成的结果便是，美德的践行最多是第二位的，晚于我们实际上感受到的不幸和不满足，这些感受源自我们最初对于那些表面上的快乐的追求。因此，对真实的快乐而言，在其最基础的维度中存在一种与时间的关联。根植于反复考验的理性思考习惯必须时刻保持在前排——这就要求心灵采取主动。但是我们必须做出长期的打算，也就是说，心灵必须保持或（若需要的话）恢复其在时间序列中的优先地位。因为，凭借着单纯的分析，心灵就能明白，在众多快乐之中，永恒的快乐远远比那些不能持久的快乐重要。这一原则必须先于个体的存在而体现出来，唯有如此，它才能在理论的层面上指引我们；与此同时，这一原则也必须体现在个体存在之后，因为唯有如此，它才能塑造我们的生活经验。

在书信的结尾，笛卡尔教会了自己如何区分“掌控”身体快乐和“鄙视”身体快乐，他确实体现出一位哲学家的风范，而不是在假装“扮演哲学家的角色”，因为他确实把自己的信念付诸实践了，也鼓励他人驯服他们的激情，而不是想办法摆脱激情。哲学在这场实践的审判中检验了自身并证明了自身——若没有清晰的目标和实际的结果，哲学就是毫无价值的。

正是伊丽莎白针对真实的人及其生活中真实的选择所提出的具体问题，迫使笛卡尔针对真实的人的本质这一问题进行现实而具体的反思，并在这一反思中解释理性“真正”的用处。这一点，在笛卡尔的任何其他写作中，都是看不到的。

第六章

善的动机与现实的阻碍

伊丽莎白公主致勒内·笛卡尔

（写于海牙，1645 年 9 月 13 日）

笛卡尔先生，[1]

如果我的良知能安心地满足于你为我的疏忽而提供的借口，仿佛它们就是对我的疏忽的补救，我会对此深表感谢，我还将免于懊悔的情绪，因为我本以为自己在运用理性上面付出的实践太少了。实际上，相比于同龄人，我运用理性能力的时间要长很多。我的出身与命运迫使我比其他人更早地操练我的理性，这让我过着一种非常艰难的生活，既远离了那可能会妨碍我思考自我的繁荣富贵，又不必屈从于某位家庭教师的精明指导。

尽管如此，我仍然相信，无论是繁荣富贵还是与之相伴的阿谀奉承，都不能完全抹杀天赋异禀的心灵力量，也不能阻止拥有这种心灵的人像一个哲学家那样去接受命运的无常。然而，我却发现，由于缺乏足够的时间去验证何为最有效的应急办法，那些管理公众的人在面对大量令他们措手不及的意外事件时，总是会做出日后令他们懊悔的举动（无论这些人多么具备美德）。正如你所说，懊悔是阻碍我们实现真正幸福的一大障碍。的确，根据事物所能给予的满足感来判断它们的好坏，又根据它们产生快乐的完善性来判断满足感，最后再不带激情地判断这些完善性和这些快乐，这样一种习惯能够预防大量的错误。但是，为了以这种方

1　In R. Descartes, *Oeuvres*, C. Adam and P. Tannery (eds) (1897–1909), Paris: Cerf, vol, iv, pp.287-290. Translation by Lisa Shapiro, in L. Shapiro (ed. and trans.) (2007), *The Correspondence between Princess Elisabeth of Bohemia and René Descartes*, Chicago: University of Chicago Press. L. Shapiro 和 University of Chicago Press 已批准将本书再版。

式评估事物的好坏，我们必须能够对以上这些问题得出准确无误的答案。而为了完全了解我们在现实生活中必须加以选择的所有善好，我们就必须获得一种无限的科学。你说，如果一个人的良知能证明他自己已经采取了一切可能的预防措施，他就不会得不到满足。但是如果他没能实现目标，这种情况就不会发生。而人们恰恰总是改变他们对那些留待去考虑的事物的看法。要想根据触发满足感的完善性来衡量满足感，就必须清楚地看到每一个事物的价值，由此我们才能判别哪些事物仅仅于自己有益，哪些事物让我们对他人更有益，以及这两类事物中的哪一类更值得选择。后一类事物常被那些热心肠、损己利人的人所推崇，而那些只为自己而活的人会选择前一类。但无论是前一种人还是后一种人，都运用理性支撑着他们各自的倾向，双方的理由都坚定到足以使他们以同一种方式度过一生。身体与心灵其他方面的完善性也与此相同，我们对它们的追求源自默示的直觉，又被理性所认可。这种直觉不应该被称为激情，因为它是天生的。所以，如果你愿意，请你告诉我，我们应该在多大程度上遵循这一直觉（它是本性的恩赐），又应该怎样去纠正它。

为了更好地认识激情，我也很想了解你对激情的定义。如果生活经验没有向我展现有些激情可以将我们引向理性的行为，那些称激情为“心灵动荡”的人就会说服我，让我认同激情的力量仅仅在于强迫理性屈服于它。但是我确信你能对这个主题做出更加明确的阐发，如果你能说明激情的力量是如何在服从于理性的时候发挥出更大作用的。我会在怀克瑞的奥兰治亲王宫殿接收你的好消息，我们正搬去那里，因为现在住的房子就要被清理了。但是你无须为此改变寄信地址。

你最亲密的朋友，随时为你效劳的，

伊丽莎白

Delphine Antoine-Mahut and Marie-Frédérique Pellegrin

伊丽莎白在写于1645年9月13日的回信中对自己的生活进行了案例研究式的考察，并讨论了笛卡尔那渗透着斯多葛主义风格的伦理学。要想探究道德建议的作用，最好的办法就是去判定它对个人生活所产生的实际影响。伊丽莎白在信中就对自己进行了一场自我省察。实际上，在通信的整个历程中，伊丽莎白频繁地推进着她的内省之路。她坚持认为，人们必须基于个人经验来检验那些原理，因为只有在个人经验中，抽象原理才被付诸实践。要想理解美德，人们必须完整地理解试图践行美德的个人，唯有如此我们才能以最好的方式分辨，在这个人所做的决定及由此引发的行动中，哪些属于激情，哪些属于理性。

在书信开头的那个长句中，伊丽莎白为我们勾勒了一幅“自画像”。这句话足以展现这位与众不同的人物身上那些与众不同的特征。她虽出身高贵，但是其父是已遭罢黜的国王，因此，她的生活“非常艰难”，充斥着各种财务危机以及一系列家族的苦难与不幸（破裂的婚约、犯下通奸罪的姐姐、被指控为异端的哥哥，以及另外一个公然与情妇同居的哥哥）。伊丽莎白也是一位极为敏感的人，她在书信余下的内容里选取了“懊悔”作为她要加以反思的道德问题。这封信的全部内容就是在考察这一敏感性的心理特征与生理特征。

伊丽莎白本性当中的这些方面让她与笛卡尔的个性差别更大了，而她在通信中展开的自省也因这种差别而极具教育意义，它让笛卡尔认识到那些他本人并不熟悉也并不总是考虑到的道德直觉。伊丽莎白内省的理性能力使她成为笛卡尔独一无二的对话者，也让她得到笛卡尔的优待。在这场通信中，伊丽莎白自我分析的能力对笛卡尔的道德哲学假说构成了挑战。

伊丽莎白自己强调了这一能力。她坦白道，由于发生在自己身上的诸多不幸，她很早就已经开始依赖她的理性能力了。她同意笛卡尔的观点：富裕会让人变得愚蠢。但是她为其理性早熟的发展给出了一个个性的解释：缺少指导（她不曾把自己的心灵托付给一个能够庇护她不受外界污染的教导者）。正如其他许多对伟大且智慧之人的刻画一样（包括笛卡尔在《谈谈方法》一书中对他自己的描绘[1]），伊丽莎白强调了她早年对理性的使用。这一早熟的智慧被伊丽莎白在生活中所受的苦难所强化，它们迫使她思考那些真正的问题，即哲学问题。

单是外在环境还不足以解释这样一种根深蒂固的理智天性，它同时来自心灵先天的特质，准确来说就是那种属于“天赋异禀的心灵”的特质。笛卡尔在《谈谈方法》一书的开篇就作出如下断言：“良好的理智在世上的分配是最平均的。”不过，我们不应该认为伊丽莎白关于心灵贵族的理念是一种反笛卡尔主义的立场，因为在1644年创作的献给伊丽莎白的书《哲学

1 R. Descartes, *A Discourse on the Method*, I. Maclean (trans.) (2008), Oxford: Oxford World classics, pp. 5-6.

原理》中，[1]笛卡尔指出，只有少数心灵才能够进行数学思维，能够掌握形而上学的更少，而能够同时兼顾这两个领域的几乎没有。但他随后又补充道，据他所知，在他的一生中，他只见过一个同时拥有这两种理智的人，那就是伊丽莎白。因此，对笛卡尔和伊丽莎白来说，尽管每个人都能够进行理性思考，但不是每一个人都能进行杰出的理性思考，大多数人远远达不到这一点。

然而，杰出的理性能力是否足以使人具备美德？这个问题引领我们进入伊丽莎白这封信的核心议题，该问题既是一般性的，也是具体性的。具体而言，它是对懊悔这一复杂情绪的审视。但是，从对懊悔的具体分析中，伊丽莎白提炼出更为一般的道德困境：在实践中理性无法完全指导我们。这是伊丽莎白对斯多葛伦理最终的批判。对斯多葛主义圣贤立场的考察早在前几封通信中就开始了。在这封信中，伊丽莎白一劳永逸地脱离了斯多葛模式，但这又引导她去提出另外一个影响更为深远的问题：道德行为（尤其是政治行为）如何才能不令人失望？如何才不是注定要失败的？我们不是总是看到，每一种道德或政治行为最后都会以这样或那样的懊悔而告终吗？我们应当以什么样的标准来评判我们的道德行为呢？

我们必须重新思考激情与理性的关系了。当前的问题是，

1 R. Descartes, *Principles of Philosophy*, in J. Cottingham, R. Stoothoff, D. Murdoch (eds and trans.) (1985), *The Philosophical Writings of Descartes*, Cambridge: Cambridge University Press, pp. 177-292.

如果理性实际上不能分析出美德行为所要求的全部规范，我们将凭借什么获得道德的安宁？每当我们想要有效地运用理性，我们总是会面临一个困难，这个困难在纯粹理论的层面上还显现不出来，它只会出现在实践应用中——简单来说就是，我们既没有足够的时间，也没有足够的理性能力，在做出决定并展开行动之前预先掌握一切必要的信息。要想万无一失地确定行动的最佳方式，我们可能需要一种“无限的科学”。笛卡尔认为他能够找到美德的精确定义，因为他断言，美德就在于带着决心去做我们判断为最好的事。但是，懊悔——作为一种既严重又普遍的情绪——驳斥了笛卡尔的立场。对笛卡尔来说，善的动机（即善的理性用来指引一个坚定意愿的决心）足以保证行为的美德。行动失败的可能性并不会玷污这个行为本身的价值，因此也就不会引发懊悔。但是，伊丽莎白发现，懊悔仍然存在。懊悔情绪的存在表明，我们不能，也的确不会，仅仅满足于尽己所能，哪怕没有成功。我们不可能在行动失败的情况下感到满足，哪怕我们已经穷尽自己善的判断与坚定的意志去努力完成它。从行为中获得的满足感，只有在行为的全部后果得到完全的衡量与精确的评估后才能为我们享有。懊悔实际上是两种失控的结果：一方面，在行动之前进行理性评估是不可能的（这要么是因为一时的疏忽，要么是因为理性的局限）；另一方面，道德行为并非完全由理性构成（因为激情也是行为的原因）。简言之，我们无法完全地用理性分析行动，行动无论如何也不完全是理性的问题。

以上两点向我们证明了，想要从行为中获得满足感，这件事远比笛卡尔认为的要复杂。因为在实践方面（也就是在道德与政治的问题上），一种行动的价值并不仅仅取决于这一行动的内在因素。在具体层面，对行为的定性取决于它的实际效果。若采用一种过时的说法来解释这一差别，那么我们可以说，伊丽莎白捍卫的是一种后果主义的伦理学，而笛卡尔在道德上选择的是动机主义的立场。有趣的是，伊丽莎白所认同的那种后果主义诞生于一种个人的感受，即懊悔的感受，这种感受表达了现实如何与我们的动机相抗衡，没有人会对这种对立感到无动于衷。

我们的行为动机不完全是理性的，它还包含激情，这是伊丽莎白提出的一个重要前提。这意味着，在道德与生活中，理性与激情并不是截然对立的。在许多行动中，理性与激情互相交织、相互融合，仿佛天生就融为一体。伊丽莎白由此提出了“默示的直觉”（tacit sentiment）这一概念，它作为“本性的恩赐”而被理性确认，并在我们毫无意识的情况下塑造了我们的倾向。但是，无论这些倾向将我们引向何处，自私也好、无私也好，它们都有着理性的基础。它们维系着我们的生命，也驱使着我们与他人建立联系。因此，只要成功获得一种平衡，这种直觉对我们来说就是积极的。我们必须在哲学中思考这一可能的平衡的本质。一旦发现这种平衡，它将会给笛卡尔带来更进一步的挑战：如果激情就其自身来说不是坏的，如果它们中的很大一部分甚至被理性认可，如果道德生活就在于理性与激情的自然结合，那么我们就必须对激情的概念进行新的界定。除此之外，要想理解美德，我们更要探索理性与激情如何能够和谐共处，以及理性是否有办法使用激情的力量。围绕着这些问题，笛卡尔于 1649 年发表了《论灵魂的激情》这部著作，[1] 而我们能够在伊丽莎白发起的反思中，在这场私人的对话中看到这些问题是如何诞生的。

这封书信也预料到关于道德的问题会怎样延伸到政治领域。伊丽莎白表明，行动的重要意义不仅在于我们因做到了尽己所能而享有的内在满足，而且在于行为外在的实际后果。伊丽莎白是一位公主，她的个人行为所产生的后果超出了一己之身，也超出了这些行为可能产生的私人的懊悔。当伊丽莎白提及那些“管理公众的人”时，她也把自己包括在内，这就又凸显出她和笛卡尔的另一个差别。我们知道笛卡尔对政治鲜有兴趣。在其《谈谈方法》中，他甚至谴责那些插手此类事务的哲学家，称他们为“多管闲事且焦躁不安的灵魂”，[2] 因为无论是先天出身还是后天命运，都没有带给他们统治公众的资格。但笛卡尔的对话者并非如此，凭借皇室出身，在命运的安排下，她是一个公众人物、一个政治行动者。出于她的缘故（当然也因为他后来阅读了马基雅维利的《君主论》），笛卡尔在后面

1 R. Descartes, *The Passions of the Soul*, in J. Cottingham, R. Stoothoff, D. Murdoch (eds and trans.) (1985), *The Philosophical Writings of Descartes*, Cambridge: Cambridge University Press, pp. 325-404.

2 R. Descartes, *A Discourse on the Method* (n.3) at p. 14.

的通信中将他的关注点延伸到政治领域，尽管在这封信中还只是局限于伦理问题。

伊丽莎白的回信向我们展示了私密的个人问题如何回馈哲学思考。她的精神内省孕育了意义重大的反思。但是对伊丽莎白来说，书信交往首先是个人的。如果哲学是一种治疗，那么它不可能以宽泛而一般的形式进行。相反，解药一定是针对具体病症的。正如伊丽莎白在 1643 年 5 月 16 日写的第一封信中所说的那样，她视笛卡尔为治疗她的身体与心灵的医生。书信同时包含了诊断与处方。懊悔是这样一种激情，它削弱了智慧之人的满足感，是一种挑战全部道德生活及其与美德相关联的精神痛苦。因此，如果懊悔被诊断为一种削弱智慧之人满足感的激情，那么处方就存在于对这种精神痛苦的分析之中。懊悔的存在动摇了道德生活的根基，破坏了我们与美德的关联，因此，我们需要一种新的理论来面对它的挑战。

第七章

“不，颜色是真的”

安妮·康韦致亨利·莫尔

(1651 年 12 月 3 日)

先生，[1]

若不是因为上周的药物治疗[2]，我上周就应该告诉您，我的哥哥从巴黎给我写信了；我知道您一定很想了解有关他健康状况的最新消息。为了等风，他们在黑麦港一直滞留到十一月的第二个星期，后来因为风向突发变化，他们在航行不足四里格[3]的时候就被风吹回了黑麦港，但是两天后，他们又遇到了顺风，这让他们在十二小时之内就抵达了迪耶普。他们在那里只待了一天就直接前往巴黎，期间没有继续在鲁昂浪费时间。刚有机会他就给我写了信[4]，还向我抱怨他没有多少时间来写东西。他希望我代为转达他谦卑的问候，为他没能给您写信说明原因；下次您一定会听到他说，他们已经找到了一个邮递员，这样他们就能每隔一个月寄一次信了。不过我认

1 书信原件保存在剑桥大学基督学院，即亨利·莫尔所在的学院（MS Fellow's Paper 21, No.1）。本书抄录这封信已获得学院图书馆的友善准许。完整书信见 *The Conway Letters*, ed. by Marjorie Hope Nicolson, rivised by Sarah Hutton, Oxford: Clarendon Press, 1992, pp. 493-494；部分书信还收录于 A. Gabbey, "Anne Conway et Henry More", in *Archives de Philosophie*, x1 (1977), 379-404。这份抄写本已经对拼写进行了现代化的处理。这封信的再版已取得基督学院图书馆与牛津大学出版社的许可。

2 being in physick: undergoing medical treatment.（这篇书信并非严格按照现代英文写作，有些表述不同于现代英文，本书编者按照原文摘录了书信内容，并注明有关短语和词语所对应的现代英文表达形式。——译注）

3 里格，一种古老的测量单位，通常在航海时使用，一里格约等于三海里。——译注

4 sending to me: sending a letter to me.

为他们不会经常写信的。我由衷感谢您写给我的上一封信，您不辞辛劳地一一回应了我的每一条反对意见。虽然说在阅读您的诸多异议中我获得了无尽的快乐，这些异见一如既往地合乎理性，但是，先生，请您接受我的恳求，把我上一封信中被您称作恭维爱慕的东西当作实际的真相，因为那是我对于您的恩惠所能表达的最热忱的敬重。您一定是出于极大的礼貌对我寄给您的那篇短文进行了评论，但我还是会坦然地相信您会原谅我这篇文章的缺点，也相信您会容忍今后我还会寄给您的其他同类文章。您的表达使我产生并确认了这一信念。由于我在同一个课题上的啰唆不免使您疲劳，就让我暂时放下我们已有的争论，即是否存在真空（在这个课题上，您的辩护论点比我所能想到的更令人信服），而您一定会准许我留意您在信里提及的关于颜色的那些内容。您说所有颜色在形式上存在于灵魂中，但是在因果上存在于对象和感官中，也就是说，绿色和白色不在您的地毯和纸上，而在您的心灵之中。当我再一次阅读笛卡尔著述的第一个部分时，我发现他说的与您说的没有什么不同，第 67、68、69、70、71 段讲道，颜色并不是真的存在于被眼睛感知的对象中，而是视觉神经的运动在我们自身当中引发的一种感觉，这种感觉被我们称为颜色，我们把它等同于[1]存在于外面的对象之中的东西，以至于我们相信它就是如此。而实际上它只不过是对象投射在我们眼睛上的运动。现在，我乐意知道，如果在我们的眼睛

1 similitudinary: similar.

之外[1]被我们称为颜色的东西不是真的，那么，当我们把屋子里的灯全部关掉，只留一个小洞，在洞的后面放置一张白纸，为什么全部的影像还能被完完整整地呈现在白纸上，以至于像开普勒[2]写给亨利·沃顿先生[3]的那样，他用这种方式画出了一幅最为生动的景观。所有的色彩、影像都是他根据对象透过那个洞投射在纸上的线条描画出来的。这张纸肯定不可能感受到运动，更不可能把对象的运动从对象那里传递到眼睛里。这是因为，首先，这张纸传递白色，这是它自己的运动，如果它还会传递其他对象发出的运动，那为什么我们看向的每一个东西都没有产生其他东西的影像[4]或表象？[5]按照同样的道理，以正确的路线投射到任何您所看见的对象上的东西和以正确的路线投射到纸上的任何对象，以及从那个对象中流出的任何可疑的影像，都应该是一样的。还有另一个例子也是类似的：当夜晚烛光在玻璃面前晃动的时候，您会在窗户上看到您自己的轮廓或表象，这使我倾向于相信白天也会是如此，只是空气中盛大的光

1 without: outside.

2 天文学家约翰内斯·开普勒（Johannes Kepler, 1571—1630），主要因以他的名字命名的天体运行三大规律被人铭记。

3 亨利·沃顿先生（Sir Henry Wotton, 1568—1639），外交官，曾被派往布拉格和维也纳。他在《沃顿残篇》（*Reliquiae Wottonianae*, 1651）中记载了他与开普勒的会面，其中包括一封写给弗朗西斯·培根（Francis Bacon）的信，信中描述了暗箱实验，这也就是康韦的资料来源。

4 eidolum: eidolon; 影像，特指虚假的影像。

5 早期的视觉进入说（intromission theory）认为光是非物质性的颗粒和形式的连续流溢，从光的客体到眼睛的渗入。见 David Lindberg, *Theories of Vision from Al Kindi to Kepler*, Chicago: University of Chicago Press, 1976。开普勒被列入持有"进入说"的人之中。

芒驱散了那些小小的影像。如果这些影像只是由运动造成的，我们就无法解释为何白天的情形与夜间的不同，因为如果闪耀的太阳光束会阻碍对象向眼睛发出的运动产生效果，那么根据笛卡尔的观点，在白天我们就将什么也看不到。而如果阳光没有进行阻碍，我们就无法解释为何在白天，对象借助颗粒[1]制造的运动不会在沿着正确的路线向墙体发出时被墙体传递出去，就好像您制造了一个暗室，纸张不会仅仅将它自己的运动传递给视觉神经，还会传递对象以正确的路线投射在洞与纸上的运动。先生，以上的推论似乎使我倾向于相信颜色是一个真实的事物；它超越了笛卡尔对它所做的规定，但现在我没有时间为这一点增加任何解释了。我祈求您原谅我这样匆忙地结尾，先生。

您最真诚的朋友和仆人，

安妮 · 康韦

1 globuli: globules; 颗粒。

Sarah Hutton

安妮·康韦（Anne Conway, 1631—1679）是17世纪少数几个女性哲学家之一，同时也是一本形而上学短篇的作者，该书原名为 *Principia philosophiae antiquissianme ac recentissimae*，在她去世后于1690年出版，1692年出版英译本，名为《古代哲学与现代哲学的原理》（*The Principles of the Most Ancient and Modern Philosophy*）。书信是安妮·康韦满足其哲学兴趣的一个重要手段，甚至是她接受哲学教育的重要方式。因为当时女性不能进入大学，所以安妮·康韦只有在书信中才有可能在剑桥哲学家亨利·莫尔（Henry More, 1614—1687）的指导下接受高水平的哲学训练。安妮·康韦的好运要归功于她的哥哥约翰·芬奇（John Finch），这位亨利·莫尔曾经的学生劝说他的导师接受他的妹妹为其学生。亨利·莫尔选择以书信为工具指导安妮·康韦。莫尔拥护笛卡尔的新哲学，因此他接收一个女性为学生或许是受到笛卡尔这个榜样的激励，笛卡尔自己就曾特别重视与另外一位女性哲学家的交往——波希米亚的公主伊丽莎白，这一点在其作品《论灵魂的激情》的前言中有所记载，也记录在他献给伊丽莎白的著作《哲学原理》一书中。[1]莫尔与安妮·康韦持续一生的友谊就开始于这种书信形式的指导，这份友谊同样

1 笛卡尔与伊丽莎白的通信往来的案例见本书第五、第六章。

也在书信写作中得以维系。令人沮丧的是，安妮·康韦的大部分信件已经丢失了，因此大多数时候我们只能透过莫尔的回信一窥安妮·康韦的观点。现存的安妮·康韦书信有 39 封信，本章摘录的就是其中之一，这些书信现在已经结集出版，名为《康韦书信集》（*Conway Letters*）。[1]

这封写于 1651 年 12 月 3 日的信是安妮·康韦在其哲学学习生涯初期写下的，那是她接受莫尔指导的第二年，她还只是一位新婚的年轻女士。将日常事件与私人信息同哲学评论放在一起是安妮·康韦与莫尔通信往来的典型特征，本章书信也体现了这一点。这些信件频繁地提及她的健康状况（“我正遭受身体疾病的困扰”），这也印证了她一生都在遭受某种慢性疾病的困扰。她咨询过当时最著名的医生，从威廉·哈威（William Harvey）和弗朗西斯·格里森（Francis Glisson）再到爱尔兰“触摸者”瓦伦丁·格雷特雷克斯（Valentine Greatrakes）[2]，即便如此，她也没能找到任何治疗或缓解的办法。然而，在与那些医生和江湖术士广泛的接触中，安妮·康韦触及了现代科学的前沿，这为她的思考打开了一扇新的窗户：一面是她的哲学教

1 这个通信内容涵盖广泛，不只是哲学。在现存的 39 封书信中，只有一小部分是以哲学为主题的。这些书信的完整清单见 *Early Modern Letters Online*, http://emlo.bodleian.ox.ac.uk/forms/advanced?people=Anny+Conway。

2 瓦伦丁·格雷特雷克斯是一位爱尔兰信仰治疗师，他声称可以通过触摸来治愈人们的病痛，因此又被人们称为“爱尔兰触摸者”（the Irish Stroker）。——译注

授提出的那些形而上学问题与有关身体健康和疼痛的更为日常的问题之间的联系，另一面是对哲学活动自身与科学和医学领域内的新发展之间更为一般性的思考。本章选取的书信就是范例，它展现了康韦那置身世俗见闻与深刻的哲学追问之间的实践活动。

这封信的第一段记述了安妮·康韦最亲爱的哥哥、莫尔的朋友约翰·芬奇离开家乡，经过法国前往意大利的帕多瓦学习医学的过程。对他的妹妹来说，约翰·芬奇是一位重要的精神导师，在整个旅行途中他都一直与妹妹保持着联系。他后来从事过很多职业，先是成为意大利著名的解剖学家，后来从事外交事务，最初代表英国驻扎在佛罗伦萨，随后又作为外交官出使奥斯曼帝国。约翰·芬奇为安妮·康韦树立了一个全面发展的天才榜样，他精通医学、哲学，通晓世界各地的知识。

书信剩下的部分继续了她与莫尔的书信课程。康韦早先给莫尔写信论证“真空”的存在，这是悬在全部现代科学之上的一个问题，莫尔也针对康韦提出了一系列异见（*Conway Letters* 22a）。这就是本章书信里所说的“争论”。莫尔在他的回信中为康韦撰写的一篇附件做了注解，不幸的是，这篇藏在书信里的短文，也就是本章书信中所说的“随信附上的短文”，现在已经遗失不见了。

康韦在这封信中以自卑的语气为莫尔点评其论证的“恩惠”表示感谢。这是那个时期知识女性的典型特征，笛卡尔的信友伊丽莎白公主就表现出同样的倾向。这说明康韦是多么珍视与莫尔学习的机会。康韦虽然对自己的思考能力有所怀疑，但是她也不怕反对他的老师。康韦把她与老师之前的讨论称作一场“争论”，暗示这是平等心灵之间的交锋。她坦率地承认莫尔的论点比她自己所能想到的更令人信服，这也印证了二人互相平等的关系，同时标志着莫尔自己对康韦的赞赏，他欢迎并鼓励两个平等心灵之间的对话，而不是一个老师向一个学生解释真理。

如这封信所示，一开始，莫尔的辅导教材是基于笛卡尔的哲学，他使用《哲学原理》一书，这本书显然是他特地为康韦翻译的。[1]这封信和那个丢失了的短文所讨论的主题（颜色、光以及真空的存在）都源自笛卡尔。从他们的通信可知，莫尔的教学方法一直以来似乎都是针对笛卡尔的选段提出一系列异见和回应，他首先邀请康韦评论某些选段，然后由他来回答她的评论，再要求她做出回应。[2]康韦提到的那个“关于真空的旧争论”指的不是莫尔的上一封信，而是他更早的一封信（*Conway Letters* 19b），在这封信里，莫尔回应了康韦在某一封（已经丢失的）信中为笛卡尔对真空的反对（笛卡尔《哲学原理》

1 见 *Conway Letters*, ed. by Marjorie Hope Nicolson, revised by Sarah Hutton, Oxford: Clarendon Press, 1992, 18, p. 51。以下统称为 *Conway Letters*。后来他的哥哥寄给康韦三份笛卡尔《哲学原理》的副本（*Conway Letters* 486, n. 2）。莫尔是第一位支持在大学范围内纳入笛卡尔主义的人，见 H. More, “Preface: Of the Immortality of the Soul”, in *A Collection of Several Philosophical Writings*, London, 1662。

2 详见 S. Hutton, *Anny Conway: A Woman Philosopher*, Cambridge: Cambridge University Press, chapter 2。

第二部分，第18段）所做的辩护。莫尔在那封信里为捍卫“一个空虚的空间不包含任何矛盾”这一论断给出了一种解释。[1]现已遗失的康韦的回复“有力且微妙”，这给莫尔留下了深刻的印象，并促使莫尔给康韦回信，本章收录的信正是康韦对莫尔的这封来信的回复。

康韦把关于空间与真空的问题放在了一边，回到莫尔在较早的一封信里为颜色与感觉所做的笛卡尔主义说明。莫尔在其中解释了“第一观念与第二观念”的区别。[2]在莫尔看来，颜色并非内在于事物之中，而是感觉对象发出的运动刺激感觉器官的结果。如莫尔所说，颜色是“心灵的情态”，它们“在形式上存在于灵魂中，在因果上存在于对象中”。[3]康韦对莫尔观点的总结采用了莫尔的措辞，并重复了莫尔举的绿地毯和白纸的例子：“所有颜色在形式上存在于灵魂中，但是在因果上存在于对象和感官中，也就是说，绿色和白色不在您的地毯和纸上，而在您的心灵之中。”[4]她指明了莫尔观点的笛卡尔主义来

1 *Conway Letters,* p. 487. 那封遗失的信显然讨论了笛卡尔关于宇宙在广延上是无限的这一论断（Principle 2, para. 21）。二者都是莫尔在第一次写信给笛卡尔时提出的主题。这次对话发生在1648—1649年间，收录在Clerselier巴黎版的笛卡尔书信集中（1657—1667），也收录于More, *A Collection of Severel Philosophical Writings*, London: James Flesher for William Morden, 1662。

2 当代哲学家对这个区分更为熟悉的是洛克对“第一性与第二性”的阐述。

3 *Conway Letters*, 24a, p. 493.

4 *Conway Letters*, 22a, p. 490.

源，并已经对此进行了核实，甚至把它们列举了出来。康韦特别提到了笛卡尔《哲学原理》I.67–71 的有关段落，并进行了提炼总结：

> 颜色并不是真的存在于被眼睛感知的对象中，而是视觉神经的运动在我们自身当中引发的一种感觉，这种感觉被我们称为颜色，我们把它等同于存在于外面的对象之中的东西，以至于我们相信它就是如此。而实际上它只不过是对象投射在我们眼睛上的运动。[1]

康韦既不同意笛卡尔，也不同意莫尔。她援引了一些可观察的现象来捍卫颜色“是真实的事物”这一观点，在她看来，笛卡尔的理论未能充分解释这些现象。首先，她引用开普勒所做的一场视觉实验作为证据，这场实验用暗箱照相机生成了“生动景观”的影像。康韦断言，这一影像不可能由呈现影像的纸发射出来，因为按照笛卡尔的观点，它是由其他对象引发的。康韦指出暗箱箱壁与镜面都不是能够传递影像的可感肢体，这也意味着她了解影像经由可感肢体（即视网膜）传达后这一开普勒的观念。这个例子源自亨利·沃顿先生的《沃顿残篇》，该书印有他写给弗朗西斯·培根的一封描述这个实验的信。我们不清楚康韦是否亲自重做了这个实验，但是她进一步援引了

1 *Conway Letters*, p. 493.

另外一个她自己观察到的现象，即夜晚映射在玻璃窗上的影像会在日光中消失。康韦提出，如果笛卡尔的理论（即运动产生影像）是正确的，那么这个影像在白天也应该是可见的才对。[显然，康韦此时还没有读到笛卡尔在《屈光学》中对此做的解释，不过，莫尔一定会在他们后来的通信（现已丢失）中指出这一点。]无论如何，这都是一些富有见地的点评，它们充分展现了"真诚、自由与才思敏捷"，莫尔在康韦和她的哥哥亨利身上都发现了这些特征。[1]康韦以势不可当的性情展露出来的这种"真诚"令可感知之物介入此时此刻的理论论证，同时也提醒我们，身体会妨碍纯粹的精神。于是，康韦在她彻底的"真诚"中动摇了整个笛卡尔主义思想的根基。

这封信表明，康韦最初对笛卡尔的兴趣是科学方面的。康韦在这封信中提供的论点与其多年后成熟时期的哲学非常不同。然而，我们仍能够在她的书信教程与其晚期观点之间捋出一些联系。首先，她早期的通信向我们表明，哪怕身为一位年轻的女性，康韦也已经做好准备，她不仅要挑战笛卡尔，也要挑战她的老师。当然，这也是她作为一个哲学家所受训练的一部分。不过，这一批判性的训练也在理论上为她今后在《哲学原理》中对笛卡尔和莫尔的批评铺垫了道路。在这本书中，康韦提出了诸多针对笛卡尔和莫尔的异议，最终导致她拒斥他们的形而上学并认可形而上的一元论。我们不确定康韦具体是在什么时

1 *Conway Letters*, p. 53.

候背离了笛卡尔和莫尔的二元论，但是，她与莫尔的私人通信所营造的安全与自由的思考氛围早已为这样的转变奠定了基础。

其次，虽然康韦在《哲学原理》中公开反对笛卡尔的形而上学，但她也和莫尔一样，始终怀有对笛卡尔自然哲学（科学）的敬意。她评论道："笛卡尔在自然进程的演变机制方面传授了许多非凡的天才思想。"（*Principles*, p. 64）康韦的这些早期通信与她成熟的哲学观点之间的关联还在于，她始终认可笛卡尔对真空存在的驳斥——尽管在康韦那里，她在《哲学原理》一书中对真空的反对源自其实体一元论，即"全部被造物都只是一个实体或存在，在其中没有真空"。[1]

最后，尽管她的主要理论是从神的本性中先验地推论而来，但她也时不时地在她的论证中援引"日常经验"和观察，如这里的书信所示。康韦的书信因此呈现出它们独特的书信属性，她不遵从任何其他的指令性规则，除了她的好奇与辩证的需要——要想尽可能广泛地就一个给定的哲学问题建立一种论证框架，就需要这两样东西。康韦的书信如其所示插入了很多日常生活中平凡的见闻，并伴有她对自己长期的偏头痛所做的记录，这些书信可以被描述为一种哲学实验室，她在其中以一个在 17 世纪的时代背景之下进行写作的原创思想家的热诚与严谨，进行着生活与哲学、身体与心灵的融合实验。

1 Conway, *Principles*, p. 52.

第八章

革命浪潮中的哲学家女皇

叶卡捷琳娜大帝致查理·约瑟夫·德·利涅亲王

（彼德霍夫，1791 年 6 月 30 日）

德·利涅亲王阁下，[1]

如果说你的上一封没写日期的信在尺寸上大得像一只风筝，那么这封整整有二十个层次分明的段落的信乍一看使我错认为这是一份条约的定稿。请原谅我一时犯了这种错误，在过去的十到十一个月里，我满脑子都是这种事，不曾听别人谈起过任何别的事情——尽管停战和谈一点进展都没有。[2]现在让我们略过这些内容，说说你的这封硕大的信吧。第一点是关于感激的。你认定它不只是一种感觉，更是铭刻在心中的感受。你发现了我的弱点：我一直觉得自己格外偏爱那些美丽的心灵。有些人拥有卓越的记忆力，他们能把从未成文印制、仅仅被大声朗读过的内容保存在心里，这些人为何不用其他东西修饰一下这些记忆呢？我想你一定会因此而惩罚他们，因为这些人本可以在这方面施展他们的才华啊！[3]我的预言和那些

1 这封信收录于 *Catherine the Great, Selected Letters*, ed.& trans. by A. Kahnand & K. Rubin-Detlev, Oxford: Oxford University Press, 2018, pp. 317-320。本封书信由 K. Rubin-Detlev 翻译，并已取得牛津大学出版社的摘录许可。彼德霍夫是坐落于圣彼得堡近郊芬兰湾的一座皇宫。叶卡捷琳娜使用的是儒略历，它在俄罗斯一直沿用至 1917 年，而欧洲其他地区已经使用格里历（即公历），18 世纪时若将儒略历换算成公历应加上 11 天。

2 叶卡捷琳娜正等待着在她治下发起的第二次俄土战争（1787—1791）的结果。经过一系列失败的协商，最终的和平协议终于在 1791 年 12 月末签订。(注释所用为儒略历。——译注)

3 德·利涅曾违抗叶卡捷琳娜的意愿准许报纸刊登她之前的几封信。在叶卡捷琳娜训斥德·利涅时，德·利涅拒绝承担泄露书信的责任，他声称他的某些听众一字不差地记下了信的内容。

“西比拉”的预言很像，现在我已经接近她们的年纪了。过去的经验为这些女士换取了窥探未来的能力。亚洲和欧洲的缩影之美曾带给你巨大的欢乐，却不曾享有全世界的赞扬。[1]事情就是这个样子。每个人都有自己的品位，但俗话说，在口味和色彩的事情上，我们都不要与人争辩。这就是为什么我不愿意与其他活着的灵魂在这种事情上争辩，如果我认为我是对的，那么我是怎么也不会改变我的意见的。那些能够从这种描绘中读出言外之意的人或许对这些话进行了过度阐释。任何只寻求一点勇气的人都相信他们已经在这些话里找到了勇气，等等。[2]

上帝啊，你在说些什么呢？怎么会有人不热爱一个发出如此宣言的国家——“什么都别放弃。我们会给予你们所需要的一切：拿去吧”？[3]啊，这实在是太慷慨了！如果他们补充道，“我们也不想放弃任何东西”，那么，就如其所愿吧。如果我们不夺走任何东西，那么这些值得尊敬的人白白地说了一些无用的话又能带来什么伤害呢？我将永远爱他们，胜过爱你的比利时同胞，请原谅我！……这些优秀的轻骑兵，以及那些步兵，他们一边兴奋地冲向前线，一边又不耐烦地抱怨着任何不能缩短胜利之路的行动——好吧，只有这些团结协作的人才能真的将事态引向积极的一面，比那些稀奇古怪

1 那封出版了的信包含着一种对全世界政治局面的讽刺刻画，其中就包括法国大革命的影响。

2 德·利涅声称，他和那些既拥护王室又拥护俄罗斯的人都曾在那封公开的书信中获得了勇气。叶卡捷琳娜就是在回应这一点。

3 叶卡捷琳娜在影射匈牙利人，他们曾向叶卡捷琳娜支援士兵。

的墨客更为有效、可靠。墨客手中的笔沾上了毒药，想尽办法将他们的天才倾注到每一个句子里，仅仅为了徒增一些没人需要的烦恼。

我不同意你认为每一个国家都在退化的观点，我的理由是，人民始终是人民。但显而易见的是，如果律师、法官、经验不足却又轻率鲁莽的民众以及反派人物——如果是这些人为了让一个国家获得新生而使它激奋，那么他们同时也在让它毁灭。根据所有这些以及我所看到的最新证据，我得出的结论是，要想在这世间好好地行事，人们必须首先拥有善良的心灵与审慎的心智。没有这些，他们取得的任何成就都将毫无价值，就像歌里唱的那样，他们舞姿笨拙，因为他们从一开始就伸错了脚。至于华沙那些魔幻的彩灯，我没什么可说的。[1]他们向耶稣会大声呼救，你似乎也很看重耶稣会的会士。关于这一点，我经常对我那伟大且友善的朋友、我将永远怀念的费尔肯斯坦伯爵（the Count of Falkenstein）[2]说，我一直以来都在维系这个民族的完整性，以便在有需要的时候，就心满意足地把他们免费送给罗马天主教国家。据我所知，普鲁士国王曾以每人一达克特的价格把他们交了出去。你一定认为我比弗里波特先生更乐于见

1 1791年5月3日，波兰“大议会”（the Great Sejm）通过了新宪法，意图在波兰建立君主立宪制政体。这一举措令叶卡捷琳娜警惕，她曾有意让波兰保持弱小，并服从于俄罗斯的影响和干预。（Sejm全称为 **Sejm Rzeczypospolitej Polskiej**，即波兰共和国众议院，音译瑟姆，是波兰的最高权力机关，1788年，波兰爱国者在华沙组建“大议会”，进行了四年的活动之后，于1792年在叶卡捷琳娜二世的武力干预之下被强制解散，故又称“四年议会”。1919年波兰复国，波兰议会重新建立起来，一直延续至今。——译注）

2 神圣罗马帝国皇帝约瑟夫二世（Joseph II，1741—1790）。

到人们相互打斗，因为你建议每个人都去攻击，但是他只是认为拉开那些渴望动武的人是错误的。[1]谢天谢地，你的建议还没有被人采纳，至少现在是这样的。如果你所说的一切都发生在我眼前，我相信这场撞球游戏将夺走我在冬宫玩台球的时间和意愿。[2]这个冬天我们曾在那里欢乐地跳舞，想必你的侄子斯塔亨伯格伯爵（Count Starhemberg）已经告诉你了。此外，在晚宴前后都有戏剧演出，晚宴之后，我们假装自己是亚历山大和君士坦丁，竞相参加假面舞会。[3]人人都沉迷其中，我尤其如此，人们使出浑身解数以争夺当场的最佳装扮。好了，说了这么多，现在请你继续跟我谈谈那个高高在上的王宫侍从吧，他滑稽地挥舞着四肢，摆着毫无意义的姿势，吹嘘自己的错误观点，他认为快乐有助于滋养那个你称之为精神（spirit）的东西，而严肃、悲伤，特别是单调乏味将会使人感到深入骨髓的寒冷。[4]你不觉得很奇怪吗，竟然是我在跟你谈论单调乏味！但是

1 这是伏尔泰的喜剧《苏格兰女人》（*The Café, or the Scotswoman*）中的角色，他在最后一幕中问道："如果人民想要动武，我们何必要把他们拉开呢？"

2 在叶卡捷琳娜回复的那封德·利涅的信中，德·利涅说他希望英格兰和普鲁士能够将他们的恐吓进行到底，对俄罗斯发起攻击，这样他就能够亲眼见证叶卡捷琳娜铲除他们。（"这场撞球游戏"指的是俄罗斯可能与英、普发生的战争。——译注）

3 叶卡捷琳娜在 1791 年时共有 6 个孙辈——2 个男孩、4 个女孩。老大是俄国未来的皇帝亚历山大一世（Alexander I，1777—1825），老二是君士坦丁（Constantine，1779—1831），他后来放弃继承他这个后继无人的哥哥的皇位。

4 这位高高在上的王宫侍从就是列夫·纳雷什金（Lev Naryshkin，1733—1799），廷臣，深受人们喜爱的社交名流，叶卡捷琳娜在其文章中最喜欢讽刺他。

我脑子里想的完全是另一件事：我认为学术界应该组织一个有奖征文，而首先要设立的考题就是，如果一个政府多疑且善妒，甚至禁止任何一种卓越，那么荣誉与英勇——我重申一下，在英雄的耳朵里听到这些就等于听到珍宝——在一个积极公民的心中会变成什么呢？暂且不论自然本身会确保智慧的人会优于愚蠢的人，以及勇气产生于对身体力量与精神力量的感知。其次开设的问题是，我们是不是需要荣誉与英勇？如果需要，那么竞争就不应该被那令它无法容忍的敌人——平等——所禁止或阻碍。我好像听到贵公子大声叫嚷的声音[1]："不，不，根本没有这种东西，平等不可能出现！自然界中没有这种东西。我已经证实了这一点，我还会尽我所能再一次证实它。我胸前的两座十字架，我身体上留存的伤口，都将为此作证。我的父亲乐于像其他亲王那样，以古朴典雅的方式把那些显示高贵的标记穿戴在身上。约瑟夫二世预言他还会拥有更多这样的标记。我确信，同样的事情也会发生在我的身上。"[2]老鼠们已经吞噬了亚历山大与恺撒所有的头衔，但无法泯灭他们的伟绩。我们每一个人都对此心知肚明。很难说如今那些贪婪的猫儿取得了什么成果……至少他们连一只老鼠都没有抓到过。普鲁士上一任国王的《作品集》我读了不到 17 页就放下了。读完这些，我说不出到底是为

1　查理－约瑟夫－安东尼·德·利涅（Charles-Joseph-Antoine de Ligne），收信人的儿子，于 1791 年 3 月被叶卡捷琳娜授予俄国圣乔治勋章，以表彰他在攻占奥斯曼伊兹梅尔要塞的战役中的英勇表现。

2　德·利涅在前一封信里曾提到，约瑟夫二世曾承诺很快就会把哈布斯堡的金羊毛勋章授予叶卡捷琳娜的旧情人、最受信任的下属格里戈里·波将金，但是他一直没兑现承诺。

什么，反正我合上了书就再也没打开过它。[1]

我们看见塞古尔伯爵（Comte de Ségur）来到了晚宴，他身上闪现着路易十四王室成员的精神风貌，且更为年轻有活力。[2]在前往克里米亚的旅途中，有他做伴你将会非常愉悦。当下，他患上了严重的流行肺痨，不知道他能否适应庞廷沼泽那个地方的气候。[3]老派法国骑士备受爱戴，但那种积极、平等的公民，人们实在不知道该怎么理解他们。他们梳着顺滑的头发，穿戴黑色的晚礼服，里面还夹着背心，手握一条马鞭。至于这些公开与一切国王为敌的人是否会激起国王们的愤怒，对他们群起镇压，这是另一个问题了，针对这个问题将会产生不止一篇学术论文。

我那五万轻骑兵现在还脱不开身，去不了那么远的地方。因此，如你所见，我还没有抢占先机。有一阵子我欣喜地见到王室成员逃离巴黎。据我们所知，他们的安全得益于八千个法国绅士。这份快乐现在看来是短暂的，既然他们的随从没有向圣梅内乌尔德（Sainte-Menehould）的地方政府发起反抗，那么这八千人很可能只

1 叶卡捷琳娜被腓特烈大帝（Frederick the Great）对于俄国的负面评价冒犯到了。

2 法国外交官路易－菲利浦 · 塞古伯爵（Count Louis-Philippe de Ségur, 1753—1830）,1785 年进入俄国后，很快就进入叶卡捷琳娜的私人圈子。1789 年法国大革命刚刚开始的时候，他离开了俄国，从此再没有回去。

3 1791 年 3 月，塞古被任命为法国革命派政府的使节拜会圣座。

存在于纸上。[1]如果法国的骑士们在此时还不全体出动指挥他们的坐骑，我对他们也就不抱什么希望了。你对我表露的信任令我受宠若惊。在我看来，我所具有的良善本性令你钦佩，你将永远在我身上发现它，它绝不会改变。我也相信，此时此刻正在我面前蹦跶的外孙们也会继承这种本性。亚历山大比我高四个手指了，他的弟弟刚够他的肩膀。你要是见到他们，也一定会为他们高兴的。好了，我的亲王，尽管放心，我对你的感情都是真情流露的，一如往常。

1　这里指的是 1791 年 6 月路易十六（Louis XVI）与玛丽 · 安东尼（Marie Antoinette）为了躲避法国大革命而逃亡瓦雷讷。圣梅内乌尔德的基层政府认出了王室成员，抓捕了他们，又把他们押回了巴黎。这件事严重动摇了民众对君主制的信心。

Kelsey Rubin-Detlev

叶卡捷琳娜大帝生于1729年，原名安哈尔特－采尔勃斯特的索菲娅·奥古斯特·弗里德里克（Sophie Auguste Friederike of Anhalt-Zerbst），本是一位微不足道的德国公主——在欧洲皇室中，她的出身相对低下。与俄国的王位继承人订婚后，她改名为叶卡捷琳娜。1762年，叶卡捷琳娜从丈夫彼得三世那里夺取了他刚刚继承的王位，自立为王，以女皇叶卡捷琳娜二世的名号统治俄罗斯，直至1796年因病逝世。在长达三十四年的统治生涯中，叶卡捷琳娜拓宽了俄罗斯的领土，增强了俄罗斯的国际影响力，对行政体制进行了改革，并见证了俄罗斯世俗艺术与世俗文学的繁荣。除了身为女皇的统治者身份，她还自封为创作狂。

叶卡捷琳娜在很大程度上是自学成才的，她阅读了大量伏尔泰、孟德斯鸠、柏拉图和其他哲学家的著作，还写过很多类型的作品，其中包括二十多部戏剧、一部俄罗斯史书、一些精彩的回忆录以及几千封信件。她的通信者包括各式各样的人，从国家首领、外交官，到她的许多情人们，还有那些知名或不知名的知识分子，如伏尔泰和德国医生约翰·乔治·齐默尔曼（Johann Georg Zimmermann）。这些书信向世人展示了一位精明的政治家、一个魅力非凡的健谈者、一个博览群书的文字及观念的接受者和生产者形象。她能用三种语言进行写作：她的母语是德语，又师从一位来自法国的家庭女教师；此外，自她踏入新家园的那一刻起，她就开始刻苦学习俄语。她很少用德语写作，因为她要防止人们说她过分依附于出生地；她在俄国境内撰写的业务信件和她写给情人的那些信主要是用俄语写的；而法语是她的社交用语，她用法语与西欧那些最有智识的人进行交流。本章呈现的书信就是她用法语写的。

这封信的收信人是查理·约瑟夫·德·利涅亲王（Charles Joseph de Ligne），他是一位效忠哈布斯堡皇帝的比利时贵族，在其家乡的小范围内担任君主，他还是一位军队指挥官、一位外交官，更是一位魅力十足的社会名流。他在1780年到访圣彼得堡的时候第一次遇见了叶卡捷琳娜，那时他参加了一场由叶卡捷琳娜在冬宫举办的私人沙龙宴会；他在宴会社交的过程中大放异彩，离开后还被恩准与叶卡捷琳娜进行通信往来。叶卡捷琳娜很享受与他继续进行妙趣横生的对话，但是她更希望这位新朋友能在他那遍及欧洲的精英圈子里为她说好话。

正如这封信所透露的，1791年对叶卡捷琳娜和整个欧洲来说都是一段紧张的时期。法国大革命的激烈程度虽还没有达到恐怖时期的过分地步，但是巴士底狱已经流满了鲜血，王室成员被暴力扣押在巴黎，法国旧制度已经被废除。叶卡捷琳娜强烈反对法国大革命，她不仅将其视作对自己王位的威胁，而且认为这场革命动摇了她所熟知的整个文化世界与政治世界。然而，那时她没有足够的军事力量来干涉法国内政，因为她的军队正忙于对抗奥斯曼帝国和镇压波兰动乱。她对法国大革命的反对立场频繁出现在她的书信中，这是她运用温和手段对抗这场威胁的重要表现。

“以一位哲学家的身份”写信对叶卡捷琳娜这位 18 世纪的君主来说意味着什么？与普鲁士的腓特烈二世、奥地利的约瑟夫二世一样，叶卡捷琳娜也是被称作“开明帝王”或“开明君主”的一个典型，她是一个运用启蒙思想的统治者。但人们在 18 世纪几乎不用这些词汇，更加通用的称呼是“哲人王”。[1] 但是“哲学家”这个词，特别是它的法文形式 philosophe 是多义且有争议的。从词源学上看，“哲学家”当然是指“热爱真理的人”，柏拉图在《理想国》中将其理论化，并首先提出哲学家应该统治城邦，他们应该成为“哲人王”。“哲学家”一词在 18 世纪具有类似“斯多亚”的含义，用来形容一个人有着格外出众的品性以及克服激情的力量。然而，它还可以指一个性开放的浪荡之人，甚至还能用来指称无神论者。

被叶卡捷琳娜视为“老师”的伏尔泰在道德的意义上定义了哲学家：“所有哲学家都曾拥有以下两重特性：在古代，他们都成功地向世人示范了美德，也成功地给世人以道德真理的教化。”[2] 不过，归根结底地讲，philosophe 最为著名的用法还

1 D. Beales, “Philosophical Kingship and Enlightened Despotism”, in *The Cambridge History of Eighteenth-Century Political Thought*, ed. by M. Goldie & R. Wokler, Cambridge: Cambridge University Press, pp. 497-524.

2 Voltaire, *Dictionnaire Philosophique*, ed. C. Mervaud, in *The Complete Works of Voltaire*, ed. by T. Besterman *et al*, Geneva and Banbury, Oxford: Voltaire Foundation, vol. 36, p. 433. 如无特殊说明，全部译文均由作者翻译。

是成为伏尔泰这类人的标签和口号，他们一面信奉新潮的激进观点，一面在对话与书信中恪守社交礼仪。《百科全书》中的“Philosophe”词条告诉我们：“哲学家是一种高尚的人，他们的一切行为都遵循理性，并且兼具精确的反思精神和得体的社交举止。如果用这样一种哲学家的模子来塑造君主，我们就能获得一位完美的君主。”[1]成为哲学家的君主并未完全改变，他们始终保持着君主的身份，因为他们仍旧掌握着巨大的权力，通常包括在战争中使用武力的权利，但是他们同时也会合乎理性地行动，遵守礼节、善于社交。叶卡捷琳娜写给德·利涅的信显然就是在尽力展现18世纪这种独特的哲学家君王形象。

在叶卡捷琳娜的哲学家身份这个问题上，人们主要关心的还是她是否用心听取了那些在18世纪的法国公开宣称拥有“哲学家”头衔的人的指导，如伏尔泰、狄德罗、达朗贝尔（D’Alembert），这些著名的作家一直以来都被认为站在了启蒙思潮的前列。在这种论调看来，如果她遵守了那些人的建议，她就是一位哲学家，如果没有，她就不是哲学家了。但是，如此定义哲学家显然太过简单了，而且它忽视了叶卡捷琳娜自己的观点，她认为“哲学家”这个称号由那些philosophes独享，这本身就是有争议的，而且也是片面的。尽管她曾在18世纪

1　*Encyclopédie, ou dictionnaire raisonné des sciences, des arts et des métiers, etc.*, Paris: Briasson, David, Le Breton, Durand, 1751—1772, vol. 12, p. 510. 关于本篇文章的复杂历史，见 H. Dieckmann, *La Philosophe: Texts and Interpretation*, St Louis: Washington University Studies, 1948。

40 年代写过一部自传“一个十五岁哲学家的自画像”（现已遗失），但是成为女皇后，她便不再把“哲学家”这个词用在自己身上了：她希望与文人的派系之争保持距离，而且她也并不总是支持那些更为激进的作家的观点，这些人在 18 世纪 80 年代继承了 philosophes 的衣钵。尽管如此，她始终表明，她赞同的是被她划归为 18 世纪早期的那种对于哲学的定义。[1]

叶卡捷琳娜的书信至少从以下三个层面体现了这种立场。第一，她的哲学蕴含在她设法论证道德正直与道德理性的过程中，这正是伏尔泰对哲学的定义所表明的。由于她的权力地位要求她超越性别的范畴，叶卡捷琳娜并未遵循那些应用在女性身上的、主要是性别取向的道德定义；她显然认为自己作为女性的生活与她在政治生活中的道德实践无关。德·利涅给叶卡捷琳娜的绰号是“伟大的叶卡捷琳娜”，他故意使用“伟大”一词的阳性形式，由此来强调叶卡捷琳娜成功地践行了通常为男性形象的哲人王理想。第二，叶卡捷琳娜书信的文体形式与腔调展现出 18 世纪哲学家的特征，即在运用理性的同时也能践行“得体的社交举止”。第三，通常来说，宣称自己是一个哲学家暗示了某种政治立场。叶卡捷琳娜否认革命者领导法国

1 在 1787 年 4 月写给德国医生兼作家约翰·乔治·齐默尔曼的信里，叶卡捷琳娜表达了她对这一演变的看法：“我还记得在 1740 年，哪怕是具有最少的哲学心灵的人都在假装哲学家，还好理性和常识没有因此而遭殃。”见 *Der Briefwechsel zwischen der Kaiserin Katharina II. von Russland und Joh. Georg Zimmermann*, eds. by Eduard Bodemann, Hannover and Leipzig: Hahn, 1906, p. 44。

的正当性，因为他们未经传统政治机构的许可就通过暴力来推行他们的理念。而她则旁敲侧击地提出，权力应当归于那些像她和德·利涅那样的人，他们能够践行哲学，并且通过文明的讨论与规范的社会交往这种符合启蒙主义价值的方式来解决问题。

叶卡捷琳娜运用修辞手法将她对于大革命的政治异议转化为一种对于道德哲学的讨论。像德·利涅那样熟悉她的读者能够认识到，她的道德讨论是一种精巧的、哲学的政治手段。叶卡捷琳娜以一场与德·利涅的小型哲学对话的形式抛出了她对法国大革命的第一条直接批判，以便回应德·利涅在前一封信中提出的观点："所有其他的国家都会衰退，只有那个在陛下您的统治下欣欣向荣的国家不会。"[1] 以优雅而漫不经心的方式展露学识是18世纪的一种风尚，德·利涅就以这种方式提出政体循环论并借机恭维叶卡捷琳娜。政体循环论认为，任何一种形式的政体最终都将退化为其他政体，君主制将退化为僭主制，再退化为民主制、暴民统治，最后回归到君主制。公元前2世纪的波利比乌斯是该观点的主要阐发者，18世纪的几位思想家又进一步探究了这一观点，其中就包括影响叶卡捷琳娜的关键人物孟德斯鸠。在一篇分析罗马帝国兴衰的作品中，孟德斯鸠写道："以下两件事中，必有一件会发生。罗马要么

1 Prince Charles-Joseph de Ligne, *Correspondances russes,* ed. by Alexandre Stroev and Jeroom Vercruysse, Paris: Honoré Champion, 2013, vol. 1, p. 193.

改变它的政体，要么继续保持一种小型且贫困的君主制……由于人们总是具有相同的激情，虽然触发巨大变革的条件千变万化，但是导致变革发生的原因总是相同的。”[1]在回应德·利涅的恭维时，叶卡捷琳娜巧妙地对孟德斯鸠的说法进行了修改：“我不同意你认为每一个国家都在退化的观点，我的理由是，人民始终是人民。”尽管叶卡捷琳娜强烈支持孟德斯鸠的启蒙普世主义主张，即相同的人类激情无论何时何地都普遍存在，但是她拒绝接受人类社会必将从一种形态演变为另一种形态的观点。通过将孟德斯鸠思想中的两个因素分离开来，叶卡捷琳娜发展出一套精练的论证来证明君主制的永恒存续。

与此同时，叶卡捷琳娜聪明地将德·利涅的评论与当代政治术语结合在了一起。法国大革命宣称，大革命将使法兰西王国获得“重生”，为了实现一种全新的、共和形式的政体，它将让每一个公民在道德的意义上重获新生。叶卡捷琳娜采用道德主义的视角对此加以回应。从人类固有的本性出发，叶卡捷琳娜对大革命提供的经验证据进行了分析，从而形成一条道德格言：“要想在这世间好好地行事，人们必须首先拥有善良的心灵与审慎的心智。”她提出，大革命之所以注定会失败，就是因为它的领导者们没能哲学地行事，他们“经验不足却又轻

1 Montesquieu, *Considérations sur les causes de la grandeur des Romains et de leur décadence, in Œuvres complétes de Montesquieu*, ed. by Fançoise Weil at al, Oxford, Naples, Lyon and Paris: Voltaire Foundation, Istituto Italiano per gli Studi Filosofici, ENS Editions, Classiques Garnier, vol. 2, p. 91.

率鲁莽”，没有运用理性反思自身的行为，他们更像是“反派”，是道德教导的反面教材。

同样的姿态让叶卡捷琳娜设想出一场学术上的有奖竞赛，这构成了这封信件在修辞上的中心主题。从道德主义的视角处理政治问题是她对许多 18 世纪政治理论家的效仿，其中就有孟德斯鸠。叶卡捷琳娜称《论法的精神》是她的“日祷经”，但是在自己的法律文书和理论写作中，就像在她的书信中一样，叶卡捷琳娜并非无条件地采纳孟德斯鸠的观念，而是让这些观念适用于俄国的需要。在《论法的精神》一书中，孟德斯鸠分析指出，美德是各个民主制的指导原则，而荣誉指引着君主制。因此，君主制国家的法律“必须用于捍卫贵族，对他们来说，荣誉可以说既是孩子也是父亲”。[1] 叶卡捷琳娜这封信也是顺便寄给一对父子的，即德·利涅和他的儿子，这么做实际上是在暗暗地援引孟德斯鸠的观念以对抗法国大革命。叶卡捷琳娜坚信贵族与君主制之间有着紧密的联系，这在相当程度上是因为，正是那些有权势的贵族拥护者把王冠戴在了她的头上，并捍卫她的统治，而她也赏赐给他们财富和巨大的荣誉。在她的信里，这种实践经验能够帮助叶卡捷琳娜强化她先前的观察，并借助有奖竞赛的修辞手法断言，那些法国的革命者必定会因他们无法获得包括荣誉在内的道德力量而停滞不前，而正是这种道德力量构筑了政府的根基。与这些革命者相比，叶卡捷琳娜创建

1 Montesquieu, *The Spirit of the Laws*, ed. & trans. by B.C. Millerland & H. S. Stone, Cambridge: Cambridge University Press, 1989, p. 55.

论点的能力更彰显出她作为“哲人王”的地位。

叶卡捷琳娜关于人类不平等的起源的立场也让她介入另外一个启蒙思想的关键争论当中。她不同意卢梭的观点，后者认为人与人之间自然的、物理的不平等不能成为社会中道德不平等的原因。叶卡捷琳娜的立场更靠近狄德罗，她主张人类之间的自然差异在相当实质的程度上决定了他们的道德品性与社会成就。叶卡捷琳娜因此站在法国革命者的地盘上攻击他们：尽管他们声称继承了启蒙哲学家的头衔，但是她力图证明，他们已经忘记了启蒙主义的教导，而她自己才是启蒙思想更好的读者和更有道德的哲学家。

通过将书信嵌入精英阶层的社交活动之中，叶卡捷琳娜展示了她“得体的社交举止”。信中随和闲谈的口吻，以及频频提及的社会娱乐，如戏剧、台球和化装舞会，对塑造叶卡捷琳娜文明理性的个人形象有着至关重要的作用。归于侍臣列夫·纳雷什金名下的那句假定快乐产生“精神”（即真正的领导力所必需的灵魂力量）的格言，徘徊于严肃与戏谑之间，符合沙龙谈话的气氛，虽然充满智慧和学识，但又带着贵族式的漫不经心。这句格言呼应了《百科全书》的定义，它坚持社交礼仪应当与思想和行动的坦诚携手相伴。这种态度让叶卡捷琳娜得以凸显其在书信中作为一位善于社交的哲学家的形象，从而加强她的政治观点：在第二段，她把自己平易近人的语气与那些“稀奇古怪的墨客”相对比，认为他们“手中的笔沾上了毒药，想尽办法将他们的天才倾注到每一个句子里，仅仅为了徒增一些没人需要的烦恼”。这种指责所针对的既包括革命者，也包括叶卡捷琳娜的其他政敌，比如普鲁士人，他们不去攻击法国，却与俄国为敌。对文人墨客的这番描述让叶卡捷琳娜得以再次将政治分歧转化为道德品性：她在展示启蒙哲学家的优雅愉悦的同时，也暴露了她的敌人们非理性的邪恶。

哲学与政治的交织是那个世纪的典型特征，叶卡捷琳娜的书信也示范了18世纪的许多书信那半私人、半公共的性质，这些书信即便不是为了立即出版，也通常是集体性地被撰写、被阅读的。正如启蒙哲学家们不是隐居者，叶卡捷琳娜的信也绝对不是她向某一位收信人倾诉的内心独白。尽管她责备德·利涅公开了她的某一封信，但仍有迹象表明，叶卡捷琳娜期望她的这封信能够经由亲王触达一个亲王以外的新成员组成的小圈子。这些次一级的收信人包括奥地利外交官路德维西·冯·斯塔亨伯格伯爵（Count Ludwig von Starhemberg，1762—1833），德·利涅与这位伯爵的对话和通信被叶卡捷琳娜描述为对她自己和德·利涅的儿子——查理－约瑟夫－安东尼之间通信的补充，她在这封信中关于荣誉与勇气的提问与她和安东尼之间的通信形成了对话，而这不仅是因为她想象出安东尼的回应；事实上，这段话详细阐发了她在先前写给安东尼的信中所做的陈述，她那称赞的语气也表明她期望安东尼也能够看到这封写给他父亲的信。另外，因为知道德·利涅作为奥地利外交官的身份，所以叶卡捷琳娜也可以期望他将信中观点传达给他的家人以外的那些有影响力的人物。

这一动机很有可能也反映在这封信结尾处那模棱两可的政治态度上，因为当时叶卡捷琳娜的一个主要的外交目标就在于鼓动奥地利支持一场针对法国大革命的君主主义战争。为了表达对这种干预的迫切需求，她巧妙地将这封信出现的各种修辞主题组织起来，而在对于法国皇家骑士乘上他们的坐骑以拯救法国的想象中，她那关于荣誉和高贵的反思达到高潮。这封信的最后几句话展示了一种表面上是个人化、私人性的思考如何能够具备重要的政治意义。她可能只是简单地说她的孙辈们继承了她的“良善本性”，但是作为她的王位继承者，他们也以转喻的方式象征着其君主制统治的延续，它终将克服大革命。

总而言之，叶卡捷琳娜在这封信中展示了一位 18 世纪典型的书信哲学家的形象。无论在外表形式还是实质内容方面，都是如此。通过对比她自己处理政治问题那富有理性、道德化、风格高雅的方式与（在她看来）法国革命分子的坏良心与恶品位，叶卡捷琳娜大声宣告，配做统治者的是她这样的哲人王，而非那些在她眼中只会为法国带来混乱与流血的人。

第九章

来自流亡的爱

杰曼·德·斯戴尔致德·苔丝夫人

(欧塞尔，1806 年 6 月 30 日)

夫人，[1]

发生在我身上的诸多不幸中，我最看重的是，是连我最亲爱的朋友也不能理解放逐给我带来的苦难。让我难过的不是巴黎，而是我的朋友以及我的孩子们的事业：如果我不能返回那里，与我的朋友、我的语言和我的家乡永远分离，我就必须为他们找到一个可以定居的国家。

人到中年却重新开始，与过去割裂却又总能听见回响，创造新的未来却被完全剥夺希望，永远不能再见心之所系，甚至都不能要求一场残忍的牺牲……我不知道这一系列的遭遇是否将令我心灵破碎，并因此而死。现在我已经把这些告诉你了，夫人，你会理解我的。

雪上加霜的是，我再也不能与像你一样的心灵交往，我的余生将迷失在翻译之中，需要不停地向别人解释自我，而对我们来说，一点点暗示就足以让我们理解对方；并且，我能够在与你的对话中、在渴望取悦你的过程中、在你的灵魂给我的那一点火花中提升自我，这火花让灵魂始终相信存在某些高尚且真实的事物。我坦白，正是这种苦难压垮了我。而我看到那些伟人——西塞罗、布林布鲁克、奥维德——他们蔑视死亡，却难以承受放逐；我也确信，前者是更

1 这封信属于公版领域。原始手稿保存在 James M. Olin Library, Cornell University, Ithaca, NY，收录于 Tessé file of the Arthur H. and Mary Marden Dean Lafayette Collection。另可参见 J.F.Marshall, “Madame de Staël et Madame de Tessé”, in *Revue d'histoire littéraire de la France*, 1976,Jan.-Mar., pp. 114-122，还有随后的 Madame de Staël, Correspondance. *De « Corinne » vers « De l'Allemagne » 9 novembre 1805-9 mai 1809*, ed, by B. Jasinski, Paris: Klincksieck, 1993, vol. 6, p. 106。书信由 Catriona Seth 翻译。

容易做到的。但是，思乡病令我揪心，并且我可不是仅有那么一刻难受，而是无论白天黑夜，只要我用法语说了一个词，或听到有人说出一个法语词，我就会难受。每呼吸一次，我就会与这片土地做一次告别；而事实上，如果我还活着，那一定是因为我还有孩子，而且我害怕藏在死亡之后的巨大未知。

再会，夫人！若非发自内心，我便无法与你对话。

Catriona Seth

杰曼·德·斯戴尔（Germaine de Staël，1766—1817），作家、哲学家、著名知识分子，生活于法国大革命之后的后启蒙时代。1806 年 6 月 30 日，她写信给阿德里安娜－凯瑟琳·德·诺依莱斯，苔丝伯爵夫人（Adrienne-Catherine de Noailles，Comtesse de Tessé，1741—1814），一个意志顽强、与她志趣相投的朋友，二人已经相识多年。这封信没有提到任何新闻或事件，斯戴尔没有对当前的事态或她近期的活动做任何评论，但她却为自己的灵魂打开了一扇窗。在动笔写这封信的时候，她人在欧塞尔的万赛莱城堡。她与她的孩子在几位好友和家佣的陪同下已经在那里待了几个星期了。为什么是欧塞尔呢？它距离巴黎四十一里格。几个月后，她搬往其他外省住所，先是诺曼底的鲁昂，然后是靠近默朗的城堡。她一直围着巴黎转悠，因为拿破仑不准她踏入距巴黎四十里格以内的区域。

斯戴尔希望获准进入法国首都，因为她要向法国政府申请一笔巨额贷款赔偿，这笔贷款是她的父亲——银行家、大臣雅克·内克尔（Jacques Necker）在法国大革命之前与法国政府签署的。更重要的是，她想要回到被她称为家园的城市。斯戴尔是一个真正的世界公民，她出生在巴黎，父母是瑞士人，还有着法兰克－普鲁士血统。她因为婚姻而成为一位瑞典男爵夫人。她还是一位终身的亲英派，在意大利统一运动之前又是统一派的动员者，她还将法语引入德国浪漫主义。1806 年，身处万赛莱、期盼着获准返回巴黎的她深感自己处于无人之地，这既是地理层面的，也是情感层面的。她因为巴黎所代表的一切而怀念巴黎。她害怕自己将永远被禁止返回巴黎，流放至死。

终其一生以多种形式捍卫自由的斯戴尔无法忍受失去自由，她受不了不能随心所欲、来去自如，受不了无法坦率地与任何她可能会接触到的人交谈，受不了不能跨越政治派别广交良友——甚至是与那些与她自己意见相左的人。在各个时期，法国和巴黎与斯戴尔的个人自由相互映照：法国需要为斯戴尔变得自由，这样她才能够随性而为，而对其个人自由的限制则以转喻的方式反映了这个国家的状态。对斯戴尔来说，单单是呼吸巴黎的空气本身就令人振奋。斯戴尔死后出版的《关于法国大革命主要事件的评论》（*Considerations on the Principal Events of the French Revolution*）向我们表明，一直到她生命的最后时刻，她都相信，自己年轻时在法国大革命初期身处群情激昂的巴黎的确是一件极大的幸事，那时人们怀着高远的期望，到处都是启迪人心的讨论——至少在她频繁出入的圈子里是如此。在这个圈子里，她的身份是富豪银行家和财政大臣的女儿、瑞典男爵夫人，以及路易斯 · 德 · 纳邦的情人，这位法国伯爵曾在 1791 年短暂担任战争部长一职。1806 年，斯戴尔清楚地感受到，她最幸福的时光已经一去不复返了，而在某些自我怀疑的时刻，比如在写下这封信的时候，她的记忆会困扰她，而不是支撑她。

斯戴尔在其人生的不同阶段都会举办各种沙龙聚会。对她来说，对话是激发创造力、处理各种疑问以及创造新思想的理想途径。1800 年她曾写道，她已经迫不及待要去见苔丝伯爵夫人了："她所居住的房子在我看来是一切思想的源泉，这些思想给我注入了活力，激起我的言说欲。"（1800年9月24日，致阿德里安·德·穆恩）据说，苔丝伯爵夫人曾回复斯戴尔说，如果她成为女王，她会一直命令斯戴尔女士说话。斯戴尔流亡时期的领地位于莱芒湖畔的科佩城堡，对话是这里的中心活动。在她离开巴黎的时期，欧洲各地的知识分子被她的魅力吸引汇集此处。施莱格尔兄弟[1]是固定成员——奥古斯特更是她儿子的导师，还有经济学家西斯蒙第、威廉·冯·洪堡、朱莉·雷加米埃，以及斯戴尔的灵魂伴侣本杰明·康斯坦，对本杰明来说，斯戴尔是其作品的参谋与灵感之源，对其他许多欧洲艺术家和知识分子也是如此，比如拜伦就曾多次顺道拜访她。多年的宾客名单读起来就像是一部 19 世纪早期欧洲知识分子的名人录，这让科佩在许多方面都成了现代文人思想大熔炉的中心。

在斯戴尔那里，写作与流放紧密联系在一起：她是因为出版了小说《戴尔芬》（*Delphine*）而在 1803 年被驱逐出巴黎的。1810 年，当局下令销毁她的《论德国》（*On Germany*）的样书，给出的理由是"这本书不够法国"。但是，从积极的一面看，

1　卡尔·威廉·弗里德里希·冯·施莱格尔（Karl William Friedrich von Schlegel）与奥古斯都·威廉·冯·施莱格尔（August William von Schlegel）两兄弟同为德国早期浪漫主义奠基人。——译注

斯戴尔被迫周游各地，这反而激发了她后期的创作。在她被禁止居住于法国首都的那段时期，斯戴尔周游了意大利，她的第二本小说《科琳娜》（又名《意大利》）（*Corinne, or Italy*, 1807）的背景材料大多来源于此。斯戴尔在这本书中将启蒙哲学的观念与现代浪漫主义结合在一起，以意大利女诗人科琳娜与一位英国贵族之间的情事为背景叙述意大利的历史。

斯戴尔享有大量的财富，而且只要不靠近巴黎，她就能自由走动，因此她没有理由担心自己的生命安全。尽管如此，她还是认为自己属于那些伟大流亡者的队伍，她所列举的人物包括西塞罗、布林布鲁克和奥维德——全是男性。在写给其家族朋友、作家让－巴蒂斯特·苏亚德（Jean-Baptise Suard，1732—1817）的一封信中，斯戴尔曾提到，勃艮第这里没有音乐、教育或书本，单调乏味，就像奥维德笔下的塞西亚（Scythia）。连上述的古罗马演说家、英国政治家和拉丁诗人都感到流放比死亡更难应对，斯戴尔自然也流露出自杀的可能性。在那个自杀仍被教会所谴责的时代，斯戴尔已经在其写于 1796 年的文章《论激情的影响》（*De l'influence des passions*）中对那些夺去自己生命的人表示支持，并在她的虚构作品中刻画了好几位自杀殉命的男女英雄形象。一般来说，这些角色用死亡来表达他们自己优越于那些留在世上见证其命运的人——而当她自己身处热烈的爱恋当中时，斯戴尔也不惮把自杀威胁当作一种情感勒索。她甚至对自杀行为的价值进行过多年深入的思考。

斯戴尔写于 1812 年的一篇关于自杀的文章发展出了类型

学的分析方法。她指出，并非所有自杀都是一样的。她致敬流亡分子的勇敢，并强调“对法国人最严厉的惩罚就是让他们与自己热爱的国家分离”。[1]死亡与流放的平行比照暗示着对幸福而言最重要的是拥有活下去的理由。斯戴尔这位忠实的新教徒承认自己害怕死后的世界，而这份恐惧和她的子女就是对自杀的防范。这表明真正的力量就在我们自身之中。在《反思自杀》（*Reflections on Suicide*）中，斯戴尔得出的结论是，服从自己的命运比对抗它更伟大，而且，尽管政治性的自杀有些许价值，但是人们总是应该在对他人的热爱中寻求慰藉，而不是轻易终结自己的生命。充分认识人类存在的悲剧本质并理性地接受自己的命运，反而能够鼓励人们继续活下去，让生命拥有真正的品质。这封信表明，斯戴尔仅仅借助与苔丝夫人的谈话就能获得巨大的收获，以及两个心灵之间的相遇会使人想要超越自身，这种交流能够点燃灵魂的火花，产生对他人的信任。从这封信中我们感受不到作者具有理智上的优越感，恰恰相反，她的成长需要别人，她需要大量来自他人的爱。

斯戴尔最想念的是她的朋友——虽说她的很多朋友都到瑞士来了，但她还是想念她刚成年时巴黎的氛围，那时形势严峻却又振奋人心，那是一段充满期待的激情岁月，一切皆有可能。她理想的祖国是智慧的，它是由众多心灵组成的联合体，这些心灵向着彼此彻底敞开，总是做出既谨慎又大度的评判。尽管

1 G. de Staël, *Reflections on Suicide*, London: Longman, Hurst,Rees, Orme, and Brown,1813. 这句话译自法语。

斯戴尔的语言显得很浮夸，特别是谈到情绪的时候，不过，从她其他的私人写作中我们能明显看出，她具有一种过于敏锐的感受力并为此深受折磨。在这封信中，斯戴尔害怕她的朋友会低估她的痛苦，而这位朋友应该是最能与她感同身受的人。通过表述这些感受，斯戴尔更好地理解了它们，但是，她仍然希望苔丝夫人会是一个理想的倾听者，并希望她能真正度量这些感受的深度。友谊是从古至今的书信主题，在斯戴尔的理解中，理想的透明交流是友谊的主要特征，这与卢梭的友谊观是一致的，斯戴尔在其写作生涯初期深受卢梭的影响。这种友谊观令斯戴尔在这封信中提出了一种生动传神的关于语言的类比。她写道，被放逐的人生活在翻译中，处在一种他者的状态之中，他竭尽全力想要表达某种在亲密友人之间本可心照不宣的东西。通过这个类比，斯戴尔暗示她有一种感觉，她将不得不留在瑞典——她已故丈夫的家乡，在这里抚养她的孩子。但这个类比的意义比这更深，它与自我身份认同的概念交织在一起：斯戴尔感到，只有在讲法语的时候，她才是她自己。法语是她自身所是的一个本质部分。

在这封信寄出去的一年后，斯戴尔秘密到访了巴黎。她写信给苔丝夫人，希望在一位她们共同的好友家里见一次面。一系列的误解导致她们最终没能彼此相见。两位女士都为此伤了心。没过多久，斯戴尔回应了苔丝夫人对其小说《科琳娜》的赞赏，她说，那场意外导致她已经不再希望朋友能像自己爱她那样爱自己。她随后就会倾诉，她不愿被伯爵夫人的心灵抛弃，按照她的说法，这对她来说就像是失去了第二故乡。她在信件中的措辞经常是热情的、慷慨的，这封信也不例外，一面是清晰可见的温情与对爱的渴望，一面是流亡生活的真切体验，这让她获得了一种深入思考私人关系的方式。

经过将近十二年遍及欧洲的流浪之旅，斯戴尔终于在1814年回到巴黎居住。她曾周转于法国的各个地方、瑞士的科佩、德国、意大利、维也纳、圣彼得堡、斯德哥尔摩以及伦敦。她的流亡生涯是一段非常多产的时期，有很多主要的作品都是在这个时期出版的，还有很多其他作品的手稿，有些在她死后才得以问世。

第十章

情欲的吸引

约翰·约阿希姆·温克尔曼致莱昂哈德·乌斯特里

（罗马，1763 年 9 月 14 日）

我最亲爱的乌斯特里，[1]

从你昨天那封信看，我会贸然判定你缺乏好品位以及对希腊人的认识。的确，我们在有一点上想法不同，或者（倒不如说）你的判断有误。如果我不是这样想的，我那关于美的论文就不会像事实发生的那样从《古代艺术史》中脱离出来，我还会采用瓦莱特的方式去描绘阿波罗。他这个错误百出的笔杆子，带着如此恶劣的名声，竟要去意大利了！他肯定不需要镜片，但毫无疑问，他希望自己变得近视，因为这是潮流。相信德国人很快就会得到瓦莱特诗歌的一个译本，这个译本还会妆点上神学评述，就跟舒茨编订的凯斯勒诗集一样。可怜的德国人啊！而他们之中最可悲的都在柏林。我还没有掌握从5得出10的艺术，但是我能判断《百科全书》中关于美的词条：它没有一点价值，而这还是那伟大的达朗贝尔写的呢！我很愿意会一会这位资助人，但是不要让我与他结识。你寄给我的那位哲学家的作品倒是有更高的思想。“唯一遗憾的是，他是个德国人，”波茨坦的英雄会说，“这是我读到的最好的书之一。”

我的朋友，你请求我给你上一堂钱币研究的课。关于书本知识人们倒是可以侃侃而谈，但是这个领域更为重要的部分还是实践的经验，这些是不可能写在纸上的。所以我不知道应该给你写些什么。鲍迪劳特·德埃尔沃关于旅行实用手册所写的东西，还有那些低阶

1 Winckelmann (6), vol. 2, letter 591. 本封书信由 Katherine Harloe 翻译。

学生使用的作品，都只能教出一个冒牌货，而不是真正的鉴赏家。学术的部分可能在书本中学到，至于其他部分，我自己都不羞于承认我也不是总能判断准确。如果我拿不准一枚罗马帝国时期的钱币是古代的还是复制的，我就会询问一位叫卡西阿瑞诺的老乞丐，这位老兄以前是做奶酪生意的，他一定知道答案。古希腊钱币则与此不同，这里判断的要点在于美，在这一点上，我又能自诩为合格的判官了。然而，只有罗马帝国钱币会出现赝品，古希腊钱币不会，因此，离开罗马，人们就不可能获得完整的钱币学知识。如果你想向我提问，我一定会力所能及给你答案。

我已经有好几个月没有听到过门斯的消息了，我也还没有收到他的回信。或许我给他的信里提到了一些话，导致他回复之前需要慢条斯理地斟酌再三。他的身体安然无恙，除此之外，他的家人没告诉我别的任何消息。出于善意，我不再过多询问。

我还没见到你的菲斯利，但是你的朋友将等不到我的作品在罗马出版了，虽说下个月会有一些关于版画的文章率先面世。尽管我力图做到简洁，但是很多解释还是长达很多页，我怀疑全部工作能否放在一本书中完成。

回到这封信开头的话题：你错了。这次约会不是发生在佛罗伦萨，而是去年发生在罗马。在佛罗伦萨，由于没时间和他谈话，我只能远观他那令我喜悦的外表，没有什么欲念比这更纯粹了。至于其他事情，我一点也不关心任何一个德国人在这方面可能对我发表的看法。在我那本《古代艺术史》中，我已经给那些严格的道德说教者充分的机会来谴责我了。很快还会有更多。

你最真诚的朋友，

温克尔曼

Katherine Harloe

杰出人物生前留下来的信件总是能对后人产生极大的吸引力。它们是个人留在其伟大的传记账簿中的自我记录，这些人的人生信条就体现在他们的行动与作品中。[1]

约翰·沃尔夫冈·冯·歌德在新版《温克尔曼私人书信集》（*Unpublished Winckelmannian Letters*）中以这句话作为开头，为此书撰写了前言。这部书信集刊登于 1804 年 5 月的《耶拿文学综合报》（*Jena Allgemeine Literatur-Zeitung*），这是一份出版于耶拿的文学杂志。歌德的这句话假定，在伟人的私人通信与他们的公共话语和行动之间存在一种普遍的关联。歌德的这一思考出现在温克尔曼新版书信集的文本中并不是一个意外，因为无论是对歌德及其同时代人，还是对他 19 世纪的继承者们来说，正是温克尔曼在美学感知、哲学或学术职业以及生活方式之间建立了一种独特的统一性。

约翰·约阿希姆·温克尔曼（Johann Joachim Winckelmann，1717—1768）是一位著名的历史学家、希腊和罗马艺术的鉴赏家。他在宗教和性观念上的离经叛道，以及他那骇人听闻的死亡——五十岁的时候，在奥匈帝国的边界、的里雅斯特（Trieste）

1 J. W. Goethe, Sämtliche nach Epochen seines Schaffens, Müncher Ausgabe (MA), in 33 vols (1985–1998), vol. 6:2, Munich: Carl Hanser Verlag, p. 188.

的酒店被人谋杀——为他白手起家的人生旅程增添了更多传奇色彩。他留下了一系列备受尊崇的古文物研究作品，其中最为著名的是《希腊雕像绘画沉思录》（*Reflections on the Imitation of Greek Works in Sculpture and Architecture*，1755）和《古代艺术史》（*History of the Art of Antiquity*，1764）。他还留下了大量书信，收信人来自德国、意大利、法国和英国。在他死后的那十年里，其书信的各种版本陆续出版。本章收录的书信不在歌德本中（歌德本收录了 27 封之前没有出版过的书信，这些书信的所有权属于资深艺术资助人、魏玛的公爵夫人、摄政太后安娜·阿玛利亚）。这封信的大幅删减版首次出现于一部名为《温克尔曼写给瑞士友人的信》（*Winckelmann's Letters to his Friends in Switzerland*，1778 年在苏黎世出版）的汇编集。[1] 此书收录了大约 80 封信，是温克尔曼在 1758 年至 1768 年写给其瑞士信友们的，在这本汇编集的前言中，这些收信人万分荣幸地自称为他的"学生"。

这本汇编集的编者，来自苏黎世的莱昂哈德·乌斯特里（Leonhard Usteri，1741—1789），同时也是本章这封信的收信人。在其同样短暂的一生中，乌斯特里作为大学教授和高校改革者而被人熟知。青年时期的他曾在 1760 年至 1761 年进行了一场

1 J.J.Winckelmann, *Briefe an seine Freunde in der Schweiz*, ed. by L. Uster, Zurich, 1778. 其中包括写给画家约翰·卡斯帕·菲斯利（Johann Caspar Füssli）的信。这封写给乌斯特里的信见 number 39, pp. 119-120。关于这封书信的删减情况见以下的讨论。

横跨欧洲的文化与教育之旅。[1]旅行期间，他慕名拜访了日内瓦、法国、意大利的许多杰出人物并和他们建立起哲学友谊，特别是和温克尔曼与让－雅克·卢梭，他返回苏黎世后仍与他们保持信件往来，维系着这份友谊。这封信彰显了温克尔曼作为教育者的一面和乌斯特里寄托于书信形式的友谊，在信里，温克尔曼称呼对方为“亲爱的”“我的朋友”，无论是问候语还是落款署名，都显得真诚而单纯。接下来，温克尔曼开始指导这位年轻人去理解希腊文化，教他领悟那些真实而又启迪人心的鉴赏案例，并带他了解钱币研究。

这封信触及了很多温克尔曼在他已出版的美学作品中提出的典型观点：用自己的眼睛观赏艺术作品以获得一种亲身体验的必要性，以及由此引出的前往意大利旅行的必要性；一种恰当的审美鉴赏对风格判断的重要性，要想明辨那些待定为古代原作的艺术品究竟是真是伪，这是关键。同样典型的是温克尔曼对希腊艺术优于罗马艺术的评判，以及他对当时的法国艺术与美学潮流的抨击。这种潮流的代表包括克劳迪－亨利·瓦

1 在遭受很长一段时间的疾病后，乌斯特里于 1789 年去世，年仅 48 岁。据猜测，乌斯特里的疾病由过度劳累引起，详见 Leonhard Usteri, *Allgemeine Deutsche Biographie*, vol. 39, 1895。另外参见 http://de.wikisource.org/wiki/ADB: Usteri,_Leonhard_(P%C3%A4dagoge)。

特莱（Claude-Henri Watelet）[1]、《百科全书》的其他作者，还有腓特烈大帝的社交圈。通过对这些人的批评，温克尔曼间接制造了一种对立，一边是巴黎及柏林和波茨坦的法国化品位，一边是希腊和意大利。[2]前者充斥着虚假的情感与人为的造作，而后者代表着对艺术与文化的真实、自然且健康的欣赏。这种对立不断深化，不仅体现在温克尔曼公开发表的作品中，也体现在他与其他游学青年之间的通信中，比如，在写给莱茵霍尔德·冯·贝治（Reinhold von Berg）的第一封信中，他形容巴黎为“空洞快乐的宝座”。[3]

温克尔曼写给乌斯特里这封信的开头和结尾都和贝治有关，这些段落呼应了他的《论艺术作品之美的感受力以及相关教育》（*Essay on the Capacity for the Sentiment of the Beautiful in Art, and on Education in It*）[4]：这是一篇当时刚刚发表的讨论美学教育的

1　克劳迪－亨利·瓦莱特是一位艺术资助人，曾资助过让-巴蒂斯特·格勒滋（Jean-Baptiste Greuze），他还是一位作家、艺术评论家、园林设计工程师、美学家，他曾在狄德罗与让·达朗贝尔（J.D'Alembert，1751—1772）的编辑工作安排下为《百科全书》写过一些美学文章（主要是关于蚀刻版画，收录在卷七“雕版”中）。

2　关于这个对立，参见 K. Harloe, *Winckelmann and the Invention of Antiquity: History and Aesthetics in the Age of Altertumwissenschaft*, Oxford: Oxford University Press, 2013, p. 69ff。

3　J.J.Winckelmann, *Briefe, Kritisch-historische Gesamtausgabe*, ed. by W.Rehm and H. Diepolder, 1952–1957, 4 vols, Berlin: De Gruyter, vol. 2, letter 488, 9 June 1762.

4　J.J.Winckelmann, *Essays on the Philosophy and History of Art*, ed. and. trans. by C. Bowman, 3 vols, Bristol: Thoemmes Press, vol. 1, pp. xxi-xlvii.

论文，其文体形式是一封写给贝治的公开信。温克尔曼称它为“关于美的论文”，他在文章开篇借用希腊诗人品达表达少年爱的诗句，称赞收信人“形体优美，充溢神恩”。这篇文章无论语调还是内容都洋溢着同性爱欲的色彩，下面这段话体现得最为明显：“那些只留意女性之美，很少或从未被我们男性之美打动的人，他们虽然具备对艺术之美的感知，但是这种感知并非天生的、普遍的、鲜活的。”[1]

值得注意的是，在这封信于 1778 年第一次出版的时候，乌斯特里删除了类似上面这样的段落，而在我们的版本中，它们出现于信件的开头和结尾。通过删减开头一段和结尾一段，乌斯特里不仅对同性爱欲的内容进行了模糊处理，也顺带抹去了温克尔曼对他的鉴赏家同行们的轻蔑之辞，以及他对腓特烈大帝的嘲讽。同样被乌斯特里删除的还有第三段，这段话对著名的新古典主义艺术家安东 · 拉斐尔 · 门斯（Anton Raphael Mengs）做了一番不太友好的刻画（温克尔曼将 1764 年出版的《古代艺术史》献给了他）。在最后留下来的内容里，这封书信讨论了钱币鉴定，提到了亨利希 · 菲斯利（Heinrich Füssli），还谈论了温克尔曼的《未毁坏的古代文物》（*Monumenti antichi inedit*），那是他当时正在写的一部主要作品。乌斯特里的节选反映出他不愿对任何还在世的人造成冒犯，只想凸显温克尔曼书信中那些被认为具有思想史或教学价值的方面。

1 *Ibid* at p. xxvi.

不过，乌斯特里的版本还是保留了一些有色情意味的、不甚得体的评判之辞，它们频繁地出现在温克尔曼与其男性亲密友人之间的通信中。温克尔曼于1767年6月写给乌斯特里的弟弟保罗的信尤为明显，他在其中一段里指出许多动物中雄性都是更美的，还谈到“在任何地方，人们都会发现漂亮的年轻男性比漂亮的年轻女性更多”，并且指出女性的至美之处——乳房会随着年纪的增长而越来越走形。[1]温克尔曼通过这些说法来为自己的美学偏好（或是情欲取向？）做辩护。

就这个话题而言，本章这封写给莱昂哈得·乌斯特里的信少了一些显而易见的说教口吻，多了一分轻松愉快的语气：温克尔曼取笑乌斯特里对自己论文的最初回应，这份回应现已遗失，但是乌斯特里想必在他的回应中对论文暗含的同性爱欲的因素表达了惊讶与不快。温克尔曼开玩笑地说，要不是他相信事实恰好相反，他会因这份回应对乌斯特里是否具有天生的好品位以及是否真的理解希腊文化产生怀疑。温克尔曼没有透露他持有这种信念的理由，而这加强了取笑的效果：温克尔曼到底熟知一些什么，让他如此确信乌斯特里拥有对美的感受力，哪怕后者对温克尔曼论文的回应表面上显得“谈同性色变”？

1 J.J.Winckelmann, *Brief*, (n.6), vol. 3, letter 868, 27 June 1767. 莱昂哈德·乌斯特里在其1778年版的书信集中出版了这封信，并保留了这段话，见 (n.2) pp. 182-186。这似乎曾启发了威廉·冯·红堡（Wilhelm von Humboldt）和歌德，见 W. Daniel Wilson, “Höhere Begattung, höhere Schönheit”: Goethe's Homoerotic Poem “Selige Sehnsuch”, *Goethe Yearbook* 20, 2013, 117-132 at 124-126。

这封信的结尾与写给贝治的《论艺术作品之美的感受力以及相关教育》的开头遥相呼应，它特别强调了一种单纯由视觉生发出来的纯粹的情欲吸引力。[1]温克尔曼对自己的爱欲对象的欣赏——无论是贝治自己，还是这封信里提到的佛罗伦萨无名少年，抑或是像“贝尔维德勒躯干”那样的古代雕塑——是凭借眼睛实现的。视觉的优越性在于它是最接近理性的感官，这一观点反映出温克尔曼的美学理论是一套对柏拉图主义的解释，这种解释认为对理念之美的沉思是由心灵之眼的“惊鸿一瞥”来完成的。[2]

无论在形式还是在内容方面，这封信都呈现并演示了很多温克尔曼美学理论的关键元素及其历史分析方法：视觉美学的优越性，将意大利视作不可或缺的鉴赏教育之地，反对现代法国的矫揉与造作，树立“自然”与“健康”之典范的希腊艺术与文化的优越性。这些主题出现在《温克尔曼写给瑞士友人的信》里，这绝非偶然，因为瑞士城市及其市民（正如卢梭认为的那样）可以被视作古代共和自由的堡垒。

---

1 “当我第一次遇见你，我就看到了你我之间理智上的和谐。你的形体使我得出了我曾一直寻找的东西，我在一具美丽的身体中找到了一个为美德而造的灵魂，一个能够体悟美的灵魂……让此文成为我们友谊的见证吧，它摆脱了一切想象的动机，始终忠实地为你而存在。”见 Winckelmann, *Essays on the Philosophy and History of Art* (n.7), p. xxi（翻译时进行了细微的修正）。

2 见 J.J.Winckelmann, “The Essentials of Art”, in *Geschichte der Kunst des Altertums*, 1764。英译本见 *History of the Art of Antiquity*, trans. by H. Lodge, Boston, 1873, part 1, chapter 4, section 2。

第十一章

理性的经验主义?

弗里德里希·席勒致约翰·沃尔夫冈·冯·歌德

（耶拿，1798 年 1 月 19 日）

用范畴表来检验你在一篇老文章和最新的一篇文章中提出的观点，应该是有趣而富有启发的。你的判断一定会得到确证，而且还会唤起你对哲学的全新信念，你会相信哲学在经验事物的领域能够得到规范性的运用。这里，我把讨论限定在某几个范畴的应用模式上，并且紧紧结合你的上一篇文章来谈。[1]

如果用范畴表来检验你将经验分为三种现象的观点，我们就能够看到，你的区分已经穷尽了所有的种类。

a. 普通经验主义从不超越经验性的现象，在数量这个范畴上，它总是只看到一种情况，只看到一个单一的经验成分，因此等于是没有看到经验。根据性质的范畴，它总是只肯定一种确定的存在，但是不区分它，不排除它，也不反对它，总之，不拿它进行任何比较。根据关系的范畴，它容易将偶性之物理解成本质之物。根据模式的范畴，它始终仅仅限定在一个确定的现实性上面，而不去探讨可能性的存在，也从不把它的认识抬高到必然性的层面。根据我的理解，普通经验主义不会陷入错误，因为只有当它成为科学的基础的时候，错误才首次出现。它所观察到的，它确实观察到了。由于它从来没有想要把它的感知当成客体的法则，因此它的感知，虽然总是孤立的、偶然的，但是并无犯错的危险。

b. 哲学现象，以及错误，都是伴随理性主义而来的；因为只有在理性主义的领域内，思考的诸多能力才开始发挥它们的功能，

1 这封信出自 *The Correspondence Between Schiller and Goeth*: *1794 to 1805*, trans. by George H. Calvert, New York and London: Wiley and Putnam, 1845, letter 414。

而且，伴随着这些能力的自由，也带来了独断，因为这些思考能力太容易用自身取代客体。

根据数量的范畴，理性主义总是收集大量的事例，只要它足够谦虚，不把多样性当成总体性——也就是说，只要它不创造客观法则，这样做就是无害的，而且是有用的，因为，只有当我们知道如何超越个别事例的时候，我们才找到了通向真理的道路。但是，一旦理性主义的方法被误用，它就会对哲学造成伤害。正如你自己的文章清楚指明的，它将维系人类心灵中巨大的联想力量，而代价是丧失了某种属于事实的共和般的自由；简言之，因为它把多样性当成了统一性，因此，它把那不是总体性的东西当成总体性的来对待了。

根据质量的范畴，理性主义非常恰当地对现象进行了相互的对照，进行了区分和比较，这种方法（一般而言理性主义都是如此）当然是好的、值得称赞的，是通向哲学的唯一道路。但是，上面所说的思想能力的专制性也很快就会暴露出来，这一点先前在独断的联想中暴露出来，现在又在单面性、区分的严格性中暴露出来。它容易犯这样的错误：把自然中关联起来的东西严格分开，正如在先前的范畴中，它把自然分开的东西强行合在一起。它在不存在区分的地方制造区分，等等。

根据关系的范畴，理性主义的永恒事业在于寻找现象之间的因果关系，以原因和结果的形式将所有事物统一在一起，这同样也是值得称赞的，而且对哲学来说是必需的，但它同样也会因其片面性而对哲学造成巨大的伤害。我这里指的是你的文章，你在文中主要谴责了那种处处寻找现象之间因果关系的理性主义的滥用。在这个问题上，理性主义的根本错误似乎就在于它考虑不周，它只考虑了自然的长度，而没有考虑自然的宽度。

根据模式的范畴，理性主义虽然超越了现实性，但是未能抵达必然性。可能性是它广袤的领域，因此，它有着无限的前提。在我看来，这种理解的功能对所有哲学来说也是一种必需的必要条件，因为只有通过可能性，我们才能从现实性走向必然性。因此，我将尽我所能地在物理学的领域内捍卫理论力量的自由与正当性。

c. 在我看来，纯粹现象带来客观的自然法则，它只能由理性经验主义来把握。但是，我要再次重申，理性经验主义自身绝不可能直接从经验主义开始；相反，理性主义无论在何种情况下都会排在二者之间。第三范畴总是诞生于第一范畴与第二范畴的统一。我们还会因此发现，只有将自由思考能力那最完全的活动，与知觉的感性力量那最纯粹、最广泛的活动结合在一起，才能引领我们走向科学知识。于是，理性经验主义对二者都产生了影响，它会排除独断，呼唤自由：人类心灵对待客体的方式，或客体中盲目的偶然性，以及单一现象朝向思想能力的有限的个体性，都会受到独断的影响。一言以蔽之，通过减除其盲目性，理性经验主义充分捍卫了客体的权利；通过除掉其独断性，理性经验主义为心灵赢得了完整的理性自由。

根据数量的范畴，纯粹现象一定理解具体事例的总体性，因为纯粹现象是每一个具体事例的恒常性要素。以这种方式，理性经验主义重新恢复了多样性中的统一性，并且与范畴的意义完美契合。

根据质量的范畴，理性经验主义总是划定一个界限，正如那些真正探究自然的典范教给我们的，它们全都远离了一切绝对的肯定与否定。

根据关系的范畴，理性经验主义不仅关注因果性，也关注现象的独立性；它将全部自然视作处在互相作用的活动状态之中，每一个事物都由其他事物所决定，因此，它小心翼翼地防止因果性按照一种简单而贫瘠的长度来确认自身，而且在任何情况下都要考虑宽度。

根据模式的范畴，理性经验主义总是深入必然性当中。

根据它的理念，理性经验主义确实不会像前两种认识类型那样被误用；但是人们反而应该抵制一种错误和肤浅的理性经验主义。正如一种智慧的界限，构成了正确类型的理性经验主义的真正精髓，一种懦弱胆小的界限将会导致错误的类型。前者收获的是纯粹现象，后者收获的是空洞虚无的现象。我常常发现那些胆小脆弱的心灵——由于它们过于关注客体及其变化，过于畏惧心灵的力量，它们最终变得如此局限，以至于它们的断言与声明都被抽空，最终的结果是虚无。

关于这个课题，以及你的论文，显然都需要更多的讨论，我希望你来我这儿与我深入探讨这些问题，因为只有对话才能实际帮助我，让我快速掌握并消化其他人的想法。在一封信的内心独白中，我总是冒着囿于己见的风险。我尤其希望听你亲自阐述一下，你提到的把案例直接应用于规则的问题。

虽然过去我一直在拿它开玩笑，但是我确实有三天没有继续我的诗歌创作了。我们家里最近在传播着一种喉咙的疾病，它最后还是攻陷了我。就在我的作品令我处于极度敏感状态的时候，这个麻烦缠上了我，搞得我昨天一整天都在发高烧。不过，今天我的头脑已经好了很多了，我希望几天后就能够彻底摆脱这个麻烦的访客。

恭喜你新写了一首诗（xenion）[1]，我们当然很快就会将它付诸实践的。

赫尔·波塞尔特（Herr Posselt）终止了流传于公众之中的疯狂的恶作剧，他的出版商不会再为之遭受更大的伤害了。

这里的人们总在问你会不会让戈特尔（Gotter）的歌剧《梦幻岛》（*The Enchanted Isle*）[2]在魏玛上演。

赫尔·赫特（Herr Hirt）已经向人们介绍过你那篇关于《拉奥孔》（*Laokoon*）的论文了，你难道不想让这篇文章发表在《季节女神》（*Die Horen*）[3]上吗？

祝好。我的妻子向你致以诚挚的问候。

1 席勒和歌德所写的“xenia”是希腊语，指下了毒的礼物，呈现为短诗的形式。他们在这种形势下甚至还会对批评进行嘲笑。席勒在这里说的“xenion”可能就附在上一封歌德的来信中。

2 弗里德里希·威廉·戈特尔（Friedrich Wilhem Gotter，1746—1797）为剧院进行创作和翻译。为了给《梦幻岛》谱词，他以弗里德里希·冯·艾因席德尔（Friedrich von Einsiedels）的版本为蓝本对莎士比亚的《暴风雨》进行了改写，约翰·弗里德里希·弗莱施曼（Johann Friedrich Fleischmann，1766—1798）将为它谱曲。在歌德的保护下，这部歌剧于 1798 年创作完成。

3 《季节女神》是发行于 1795—1797 年的月刊杂志，主编是席勒，那个时代很多杰出人物都会给这本杂志写文章，如施莱格尔兄弟、费希特、洪堡兄弟等。

Dalia Nassar

在众多文学和哲学友谊之中，约翰·沃尔夫冈·冯·歌德（Johann Wolfgang von Goethe，1749—1832）和弗里德里希·席勒（Friedrich Schiller，1759—1805）的友谊或许是最为出名的，而且一定是最值得纪念的。有很多雕像刻画了他们的友谊：席勒一手举着一份手稿，另一只手伸向歌德手捧的月桂花圈。这些雕像遍布全世界，从魏玛到中国安亭，途径密尔沃基和旧金山。他们的友谊被描述为一场“史无前例的文学或艺术”的联合，尽管它只持续了十二年（由于席勒的去世而终止），但这份关系仍旧在根本上重塑了他们二人。在这十二年间，席勒和歌德比邻而居——席勒在耶拿与魏玛之间往返，而歌德一直住在魏玛——尽管席勒经常在魏玛，歌德也会定期去耶拿拜访席勒，但是空间上的靠近并没有阻止他们给对方写下无数书信，有时候甚至每日都写。歌德在 1828 年至 1829 年以两卷本的形式出版了二人的书信往来，其中包含一千封信，他把这些书信视作他最宝贵的财富。

席勒比歌德小十岁，早在 1789 年他就已经搬到耶拿去教授历史了，他曾一度希望能与这位年长的著名诗人见上一面，但是直到 1794 年他们二人才得以进行正式的对话，歌德在《幸运的会面》（“Fortunate Encounter”）一文中记录了这场奠定双方友谊的对话。根据歌德的自述，当时他们二人都参加了在魏玛的一场科学讲座，而在退场时，他们都对讲座颇感失望。二人的对话始于席勒批评讲座以碎片化的方式理解自然，对此歌德回复道，我们显然需要一种完全不同的方法，不把自然视为一个由相互孤立之部分构成的组合物，而是努力把自然刻画为一个积极主动、充满活力的整体，它在各不相同而又根本上息息相关的诸多部分中揭露自身的整体性。歌德感到一丝激动，接着就详述了他的植物蜕变理论。他认为有某种根本的统一体为植物的形式奠基，使植物成为植物。他们边走边聊，突然，歌德发现他们二人正站在席勒的家门外，就在此时，席勒转向歌德并告诉他，他不同意这一点。他说，歌德正在描述的所谓植物的“形式”无法在经验中被观察到，因为它是一个理念。席勒的回应让歌德惊讶，停留片刻后，他回复席勒道，要是他能用自己的眼睛看到理念，那一定会让他难以抑制地激动万分！我们可以想象，歌德说这话时脸上带着一丝得意的笑容。

在很大程度上，二人的通信、友谊以及他们的争端正是围绕着这个关于经验与理念的问题而展开的——经验事实上包含些什么？什么能被看见？什么不能被看见？“看见”的意义是什么？在 1794 年，席勒还是一个康德主义者，他相信理念不在事物自身当中，即不在客体之中，而在人的心灵之中，是心灵产生了那些让我们得以研究自然世界的诸多理念（比如“整体性”）。按照这种理解，理念仅仅是一些对研究有用的假设，除此之外什么都不是。例如，为了研究物种之间的联系，我们必须假设自然的整体性，即自然界中的诸客体以某种方式互相关联，但是这并不意味着自然事实上是一个整体，因为这是一个我们无法证实的主张（我们不可能经验到自然的全部，只能经验到它的各部分）。因此，理念只是指引，我们不可能在经验中遭遇或看到它们。

席勒在他 1795 年发表的《论素朴的诗和感伤的诗》（*Naïve and Sentimental Poetry*）中将歌德描述为朴素诗歌传统的拥护者，而与之相反的是，他自己是现代诗歌或感伤诗歌的使者，他强调自我与自然的断裂，主张转向主体性与内在性。歌德同意这种描述，在讲述 1794 年二人相遇的《幸运的会面》一文中，歌德透露了他为什么在那之前一直避开席勒。他写道，他们两个人就像是两个“对趾点”，“没人能否认，两个对趾点的精神距离比地球直径还远……”。或者正如歌德在 1828 年的一篇文章中说的那样，回顾他们友情的早期阶段，他发现，席勒“传播自由的福音，而我只想守护自然的权利”。

然而，随着他们的友谊逐年延续，二人越来越不像是两个对趾点，他们在对方的鼓动与启发下逐渐发生了转变。歌德变得更为认同康德，而席勒开始接受理念有可能是“客观的”（即存在于世界之中）。本章收录的这封信正是关乎这个问题：席勒似乎开始理解这一点，并为此格外激动。

席勒在 1798 年 1 月 19 日写下了这封信，五天前歌德发表了《经验与科学》（“Experience and Science”）一文，这封信就是对这篇文章的回应。席勒的这封信写得有些匆忙、有些勉强，他过去几天一直在生病，但仍然用尽全力写信给歌德，因为这是他无法抗拒的。这封信完美示例了二人那硕果累累的友谊，而且是一封典型的哲学书信：它的写作开门见山地从问题讲起，传达了一种正在进行着的思考，一种兴奋，以及一种急于交流新鲜灵感的迫切，想要对这些灵感进行测试与诠释，想要与那个值得信任的人交流这些虽然还只是雏形但却无比重要的灵感。简单地讲，它表达了一种真诚而亲密、基于深层信任的交流。

如我所说，这两个人住得很近，因此，二人确实有可能随后就安排一场面谈、一次对话。尽管如此，席勒还是觉得他需要把他的想法写下来并尽快寄给歌德，因为他在这些想法中看到了某些迫不及待的观点。

席勒意识到这封信就是一场“内心独白”，因为他很可能只是按照他的世界观、他的兴趣在解释所有问题，不过，席勒最终的目的还是听一听歌德关于这些问题的看法。这封信就是某种中介，席勒借此把他那新鲜出炉、未加删减的思想用笔写下来，让它固化，并把它传达给歌德，让歌德为接下来的对话做好准备。

在《经验与科学》一文中，歌德区分了三种现象，或者说，知识的三个阶段：经验现象、科学现象、纯粹现象。在观察自然的时候，此三者是逐层递进的关系，能越发充分地把握我们所观察到的对象。这篇文章的最终目的就是解释并证实“纯粹现象”（即一个自然客体奠基的根本形式——使事物为其所是的东西），并向我们说明如何理解这一现象。换句话说，歌德写这篇文章的目的恰恰就是证实席勒所反对的命题，即植物的“理念”是真实的，正是它使植物成为植物，它不仅仅是理念论的（即只在观察者的心灵之中）。

任何人无须留心观察就能接受自然界的经验现象，而科学现象则需要借助实验来获取，“在不同于我们初次遭遇它的环境与条件下，在大概有效的序列中，我们再现科学经验”。相比之下，纯粹经验需要辨识出必然的、根本的要素，排除掉偶然的、相对的要素，以此来抵达被观察对象的形式或本质。

这套理论的关键之处在于，理念（纯粹现象）并非与经验相割裂，而是通过经验被我们获取。这样看来，这篇文章既是歌德与席勒第一次对话的延续，也是歌德向席勒解释他所理解的理念的一种尝试，同时也是歌德试图向自己澄清何为经验性理念的一种尝试——正是同席勒的对话，让歌德开始对该问题进行批判性的反思。

早在遇见席勒之前，歌德就已经在他的科学研究中取得了一些重要的成功。18 世纪 80 年代，歌德加入了一个解剖学家的团队，从事寻找人类颌骨（即切齿骨）的长期项目。这种骨骼存在于两栖动物、爬行动物和哺乳动物的上颚，在人类身体中发现它将证实人类与其他动物的关联。1786 年，歌德成功发现了颌间骨，这一事实在很长一段时间内，都令科学史学家感到惊讶。歌德何以能够发现其他更有经验的解剖学家都没能精准定位的颌间骨？

答案正是在于歌德的“理念”或形式概念。歌德相信哺乳类动物的结构是统一的整体，各个不同的部分都是在互相关联与互相关涉中生长发育的。毕竟，心脏的功能离不开动脉、静脉以及整个循环系统。所有部分互相依赖的事实揭示出一种根本的统一性，这种统一性先于并决定着每个部分。歌德进一步认为，这种统一性不是静止的，而是变化的、灵活的、动态的。不同的生命体，其心脏的形状也各不相同——换句话说，心脏的形状取决于它作为部分而存在于其中的整体。于是，我们的目标就在于理解整体（理念、形式），这样我们就能够轻而易举地识别出部分了。歌德就是这样找到颌间骨的。

一些解剖学家（主要基于宗教立场）径直摒弃了一个骨头能把人类与其他动物联系起来的观点，另一些认为人类骨头一定是对类人猿骨头的完美复制。歌德的洞见在于，人类颌间骨不需要——事实上也不能够——与类人猿颌间骨的样子相似，因为我们必须把整体（人类身体的整体）考虑进来，并把颌间骨视作这个整体的一个部分，而不是一个简单附着于整体的孤立部分。

因此，歌德能够找到颌间骨，是因为指引他的思想并非对于什么是哺乳动物以及哺乳动物应该是什么样子的一种固定理念，而是一种动态的理念。不过，这个理念很难用抽象的哲学语言来表达，因为它需要持续地进行观看、比较与观察的实践。

尽管如此，歌德还是在《经验与科学》一文中对此进行了尝试，而这一尝试让席勒感到格外激动——他开始理解歌德的意思了。更重要的是，席勒不只是理解了歌德的意图，他还对它进行了补充——他阐明了“纯粹现象”的地位，并给歌德的方法论取了一个完美的名称：理性的经验主义。

在书信的开头，席勒向歌德提出，基于范畴表（也就是基于各种现象允许我们做出判断的诸种类型）来思考这三种现象——经验的、科学的、纯粹的——是理解三者之区别的最好方式。席勒所建议的方法就是根据质量、数量、关系、模式等范畴（这种判断的区分可以追溯至亚里士多德，它也是康德自己的判断类型表的基础）来思考每一种现象。

经验现象是普通经验主义关注的核心，它所涉及的是那些一时一地被直接看到或感知到的东西。在数量上，经验现象只能提供个别（而不是普遍）的判断（这张桌子是绿色的；这个人的个子高）。在质量上，它只能确认事物的存在（x 是 y），不能否定它们的存在（x 不是 y），也不能把它们与其他东西相对立（x 是非 y），更不能拿它们与其他东西做比较（x 像 y）。在关系上，普通经验主义有可能会混淆偶然的东西与本质的东西（比如，因为我见过的天鹅都是白色的，所以所有的天鹅都是白色的），但它实际上不会犯这种错误，因为它停留在“这个天鹅是白色的”的层面上，绝不会迈向“所有天鹅都是白色的”这个普遍命题。最后，在模式上，经验现象只关注现实性（现在呈现在我们面前的情况），不会关注可能性（可能会发生的情况）和必然性（一定会发生的情况）。普通经验主义有很多显著的局限性。但是，它确实有一个重要的长处，因为它始终以最直接的形式与现象捆绑在一起，所以它没有超越判断的层次，不会对那些超越当下存在的现象做出断定。这种断定才是错误的根源，一旦我们迈向科学现象（即理性主义），这些错误就显示出来了。

理性主义是错误的根源，因为它不太关注眼前的东西，更关心思想自身的法则——我们凭借这些法则进行思考，而非感觉。思考和感觉当然是不一样的，而问题就出现在我们错把思想当成现实。

但是，理性主义也有大量的优势。其中之一就是，它提供多样性而不是简单的个别性（有很多人都是高的）——但是，席勒提醒道，它不应该进一步走向总体性（所有人都是高的），因为这显然会导致错误。再者，理性主义允许否定——但是它应该留心，不要把自然界中那些在根本上互相关联的事物分开或孤立起来。在关系上，理性主义致力于以因果的方式看待一切事物（即把它们视作原因和结果）——然而，席勒再一次发出警告，理性主义应当谨防在考察事物时过分依赖因果的方式，因为这会将自然勾勒成一幅纯粹线性的图景：一条无限延伸的因果链条。最后，理性主义抛弃了现实性（这对它的目的来说，过于偶然了），但是它也无法抵达必然性（因为它只能关注多样性，不能触及总体性），这意味着它还只能关涉可能性（即逻辑可能性的领域）。

席勒写道，与经验现象和科学现象相比，纯粹现象才能带来“客观的自然法则”。伴随着纯粹经验浮现而来的就是理性经验主义，它需要将经验主义与理性主义结合起来。席勒将这种方法归功于歌德，在他看来，只有通过这种方法才能把握客观的自然法则，因为它一方面始终与被给予的事物（即经验）保持紧密的联系，另一方面又能借助理性的能力注意到经验所包含的种种差别并做出比较，最终抵达最根本的本质。正如席勒所言，“一言以蔽之……理性经验主义充分捍卫了客体的权利”。理性经验主义是怎么做到这一点的呢？

首先，理性经验主义超越了个别性与多样性，走向了统一性，因为它所关心的是我们面前的诸多表象背后那本质而持存的东西。就像席勒解释的那样，理性经验主义旨在发现“多中之一”。其次，理性经验主义关注的不是单纯肯定（x 是 y）或单纯否定（x 不是 y），而是限制，它看到的是事物之间如何既相似又相异，勾勒出事物之间的关联，而不是单纯地肯定或否定。当涉及关系的时候，理性经验主义不仅关注客体之间的因果链接（在客体之间划定因果关系），还关注客体的独立性（也就是说，客体事实上不仅仅是原因或结果，还是完备的整体，它们自身为因果关系提供了场所，比如，动物的身体就是一个完备的整体，而不只是各种原因铸就的一个结果）。正因为如此，席勒指出，理性经验主义并非仅仅将自然视作无穷无尽的因果链条，还认为自然是有“宽度”的，容纳个体的多样性与独特性，它将个体视作其自身——而不只是链条中的一环。最后，正因为理性经验主义关注的是本质而持存的东西，它抵达了必然性，抵达了那必然如此的，既不仅仅是实际如此的（这可能完全是偶然的），也不仅仅是可能如此的（这是依赖于猜测的）。

然而，人们只有在持续而严谨的比较研究中才能触及纯粹经验，这种研究应该始终伴随着现象，但并非个别的现象。不同于只能触及多样性和可能性的理性主义（如果我见过的天鹅都是白色的，那么有可能所有天鹅都是白色的），理性经验主义能够辨识出其对象的本质特性，能够判定是什么让它为其所是。

在这简短的篇幅里，席勒以全新的、富于启发性的语言阐述了歌德认识自然的方法路径，并为他的方法论创造了一个术语。最终，对席勒，特别是对歌德来说，理性经验主义成为认识自然的唯一方法，因为只有它提供必然性，而必然性就等于知识。毕竟，知识是我们对于必然而非偶然或可能的认识。最重要的一点是，必然性不是在心灵中、在我们的思考方式中被发现的（这是康德主义），它就存在于现象自身当中。

收到席勒的来信后，歌德为席勒的阐释而欢欣鼓舞，他在 1798 年 2 月 21 日写信给席勒，告诉他“理性经验主义”这个名字非常恰当，他以后就用这个词来指代他的方法了。尽管席勒的术语听上去有些矛盾，但是它确实切中了歌德观点的核心——我们真的可以在经验中看到理念。这是因为，这里说的理念不是理性主义的理念——这种理念仅仅适用于思维的逻辑法则，这里说的经验也不是普通经验主义的经验——这种经验仅仅是个别的、直接的。相反，歌德所说的理念是在经验中浮现出来的，这恰恰是因为它们是通过严谨而反复的比较研究而获得的，这种研究融合了物理之眼与心灵之眼，以便形成第三种视觉——对于本质之物（即理念或纯粹现象）的辨认。

第十二章

“我亲爱的朋友，什么是幸福？”

贾科莫·莱奥帕尔迪致安德鲁·贾克帕森

（雷康那蒂，1823 年 6 月 23 日）

我亲爱的朋友，[1]

我首先要感谢你，在那封迷人的信中，你给了我许多善良的祝愿，而最重要的是，我要特别感激你给予我的信任，向我讲述你所过的生活，你的思想、感受，以及你灵魂的状态。我对这一切都有着巨大的兴趣，与你交流这些细节带给我难以言喻的快乐。能够揭开你这样一个人的心灵秘密才是真的令人愉快。但是，对我来说，若简单地依托当下的一些礼节性的表达来致谢，可能配不上你向我表达的爱，因此我不会感谢你，我只是向你保证，我的心将永远属于你。

我亲爱的朋友，要么我们应该不再生活，要么我们应该始终去感受、一直去爱、永远怀抱希望。感性，这个所有天赋中最为宝贵的天赋，但愿我们能够知道如何看见它真正的价值，或者这个尘世有什么东西能够让我们使用它。我已经跟你说过，我现在想要学会的唯一的技能就是不受苦的技艺。之所以如此，仅仅是因为我已经放弃生活的全部希望了。如果我不曾确信，我最初的一切尝试带给我的希望，于我来说最终都是徒劳和愚蠢的，那么我现在就不会希求，甚至也不会知道除热情生活之外的其他任何一种生活了。有很长一段时间，我一直感到生存的空虚，它仿佛是一个真实的事物，令我的灵魂不堪其重。对我来说，事物的虚无是唯一存在的东西。

1 见 G. Leopardi, Epistolario, ed. by P. Viani, Florence: Felice Le Monnier, 1849, vol. 1, n. 183, pp. 302-305。本封书信由 Ada Bronowski 根据法语原文译出。

它就像幽灵一样总是出现在我身边；我看见自己身处荒漠之中；我无法想象人们如何能够臣服于生活所需的日常操劳，既然确知所有这些操劳都毫无意义。这种想法令我万般困扰，以至于我快要疯掉了。

说实话，我的朋友，这个世界对真正属于它自己的利益漠不关心。换句话说，我会同意，正如一切美丽或伟大的事物，美德也是一种幻想。但是，如果这种幻想成为共识，如果所有人都相信美德并希望自己能够获得美德，如果他们都能一直心怀同情、慷慨、大度，而且热情洋溢——一言以蔽之，如果每个人都能一直保持感性（我认为感性与我们称为美德的东西并无不同）——我们难道不会因此而更加幸福吗？每个个体难道不会在这个社会中获得成千上万的财富吗？既然人的幸福不可能由真实的事物构成，社会难道不应该全身心投入让幻想变成现实的事业当中去吗？

在爱中，庸俗灵魂收获的全部快感远远不及一瞬间的狂喜和深深的情感所带来的快乐。但是，如何才能让这种感觉持续下去，或者哪怕仅仅是让它常常出现在人的生活当中？到哪儿去找这样一颗能够对它有所回应的心啊？很多次，我都让自己用几天时间躲开那曾在美梦中令我着迷的事物。因为我知道，那份美好将会由于过于靠近现实而被打碎。但是，我却从没停止思索这个事物，可是我也没有去现实世界找一个与它相似的事物来细细端详；相反，我在我的想象中沉思它，恰如它曾在我的梦里出现的那样。这是疯狂吗？我是一个浪漫主义者吗？你来定夺吧！

一遍遍反复思考事物的习惯一直以来都是感性心灵的特征，而它也的确会使人丧失行动的能力，甚至丧失感受快乐的能力。内在生活的丰富驱使这个人走向外部世界，但与此同时，他的这种本性使他不知道如何应对外部世界。他对大千世界的一切都很感兴趣，他希望永远保持充足；但是每一件东西都躲开他的把握，因为它们全都太渺小了，远不及他自己的能力。他甚至要求他最小的行动，他的每一个词、每一个举动以及身体的每一个动作都能超越人类力所能及的限度，达到尽善尽美。因此，他总是不能令自己满意，也无法停止检讨自身。而且，因为总是不相信他自己的力量，他不知道如何像其他人一样行动。

那么，我亲爱的朋友，幸福是什么？如果没有幸福，生活又是什么？我不知道。我全心全意地爱你，我会一直温柔地、坚定地爱你，就像我爱那些由想象创造的可爱事物一样，我的想象一定乐于创造它们。正如你所说，那些梦构成了幸福的一个部分。确实，人所能获得的唯一积极的幸福只能取决于想象。寻找理想中的幸福才是真正的智慧，这也就是你所做的。至于我，我怀念那仍能在想象里企盼幸福的时光。因为我惊恐地意识到，我的想象越来越枯竭，它正一点点夺走它曾在逝去的岁月里给予过我的宽慰。

这封信已经写得太长了。你如此敏锐而深刻地解释了你的内心，我与你交流这些事情是如此快乐，以至于忘了你还在信里问我，谁是我们最好的哲学作家。我会试着在下次回答你这个问题。不过，至于神学家，我甚至不确定我们是否有真正的神学家，更不要说谁是较为杰出的那一位了。我甚至不认为在这个领域还能取得什么杰出的成就。你的朋友德·亨特男爵（Baron de Hert）（我觉得我还不清楚怎么拼写他的名字）已经回家了没？他还好吧？请向他带去我的问候，还请务必告诉我他的最新消息。善良的修道院老院长坎塞列里[1]一如既往地热衷于写作和出版。我的叔叔安提茨正准备离开罗马去雷康那蒂避暑。我身体很好。现在我就像住在隐居之所：书籍和独自漫步占据了我全部的时间。我的生活比星辰的运行还要稳定，比歌剧的歌词还要乏味单调。再会，我亲爱的朋友。请尽可能像你应该被爱的那样爱我吧！告诉我你正在做什么，告诉我你的打算、你的哲学发现：你谈这些事情谈得越多，你带给我的快乐就越多。

带着最深切的喜爱以及全心全意的关怀，

我是爱你的真诚的朋友，

贾科莫·莱奥帕尔迪

1 弗朗西斯科·坎塞列里（Franceso Cancellieri，1751—1826）是一位博学多才的罗马藏书家、图书馆管理员。

Luigi Capitano

贾科莫·莱奥帕尔迪（Giacomo Leopardi，1798—1837），生于雷康那蒂，逝于那不勒斯，是一位杰出的诗人、散文作家，主要作品有《长诗》（*Canti*）、《道德小品》（*Moral Fables*），还有逝后出版的《杂感录》（*Zibaldone*）。[1]他留下的写给家人、朋友和同时代学者的书信手稿有一千多封。[2]莱奥帕尔迪的非凡天赋最早由文学评论家、学者彼得罗·左丹尼（Pietro Giordani，1774—1848）发现，但是他的名声在19世纪的欧洲广泛流传却是归功于瑞士语言学家德·辛纳（De Sinner，1801—1860）和法国评论家圣伯夫（Sainte-Beuve，1804—1869），哲学家亚瑟·叔本华（Arthur Schopenhauer，1788—1860）甚至把莱奥帕迪尔、拜伦和他自己放在一起，自夸为欧洲“三个最伟大的悲观主义者”之一。尼采也曾深深崇拜莱奥帕尔迪，尽管他最后把莱奥帕尔迪视为堕落者而否定了他。在英语世界中，托马斯·哈代（Thomas Hardy）和塞缪尔·贝克

1 G. Leopardi, *Canti*, trans. by J. Galassi, Penguin Classics, 2010; G. Leopardi, *Moral Fables*, trans.& rev. ed. by J. G. Nichols, Alma Classics, 2017; G. Leopardi, *Zibaldone*, ed. by M. Caesar and F. D'Intino, New York: Farrar, Straus and Giroux, 2015.

2 莱奥帕尔迪的书信收录在 G. Leopardi, *Epistolario*, ed. by F. Brioschi and P. Landi, Turin: Bollati Boringhieri, 2 vols, 1998。以下简称为 *Ep.*。

特（Samuel Beckett）是莱奥帕尔迪最为狂热的爱好者。[1]

贾科莫·莱奥帕尔迪伯爵出生在一个没落的贵族家庭，他在很小的时候就已经掌握了语言学、诗歌和哲学。他在父亲的图书馆里自学成才，这座家庭图书馆拥有超过 12000 册藏书。莱奥帕尔迪在很小的年纪就迫切希望摆脱雷康那蒂闭塞的环境，于是他开始旅行，在意大利最著名的文化艺术之城居住（罗马、博洛尼亚、米兰、佛罗伦萨和那不勒斯），[2]但是，他从未跨出意大利的边界。在那不勒斯的维苏威火山脚下，就在他英年早逝（享年 39 岁）之前不久，莱奥帕尔迪写下了一首伟大的诗歌交响乐，名为《沙漠之花》（*La Ginestra*）。在这首精神圣经一般的诗歌中，人类世界的渺小与火山的毁灭力量在诗人的“高尚本性”中双双抵消，那是一种能够号召全人类合力对抗宇宙之恶的本性。在浪漫主义先驱爱德华·杨的作品的滋养下，莱奥帕尔迪的诗歌拥有了月和夜的本性，不止如此，莎士比亚、弥尔顿、蒲柏和拜伦等英国诗人也深深影响了他的诗歌创作。除此之外，莱奥帕尔迪的哲学深受洛克、帕斯卡、卢梭、伏尔泰和法国唯物主义者的影响，与某种激进怀疑主义和某种倾向于虚无主义的消极哲学相一致。[3]然而，莱奥帕尔迪从未

1 关于莱奥帕尔迪的诗歌在英国的接受史（它也勾勒出一条与雪莱相同的接受路线），见 D. Cerimonia, *Leopardi and Shelly: Discovery, Translation and Reception*, Cambridge/New York: Modern Humanities Research Association, 2015, pp. 45-101。

2 A. Brilli, *In viaggio con Leopardi*, Bologna: Il Mulino, 2000.

3 L. Capitano, *Leopardi. L'alba del nichilismo*, Napoli-Salerno: Orthotes, 2016.

放弃他的“幻想”，他的生活视野与艺术视角就建立在这些幻想的基础之上。

莱奥帕尔迪于 1823 年 6 月 23 日写给安德鲁·贾克帕森（André Jacopssen，1793—1864）的信将他的消极哲学与关于想象的诗学粗略地勾勒了出来。莱奥帕尔迪是在 1823 年的 2 月到 3 月（写这封信的几个月前），也就是在他首次造访罗马的时候，遇见贾克帕森这位来自布鲁日的博学旅行家的，[1] 当时莱奥帕尔迪正待在他的叔叔卡罗·安提茨（Carlo Antici）家里，他在这封信的末尾提到了这位叔叔。莱奥帕尔迪写给贾克帕森的第一封信现在已经丢失了，[2] 而贾克帕森直到 6 月 2 日才给莱奥帕尔迪回了信。莱奥帕尔迪 6 月 23 日的这封信正是对贾克帕森 6 月来信的回复，这封信用无可挑剔的法语写成。莱奥帕尔迪以为，使用法语将会为他打开一扇通向富裕的外国资助人的大门，他认为这是这次罗马之旅能够带给他的唯一“好处”。他显然已经把他解脱的希望完全寄托在贾克帕森身上了。

在这第一次通信之后，莱奥帕尔迪回到雷康那蒂，此后，他与贾克帕森开启了一段持续两年的书信往来（1823—

1　莱奥帕尔迪可能是在来自教皇国荷兰的大臣的住所，见 S. Verhulst, “André Jacopssen e Giacomo Leopardi, fra testi e contesti del Gran Tour”, in *Studi e problemi di critica testuale*, 2008, n. 76, pp. 187-189。

2　我们不知道这封信到底是被（贾克帕森遗嘱的要求）有意地销毁了还是仅仅丢失不见了，见 S. Verhulst, “Leopardi e Roma”, in *La “stanca fantasia”. Studi leopardiani*, ed. by S. Verhulst, Milan: Franco Angeli, 2005, pp. 141-142。

1824）。他们的通信充斥着忧伤与悲观情绪，以及关于爱的深刻反思。[1]在本章收录的这封信中，诗人释放了自己的内心，表达了他最私密与最深刻的思想，这些思想触及生命的意义、对幸福的探寻，以及爱与友谊的重要性。这场通信揭示出一次观念与思想之间独一无二的交流，并且，正如莱奥帕迪斯所追问的那样："到哪儿去找这样一颗能够对它有所回应的心啊？"这封信试图在这种绝望的反问中聆听"心的深渊"。

这两个青年的世界——莱奥帕尔迪 25 岁，贾克帕森 30 岁——交汇于一种感性的理想，它赋予法语"sensibilité"一词以意义，又被二人同时当作他们在这个世界上最为珍视的东西。莱奥帕尔迪写道："在爱中，庸俗灵魂收获的全部快感远远不及一瞬间的狂喜和深深的情感所带来的快乐。"[2]贾克帕森在 6 月 2 日的信里传达出信任的口吻，正是在这份信任的鼓励下，莱奥帕尔迪向对方完全吐露了他自己的内心世界。在回信中，莱奥帕尔迪畅游在热烈的、喷涌而出的感性波浪之中。在信的开头，莱奥帕尔迪描绘出一幅他理想中的"充满想象的感性之人"的肖像，即莱奥帕尔迪式的"uomo imaginoso"，莱奥帕尔迪当时期望在这位朋友身上找到这样一个人，他也在他庞大

1 C.G. da Filicacia, *Fuori di Recanati io non sogno. Temi e percorsi di Leopardi epistolografo*, Florence: Le Lettere, 2006, pp. 148-149.

2 莱奥帕尔迪在对话录《马兰布鲁诺和法尔法烈洛的对话》（*Malambruno and Farfarello*）中也唤起了相同的渴望，在这一对话录中，浮士德式的魔术师马兰布鲁诺想要用他的灵魂换取片刻的幸福，见 *Moral Fables*, n.1, pp. 32-34。

的思想日记《杂感录》中构思了这一形象。[1]这一理想知己也为莱奥帕尔迪创作《道德小品》中的对话录提供了灵感，《托尔夸拖·塔索与他的精灵》（*Torquato Tasso and his Familiar Spirit*）里面的精灵一角就来源于此。

莱奥帕尔迪常常宣称他喜欢离群索居，但我们却能从他的信里明显地看到他情感充沛而又溢于言表地表达着爱。他与家人和亲密朋友（特别是彼得罗·左丹妮和彼得罗·布里亨提）的通信充斥着类似“我爱你”这样的表白。尽管如此，本章书信在这方面仍然是与众不同的，特别是考虑到这两个通信人对彼此还不是特别熟悉，而且仅仅在二人相遇的几周后，他们的友谊就被中断了。当然，他们各自关注的领域有很多是一样的，因为他们都立足于一种特别的艺术和理智上的敏感，这源自二人对启蒙主义与浪漫主义的双重敬重。他们都钟爱卡诺瓦和罗西尼，在阅读趣味上也有着大量的重合，横跨多个领域，从布丰的《自然历史》（*Nature History*），沃尔尼的《毁灭：对帝国革命的一个研究》（*Ruines, or a Survey of the Revolutions of Empires*），到斯戴尔夫人的《科琳娜》，还有夏多布里昂、贝尔纳丹·德·圣皮埃尔，当然还有最重要的——卢梭。不过，他们关于旅行的世俗理想却格外不同。

在游学旅行时，贾克帕森是一位横跨欧洲的旅行家，他博学多才，对各国的地点、景观、城市、博物馆、图书馆、花

1　见 *Zib.* 3241;3269, 23 August 1823；产生深远影响的在 *Zib.* 4418，以及 *Zib.* 4492-4493。

园、科学展览馆，甚至是医院、接济穷人的慈善机构等都如数家珍，更是如饥似渴地学习关于这些的知识。他有一颗乐善好施、开放多元的心灵，在那永不枯竭的自学狂热中，一切通往知识的道路都能燃起他的好奇心。贾克帕森的一生应该就是莱奥帕尔迪在《杂感录》（4185–6）中所说的“充实的人生”：一种充满旅行的生活，让他走遍法国、瑞士、意大利和北欧。[1] 尽管他也持有对“感性”的浪漫主义理想，并为之付出身心，但他始终是一个生活在外部世界而非内在心灵世界的旅行者。与他相比，莱奥帕尔迪却是一个心灵世界的旅行者，他就是费尔南多·佩索亚（Fernando Pessoa）在一个世纪后设想出的“静态旅行者”的雏形。[2] 佩索亚的旅行者仿佛以“城市手册”为翼，在自己的想象中遨游。

莱奥帕尔迪习惯于在各种真实的或想象的图书馆间游历。在他第一次造访罗马的时候，除了大概 2600 页的《杂感录》，莱奥帕尔迪随身携带的还有塞万提斯的《堂吉诃德》和萨莫萨塔的琉善的《对话录》，前者的流行要归功于 17 世纪耶稣会修士丹尼洛·巴托利（Daniello Bartoli）——也是一位伟大的旅行家，后者是莱奥帕尔迪讽刺散文的代表作——《道德小品》

---

1 关于贾克帕森的旅行，见 *André Jacopssen. Itinéraires d'un Brugeois en Italie et en Sicilie* (*1821–1823*), Geneva: Droz, ed. by S. Verhulst, 2008。

2 “为什么旅行？在马德里？在柏林？在中国？在南北极？除了于我自身感受我的特别感受，我还会在哪儿呢？”见 E. Pessoa, *The Book of Disquiet*, trans. by M. Jull Costa, ed. by M. José de Lancastre, London: Serpent's Tail, 1991, p. 76。

的创作灵感来源之一。对莱奥帕尔迪来说，他的诗歌想象力将现实与梦幻重叠在一起。作为一个浪漫主义者，他能够一次又一次地看见“另一栋塔楼，另一个国家”（*Zib*.4418）。这样一个旅行者只能透过“望远镜的镜片”去爱，[1]他忠实于那关于想象力的柏拉图主义,这一点也同样反映在佩索亚的作品当中。这也解释了为什么莱奥帕尔迪会陷入卢梭式的“梦幻岛”之中，因为，正如莱奥帕尔迪自己所说，只有这样一个地方“是值得居住的”。卢梭在《新爱洛依丝》（*New Heloise*）中写道：

> 在此生中，梦幻岛是唯一值得居住的地方，人类事务是如此虚无，以至于除了存在于自身当中的存在（Being），只有那不存在的事物才是美丽的。[2]

身为一个不再着迷于世俗世界的无神论者，莱奥帕尔迪害怕失去他从小就拥有的强大的想象力，这份恐惧在信中展露无遗。莱奥帕尔迪属于那种不安的存在，他在自己的国家漂泊

1 见《致我的女士》（“To His Lady”）注释，意大利原文见 G. Leopardi, *Annotazioni alle dieci canzoni. Alla sua Donna in Tutte le poesie e tutte le prose*, ed. by L. Felici and E. Trevi, Rome: Newton Compton, 1997。

2 见 J-J. Rousseau, *Julie or the New Heloise*, trans. and ed. by P. Stewart and J. Vaché, Dartmouth College Press, 1997, p. 569（翻译时有所改动）。关于莱奥帕尔迪对这段话的解释见 *Zib*. 4500, 4502。莱奥帕尔迪使用的版本来自他父亲的图书馆，见 Rousseau, *Pensées*, Amsterdam, 1786, vol. II, pp. 206-207。莱奥帕尔迪的哥哥卡罗在 1822 年 12 月 12 日写给他的信使他想起了卢梭这句话，见 *Ep*. (n.2), I, p. 588。

不定，被迫游荡于各个城市，虽然这些城市常常是游学旅行的必经之地，但莱奥帕尔迪却从没感觉自己站在稳固的地面——正如他在诗歌《致安杰洛 · 麦》（“To Angelo Mai”）中写到的，他没有“土地”[1]——他也不曾在“任何地点”找到属于自己的坐标系（*Zib*.4287）。贾克帕森总在找寻着些什么，而莱奥帕尔迪虽身处人造的“隐居之所”，也就是那“荒凉的家乡”、视野狭隘的教皇属地雷康那蒂，但他的灵魂却始终在漂泊中感到不安。莱奥帕尔迪的逃逸顶多是在常规性的生活模式之中“独自漫步”，在我们的这封信中，他说这种模式“比星辰的运行还要稳定”。就这样，莱奥帕尔迪回应了他的朋友在 6 月 2 日的来信中说的话：“现在，我将面临的是最为乏味单调的生存。”他对生存的不确定性补充了一种悲观主义的注解：“从生到死，只有一步。”他们展开了一场竞争，二人互相追赶，看谁能让自己更深地沉浸于对方的世界当中，伴随着这种情感的迸发，他们的亲密关系无比接近柏拉图式的爱。我们应该知道，就在这几个月间，莱奥帕尔迪集中精神阅读了柏拉图的著作，他计划翻译柏拉图的全部对话。因此，毫不奇怪，这封信已经预示了莱奥帕尔迪在他最为神秘和最为形而上的诗歌《致他的女士》中，对柏拉图式的爱这一隐喻的探讨。

贾克帕森 6 月 2 日写给莱奥帕尔迪的信本来就是对后者那

1 “哦，我的维克托里奥，这不是给你的——合适的年纪，或土地。”见 G. Leopardi, “To Angelo Mai”, ll. 169-170, in *Canti*, trans. by J. Galassi。

封“令人陶醉”的来信的回复，贾克帕森在抵达日内瓦后收到了这封信，很是惊喜。我们可以看到，贾克帕森渴望取悦这位新朋友，他为此诉诸自己的感性，并且选择性地谈及二人的共同爱好。他对莱奥帕尔迪写道：“你在信里向我揭开了那存在于你性格当中最为深厚的敏感，这温暖了我的心，特别是我觉得我自己也具有同样细腻的道德感。”贾克帕森认为他在这位意大利诗人身上找到了与自己相同的性情，而且他们注定会在“无穷尽的话题”上相互认同，这将为一种真正的友谊奠定基础。贾克帕森向莱奥帕尔迪讲述了很多他自己的浪漫经验，他向朋友承认，“他的期待总是令他失望”，因为他所期待的太高了。贾克帕森援引朋友的书，谈及他渴望一种“本质上消极的幸福”，这种幸福就是“不痛苦”。对于这个消极的幸福观，莱奥帕尔迪抑制不住回应道：“人的幸福不可能由真实的事物构成。”

因此，莱奥帕尔迪认为，“人所能获得的唯一积极的幸福只能取决于想象”。他于是也向贾克帕森坦白，他已经开始经常性地站在远处渴求，与真相和现实保持距离：“很多次，我都让自己用几天时间躲开那曾在美梦中令我着迷的事物。因为我知道，那份美好将会由于过于靠近现实而被打碎。”这种态度像是一个序曲，莱奥帕尔迪很快就会把它用在《致他的女士》这首诗的写作中：

> 地上的一切事物
> 都不同于你；哪怕有一个女人

> 她有你的面容，并用她的举止和谈吐
> 模仿你，哪怕是你的复刻，
> 也远不及你的美。[1]

从这里我们看到，莱奥帕尔迪将他对现实的诗意理想美化为一种观念。在描述他的理想友人时，他也运用了这种理想化的感性，这位理想友人——“uomo immaginoso”，活在莱奥帕尔迪的想象中，他是一位柏拉图式的爱人，代表着某种乌托邦式的理想城邦中的公民同胞：

> 换句话说，我会同意，正如一切美丽或伟大的事物，美德也是一种幻想。但是，如果这种幻想成为共识，如果所有人都相信美德并希望自己能够获得美德，如果他们都能一直心怀同情、慷慨、大度，而且热情洋溢——一言以蔽之，如果每个人都能一直保持感性（我认为感性与我们称之为美德的东西并无不同）——我们难道不会因此而更加幸福吗？

莱奥帕尔迪的思想有多现实，就有多令人心酸，他认为，“这个世界对真正属于它自己的利益漠不关心”。社会和人民完全不知道什么才能真的让他们获得幸福，他们受马基雅维利主义

1 G. Leopardi, “To His Lady”, in *Canti*, ll. 17-20. 由 Ada Bronowski 翻译。

和功利主义的奴役，与之对比，莱奥帕尔迪塑造出“无用者”这一反讽的理想。莱奥帕尔迪先于波德莱尔勾勒出都市漫游者（the flâneur）这一人物形象，他甚至建议将一份佛罗伦萨刊物命名为《漫游者》，并将此刊物以反讽的方式献给那些无用的、玩世不恭的人。有德性的人（或者说“绅士”，它也是莱奥帕尔迪的一篇未完成对话录的标题）就是感性的人，他富于想象、慷慨大度、满腔热忱、卓越非凡，总而言之，他是天才。这样的人或许是“浪漫的”，这体现在他追逐自己梦想的方式，凭借浪漫而奇幻的想象力，他创造出梦想，并为之深深着迷；然而他不仅仅是浪漫的，正如莱奥帕尔迪在信里针对他自己所说的，他几乎是害羞地问道：“我是一个浪漫主义者吗？”贾克帕森将“天才”这个词用在莱奥帕尔迪身上，意思是他“具有太多天赋”，这绝非偶然。贾克帕森感叹道，这种情况在生活中只会是例外，不会成为常规，因为只有超常卓越的人（那“来自另一个物种”的生物）才拥有这些天才的优越特性。只有在美妙的乌托邦之中，这样的人才能随处可见。贾克帕森提到“真正的人类幸福是为有思想的人们准备的”，这样的人能够体验那“不可言喻的喜悦”，但他也认识到，人也是一种动物，只有当人不那么感性的时候，他才是最幸福的。贾克帕森认为这和莱奥帕尔迪的观点是一致的，然而，这个观点其实将莱奥帕尔迪的消极理论简单化了。贾克帕森之所以会提到“一种本质上消极的幸福”，是因为他认为“最幸福”的人最终还是那些拥有“最少感性”的人。但是，莱奥帕尔迪完全颠倒了这种理解快乐的消极视角（尽管他没有否定这种理解），他坚持认为，“人所能获得的唯一积极的幸福只能取决于想象”，这是整封书信的最终结论。于是，想象能够制造出来的“幻想”扭转了“存在的空虚”，莱奥帕尔迪说，后者如此纠缠着他，为的是让他把那虚无当成真实的事物。书信开头提出的那个关于幸福的问题在这里得到了解决：如果留给我们的选择要么是为了不遭受苦难而不去生活，要么是完全释放感性，让它渗透一切，那么我们只能让我们的感性变得尽可能强大。我们必须让感性统领我们的生活。

最初的逻辑悖论（“要么我们应该不再生活，要么我们应该始终去感受”）现在变成了一种莎士比亚式的两难命题。唯有不把它视作非此即彼的选择，而把它当成生命中一次至关重要的挑战，这个两难境地才能迎刃而解。我们必须去生活，用感性的力量充盈生活中的每个时刻。唯有如此，最为乏味或在外表上看起来最为单调的日常生活（如在图书馆阅读和独自漫步——在信的结尾，莱奥帕尔迪自称，这些是他在那“隐士的生活”中唯一参与的外部活动）才能被转化为一种由想象力所强化的内在状态，与外在世界的“乏味、单调和愚钝”相比，这种内在状态充满了滋味、色彩与风趣。

第十三章

爱的哲学

弗洛拉·特里斯坦致查尔斯·费琉

（巴黎，1843 年 7 月 30 日）

费琉先生，[1]

一个优越的女性必定在所有人面前都是优越的，无论其所处的时代——从我意识到我的优越性的那一刻起，我就是这样生活的，而我也会一直这样行动下去。

你昨天离开我家后给我写了这样一封极不得体的……信，我对你这样做的原因感到非常困惑，为什么？——你显然处在一种严重的错觉当中。

如果我是一个谈性色变的人，我会把你的信还给你，并禁止你再来看我，我只会在贬损你和嘲笑你时说出你的名字。如果我是一个爱卖弄风情的人，我会把你那放肆的信拿给你的朋友们看，我会和他们一起取笑你整整一个星期。但是，因为我是一个优越的女性，我清楚地知道自己作为一个女性的使命，所以我会用一种非常不同的方式回答你。

费琉先生，如果你读过我写的《梅菲斯》，我向你保证，你绝不会把这样一种表白信寄给我——因为你会知道，在爱情方面，我有着一套完全属于自己的体系，而且我会为了你的进步而让你知道，我在自己的作品中清楚阐发的那些体系，我也在生活中付诸实践。在宣扬女性独立的过程中，在渴望女性在一切事物上都

1　In S. Michaud (2003), *Flora Tristan, La Paria et son rêve*. Correspondence established by S. Michaud, Preface by Mario Vargas Llosa, Paris: Presses Sorbonne Nouvelle, pp. 201-204. 经 Stéphane Michaud 教授许可，由 Ada Bronowski 翻译。

能完全实现自由的过程中，我希望女性能够掌握爱的主动权——由女性向她所爱之人发出“我爱你，你想成为我的人吗？”这样的邀约——这足以向你表明我如何理解男女之爱以及我认为它应该是什么样了。

但是你看，我亲爱的先生，在我给你写信的当下，我就感到自己有足够的力量去践行全人类在未来才会认可的原则。在我的一生中，我不属于任何男人——因为，一直以来，掌握主动权的都是我自己。

无论什么时候，当我遇到一个我喜欢的人，或者我爱的男人时，我会对第一个人说：你是否愿意把自己交给我？我会对第二个人说：你是否想要属于我？

至于爱的表白，我收到过上百个男人的表白，但是我从没接受过其中任何一个。

现在，先生，如果你真的伟大、真的富有智慧而且秉性善良，请你把自己当成一个兄弟、一个朋友来与我相处，但是你一定要让自己接受的一点是，我绝不是那个为你而存在的女性。但是如果你的灵魂还不够伟大，不能够理解我的行为方式中那高尚和神圣之处，那就不要回信，就让一切到此为止。

你的信虽不得体，但是它也绝没有冒犯到我。因为，我从21岁开始就已经独自生活了，并遭受着美貌带给一个女人的巨大不幸；我曾收到过数不清的来自学生或二副手的求爱信，对此我想你一定有所了解。因此我习惯了这冥顽不灵的社会的麻烦事儿——我不再对那些举止恶劣的人发火了，尽管他们伤害了我。不过，我会研究使他们如此行事的原因，并用尽全部力量治愈那疾病的根源。

再见，我亲爱的先生，我是你人性上的姐妹。

Máire Fedelma Cross

我们能从弗洛拉·特里斯坦（Flora Tristan，1803—1844）写给一个年轻男性的回信中学到什么？据说这个年轻人曾给她写信表达他作为一个狂热仰慕者的真情实感。法国－秘鲁混血的弗洛拉·特里斯坦是一位先驱性的社会活动家、女性主义者、散文家、宣传册作家和小说家，她基于道德的优越性和身为女性的独立自主而拒绝了这位仰慕者。与此同时，她作为姐妹向她的这位人类同胞意义上的兄弟施以援手，督促他迎难而上。历史背景对理解这封混杂着私人性与职业性的书信来说是至关重要的，它既是一份政治宣言，又为一种关于爱的新哲学奠定了基础。

这封引人入胜的书信由弗洛拉·特里斯坦于 1843 年 7 月 30 日写给查尔斯·费琉（Charles Fillieu）。这封信很特别，在公开出版的特里斯坦书信集中，它是可供未来的传记作家使用的珍贵材料之一，也是特里斯坦私人社交圈的一个例证。[1]事实上，关于自己在1838年之后的爱情归属，特里斯坦不曾留下任何解释，因此，为什么这样一个美丽的女人选择与众多希望取悦她的男人保持距离（如她给查尔斯的信所申明的那样），这个问题一直以来引发了人们的诸多猜想。

弗洛拉·特里斯坦在17岁时嫁给了巴黎镌版匠安德烈·查扎尔（André Chazal），并为他生下三个孩子。弗洛拉的婚姻并不是一段幸福的经历，她在1825年离开了这个位于巴黎的家庭住宅。由于复辟王朝禁止离婚，特里斯坦在收到这封信的时候仍是已婚状态，然而，从她坚定拒绝查尔斯的方式可知，特里斯坦摒弃这位求婚者的原因并不在此，她有着更具说服力的理由。早在1843年7月30日以前，特里斯坦就已经开始作为一名职业社会活动家投身于公共生活了。通过在生活中践行她所倡导的信条，她致力于女性解放事业，不仅如此，她还全

1　弗洛拉·特里斯坦零散的书信首次结集出版时按照时间顺序进行了划分，共有224封信，这封信的序号是180，见 Stéphane Michaud, *Flora Tristan Letters*, collected, presented and annotated by S. Michaud, Paris: Seuil, 1980, pp. 182-183。这本书的作者后来又出了两版特里斯坦书信集，增加了一些新的信，其中包括那些写给特里斯坦的信，因此这封信的序号发生了改变，见 S. Michaud, *Flora Tristan, La paria et son rêve*, Fontenay/Saint Cloud: E.N.S Editions, 1995, no. 107, pp. 176-168，以及 S. Michaud, *Flora Tristan, La paria et son rêve*,Paris: Presses Sorbonne Nouvelle, 2003, no. 112, pp. 202-204。对特里斯坦书信作品的文本评论见 S. Michaud, “Flora Tristan: Trente-Cinq Lettres”, in *International Review of Social History*, 24 (1): 80-125，另见 Máire Fedelma Cross, *The Letter in Flora Tristan's Politics 1835-1844*, Houndmils, Basingstoke: Palgrave, 2004, pp. 9-19; 80-81。

职从事服务于工会的政治行动，这项行动需要以书信写作的方式召集支持，尽管不是查尔斯所提议的那种支持。在摆脱了那段令她不幸福的婚姻之后，特里斯坦公开表示自己不属于任何男人，她似乎已经失去了追求任何一种亲密关系的兴趣。

特里斯坦向查尔斯解释道，如果没有身为一位优越女性的天赋，她对这封信最初的个人回应将会是轻松愉快的，甚或是在其他人面前让他难堪。然而，尽管有此冲动，但是特里斯坦不想这样做，她向她的求婚者保证，她不会讥笑他，而是会按照她始终追求的那种高尚的原则来回应他。

要想理解在信中特里斯坦对于自己身为优越女性的那种美化了的坚持，很重要的一点是认识她所处的时代。那是一个思想家和改革家开始逐步建立起一个知识阶层的时代，也是一个女性要为获得社会认可而进行艰苦斗争的时代。我们在同一本书信集中读道，特里斯坦的一位热情支持者，哲学家、社会主义者维克多·康斯坦特（Victor Considerant）这样回复她的一个请求——特里斯坦希望参加为纪念傅立叶之死而举办的年度追悼活动，康斯坦特却告诉她，这个活动不欢迎女性参加。[1]

1 N. J. Andrews, *Socialism's Muse: Gender in the Intellectual Landscape of French Romantic Socialism*, Lanham, MD and Oxford: Lexington Books, 2006; J. Billington, "Prophecy: The Emergence of an Intelligentsia", in *Fire in the Minds of Men: Origins of the Revolutionary Faith*, London: Maurice Temple Smith, 1980, Chap. 8, pp. 208-42; J, Beecher, *Victor Consideration and the Rise and Fall of French Romantic Socialism*, Berkeley, Los Angeles and London: University of California Press, pp. 157-159.

特里斯坦坚持不懈地从事公共活动，将优越女性的身份用作对抗社会偏见的利器，取得了显著的成效。

作为一个社会活动家，她那些以文学、游记和社会评论的混杂形式写作而成的出版作品得到了广泛的阅读和批评，而她的书信却始终散落各处，不曾出版、不为人知。特里斯坦死后，朱尔斯-L. 皮埃什（Jules-L. Puech）于 1925 年出版了首部重要的特里斯坦传记，自此这些书信才得以公开面世。不过，早在 1838 年，特里斯坦就凭借两份向法国议会呼吁恢复离婚、撤销死刑的请愿书在巴黎文化圈站稳了脚，作为直言不讳的女作家而为人所知。她的一份宣传册《善待外国妇女之必要性》（*Necessité de faire bon accueil aux femmes étrangères*，1835）为女性争取独立旅行并得到保护的权利。她的著作《一个贱民的长途跋涉》（*Pérégrinations d'une paria*，1838）记录了她艰苦卓绝的秘鲁之行，此次旅行是为了索要她的父亲（西班牙裔秘鲁人，在特里斯坦还是孩子的时候就去世了）留给她的遗产。[1] 特里斯坦的父母结婚时虽举办了宗教仪式，但是没有去政府机构登记，因此，在她那位住在阿雷基帕有钱有势的叔叔眼里，特里斯坦的继承人身份是不合法的。这本书对秘鲁的等级不公和性别歧视进行了严厉的谴责，它也因此遭到秘鲁当局的谴责和销毁。特里斯

1 关于特里斯坦的宣传册，见 Máire Cross (trans.), "On the need to provide hospitality for women travellers", in F. Gordon and M. Cross, *A Passion for Liberty, Early French Feminisms*, 1830—1940, Cheltenham: Edward Elgar, 1966, pp. 27-44；关于著作，见 Flora Tristan, *Peregrinations of a Pariah*, trans., ed. and intro. by J. Hawkes, London: Virago, 1986。

坦在法国也因为这本书陷入了麻烦，她把自己的生活写进此书的前言中，把她身为无依无靠的非法女儿和不幸的已婚妇女的个人苦难与社会法律对广大妇女的压迫联系在一起。与她分居的丈夫因此勃然大怒，甚至准备杀掉她，他在特里斯坦家门外伏击并试图枪杀她，特里斯坦险些丧命。查扎尔于 1839 年接受法庭审判，他的辩护律师还利用《一个贱民的长途跋涉》这本书取得了显著的辩护效果。

特里斯坦在同一年出版了在本章书信中提及的小说《梅菲斯》（*Méphis*）。她在这部小说里大加赞扬圣西门理想：建立社会和道德新秩序，解放男性和女性，赋予他们性别上的自由，而特别值得一提的是，把具有救赎意义的优越性归于女性。特里斯坦的社会行为主义最早发端于其反资本主义著作的出版，它们分别是《伦敦漫步》（*Promenades dans Londres*，1840）和《工人联合》（*Union Ouvrière*），后者于 1843 年 5 月首次出版，到 1844 年为止，总共历经三次再版。[1] 她从朋友和旧相识那里筹集而来的资助为这些著作的出版提供了资金。这里，关于这封书信通信人的第一条线索进入我们的视线，他是特里斯坦的众多资助者之一：他的姓名和职业是“查尔斯 · F.（Charles F.），学生”，在《工人联合》第二版（1844 年 1 月出版）的资助者

1 已出版的《伦敦漫步》的英译本见 F. Tristan, *The London Journal of Flora Tristan* (1842 edition), trans., annotated and intro. by J. Hawkes, London: Virago, 1982；《工人联合》的英译本见 F. Tristan, *The Workers'Union*, trans. with Intro. by B.Livingston, Urbana, Chicago and London: University of Illinois Press, 1983 and 2007。

名单中，他在102位资助人当中位列第72位。

特里斯坦写在这封信中的观点非常鲜明。在那本覆盖了1821年至1844年9月(几周之后,特里斯坦于1844年11月去世)她的成年时期的书信集中，这封信是最为个人但又不那么私人化的一篇。拒绝对方是其作为一个富有魅力的女性用来自我保护的一种手段，而另一方面，特里斯坦还指责查尔斯搅乱了她的心思，让她无法专心于其存在的主要目的，即人性的事业。查尔斯的这封信落入不请自来的那种类型，但特里斯坦没有以屈尊的姿态嘲弄这封信，而是在回信里扮演人性上的姐妹，呼吁查尔斯产生更加高尚的情感，并指引她的这位兄弟将追随她个人转变为投身于人性的事业。她在回信中要求忠诚与奉献。对这封信的仔细解读可以让我们更加深入地认识特里斯坦的个性，以及她在相识的最初阶段对待个体的方式。在特里斯坦对于求爱的拒绝和她全职投身于社会活动家事业的决心之间，存在着一种情绪的反差，它们都被演变成两种极端的情绪。弗洛拉·特里斯坦的信的确有着表演性的一面：既作为全人类的姐妹（对个人的情感羁绊漠不关心），又作为一个独立女性（从一段悲惨的婚姻经历中挣脱出来）。书信的作者希望基于职业而同众多个体相识，因此，正如评论家、传记作家史蒂芬·米查德（Stéphane Michaud）所言：

她对查尔斯·费琉的爱情表白的回应不带愤懑，甚至还乐在其中。把自己落入他的占有之中于她的观念无益。特里斯坦在自己的书中，特别是在她的生活中，对爱是什么，持有一种与众不同的观念。她对那些向她倾诉爱意的男人有着别样的诉求，她希望他们能为她的（事业）奋斗，而不要在单相思的哀叹中浪费精力。[1]

特里斯坦抵抗着大众对一个富有魅力的女性该有的行为举止所做的期望，回复一封求爱的来信就是为了更好地坚持其行动主体的身份，从而摆脱社会的枷锁。[2] 特里斯坦早在 1843 年 7 月以前就已经背离了传统的生活方式。根据她在《工人联合》中初步建立的哲学，贫穷和无知是导致不幸的两个最大的因素，为此，她提出了一个能够解决这两大难题的计划，并且决心按照这个计划，为改变并改善广大工人群体和女性群体的命运而贡献力量。正是在这种决心的影响之下，特里斯坦建立起一套与他人构建爱与友谊之联系的她“自己的体系”。特里斯坦的一系列行动将使她位列女性主义先驱之位。这封信的语言就是一个例子，印证着特里斯坦对其社会角色的戏剧性诠释，

1 见 S. Michaud, “Flora Tristan” (n. 1), p. 94。

2 更进一步讨论弗洛拉 · 特里斯坦作为一个社会活动家的社会性表演，见 S. Grogan, “Playing the Princess: Flora Tristan, Performance, and Female Moral Authority during the July Monarchy”, in *The New Biography: Performing Femininity in Nineteenth-Century France*, ed. by J. Burr Margadant, Berkeley, Los Angeles and London: University of California Press, pp. 72-98。特里斯坦死后发表的日记的完整译本见 *Flora Tristan's Diary:The Tour of France, 1843-1844*, tran. And intro. by Máire Fedelma Cross, Oxford: Peter Lang, 2002。

以及她的书信所具有的表演性维度。[1]

一开始，特里斯坦给查尔斯写信似乎只是为了拒绝一个追求者，但是这封信还揭露了她对自己职业社会活动家身份的刻意营造，基于自己对于何为一个女性、何为一个优越的女性所持有的独特概念，她与那些既认同她的事业，又被她的美貌所吸引的人建立起关系。这是一个特殊的女人给出的一份特殊的回复。如果她的通信人有不当的举止，特里斯坦不会责怪他，而会试着在这个男人的理性中寻找使他犯错的根源，这个理性上的病根可以被纠正而得到治愈和康复，一如她立志治愈社会的疾病。

特里斯坦提出的爱情哲学差不多就是女性主义爱情哲学的先驱，它以两种激进的方式颠覆了爱与引诱的传统秩序，不只是求爱秩序被颠覆了，占有和统治的秩序也被颠覆了。特里斯坦对她那个浪漫的崇拜者解释道，面对多个选择，是女性决定爱哪一个，也是女性决定是否要迈出第一步。后者指的不是那种欲拒还迎、卖弄风情的女式挑逗，而是由女性直截了当地向男性提出被她占有的提议。这个给传统习俗带来天翻地覆改变的革命被特里斯坦称作她“自己的体系”，若不是特里斯坦以严肃、认真的口吻谈论它，并以坚定的决心立誓要按照她所

1 C. Moran, “Theatricality, Irony and Artifice in Gustave Courbet’s Self-portraits”, *Journal of Romance Studies*, 13 (2): 41-62. 针对朱迪斯·巴特勒所做的一种表演性评论见 G. Boucher, “The Politics of Performativity: A Critique of Judith Bulter”, *Parrchesia*, 1: 112-42。

宣扬的方式生活，这种革命听起来会有些可笑。这封信正是特里斯坦在自己的生活中践行其理念的例证。

那份可笑、天真或简单的理想主义变成了勇气、升华和高尚，它体现在圣西门式优越女性的概念中，也化作具象的身体与灵魂呈现在弗洛拉·特里斯坦的真实生活中。特里斯坦比她那个时代的男性和女性更优越，因为她按照在未来才会成为常规的价值在生活。她所具备的优越性不在于神秘的预言，而在于坚定的理性，清醒的理智迫使她遵循理性的法则行事，而不受制于她的时代和地域。她非常信赖自己的理想，坚信那些与她共事的社会活动家以及她的崇拜者和支持者都会接受她那毫不妥协的思想，并认为这是不言自明的。弗洛拉·特里斯坦在信里已经清楚地表明，她所实践的原则超前于她的时代。

与特里斯坦的很多其他通信人一样，当时还是学生的查尔斯·费琉比特里斯坦活得更久，他后来参与了 1848 年革命中七月王朝保守政府被推翻的一系列事件。通过调查数字档案，我们发现了身为共和党人的查尔斯·费琉的一些踪迹，这些记录都发生在 1848 年 2 月第二共和国建立起来之后那段激昂的时期，他与亚瑟·曼金（Arthur Mangin）、安东尼奥·瓦特里朋（Antonio Watripon）一起被记载为博爱俱乐部（Club de la Fraternité）的创始人之一。[1] 但是，还有证据表明，查尔斯·费

1 A. Lucas, *Le Club des Clubistes*, Paris: E. Dentu, Libraire éditeur, p. 154.

琉是一位文学创作者，他写过一些歌曲和一部戏剧。[1]查尔斯·费琉作为文学艺术家的这些踪迹告诉我们，他具备卓越的理智能力和情感能力来理解特里斯坦给他的回答，事实上，或许正是特里斯坦对他的理智与政治觉醒起到了作用。唯有透过特里斯坦对他的回应，我们才听见这位崇拜者的声音，而且他在特里斯坦死后的生活鲜为人知，但是在这些凤毛麟角的证据中，我们仍能够推断，他从特里斯坦这个榜样身上学到了很多，深受她的激励。

特里斯坦与查尔斯的通信只是一场对话的一个部分；我们对这位优越女性的理解可能存在过度阐释、脱离语境的风险。不过，单独把这封信挑出来还是有意义的，虽然我们对于收信人知之甚少，但是它能揭示出关于寄信人的很多信息。因此，无论是这个查尔斯·费琉还是那个查尔斯·费琉，我们关注的焦点不是这封信所针对的收信人，而是弗洛拉·特里斯坦这位表演者所写的书信内容。这封信并非写给一位有着长久友谊的亲密朋友，相反，我们对具体的历史情境毫无头绪。虽然这封

1 C. Fillieu: *La Barde gaulois*, drama en 2 actes, en vers, Paris: Michel Lévy frères, 1860. Available at: http://catalogue.bnf.fr/ark:/12148/cb30436203q, last accessed 20 December 2018; C. Fillieu, *Chant de gloire*, dédié à S.A.R. Monseigneur le prince de Joinville, Paris: Imprimerie de H. Fournier (1844). Available at: http://catalogue.bnf.fr/ark:/12148/cb304362042, last accessed 20 December 2018; C. Fillieu, *Plus de paris* (Chant), Imprimerie de E. Challuau (Chinon), Imprimerie de E. Challuau (Chinon), 1859. Available at: http://catalogue.bnf.fr/ark:/12148/cb30436205d, last accessed 20 December 2018.

信只是关于我们略有所知之人的一个片段，但我们仍能够对弗洛拉·特里斯坦那带有“表演性”的个性产生一种认识，她在信中扮演起一个“优越”的独立女性，一个试图根治社会病症的人性热爱者。

第十四章

现实的伟大

亨利·大卫·梭罗致哈里森·G.O.布莱克

（1850年4月3日）

布莱克先生，[1]

感谢你的来信，我会尽可能地复述你这封信的内容，无论它们是否有关联。你谈到贫穷和依赖，谁是贫穷而有赖于他人的？谁又是富有且独立的？从什么时候开始人们一致尊崇表象、不顾现实？为什么表象会出现？我们真的很好地认识了现实吗？在对于虚假表象的尊崇方面，没有人不是时时刻刻在说谎的。要是能如实地对待人或事物，哪怕只有片刻，那也该多好啊，我们却还在疑惑罪人为什么不如实承认罪行呢！当我们旅途劳累时，我们就放下重担，在路边休息。所以，当我们被生活的重担压得喘不过气的时候，为什么不放下我们自愿背负起来的错误之重担，恢复精力，重获新生，仿佛我们绝不会死亡？让美的法则在世间盛行吧！不要让我们因抵抗它而疲惫不堪。当我们想让肢体休息时，我们就不再支撑它们，而是让身体倚靠大地。所以，当我们想让灵魂安息时，我们就必须倚靠那“至大之灵”（the Great Spirit）。让事物顺其自然吧；准许它们自由生长；任由它们遨游或坠落。哪怕只让一样东西顺其自然，即便只是让冬日里正在解冻的一颗小苹果挂在树上，那也是多么荣耀的成就啊！我认为，这简直照亮了昏暗的宇宙。我们已经发现了无穷无尽的财富！当我们采取了自由的视野——当一个自由的视野呈现给我们时，神就降临来统治了。

如果有需要，就让神顺其自然吧。我认为，如果我爱他更多，

1 H. D. Thoreau, *Essays and Other Writings of Henry David Thoreau*, ed, by W.H. Dircks, London: Walter Scott Ltd, 1891.

我就应该让他与我——更准确地说，让我自己与他——保持更具敬意的距离。不是当我准备见到他的时候，而是在我背向他并由他顺其自然的时候，我才发现了神是谁。我称其为神。我不确定这就是他的名字。你会知道我指的是谁。

如果，有那么一瞬间，我们把自己那微不足道的自我让道于一边，不希望任何事物遭受厄运，不希望见到任何伤害，如果我们只像反射光芒的水晶一样存在，那么，有什么是我们不能反射的呢？环顾我们的宇宙将因此变得多么晶莹剔透、多么光芒四射啊！

我会说，让缪斯指引缪斯——让理解引领理解，因为，无论如何，都是那极远处的前方指引着二者。如果缪斯就在我们身旁，她就不是缪斯，而是一种娱乐。缪斯应该像远方的星辰那样引领我们；但这并不意味着我们要盲目跟从，陷入泥沼、坠入悬崖，因为要跟随缪斯指引的是理解而不是愚蠢，就像是一个合适的向导配合一个合适的跟随者。

你是要活着，还是要被裹尸？你是要活着，哪怕你的生命就像是骑在一束阳光上，还是说你要安详地躺在墓穴中待上一千年？如果是前者，那么最坏的情况不外乎是你的脖子会断掉。你是否会为了保护你的脖子而折断你的心、你的灵魂？脖子以及我们纤细的四肢注定会断掉。人们认为，向生活（或是向永恒？）要求太多并努力按照这种要求来生活，这是一种愚蠢，人们为这种态度而大惊小怪，这其实是空穴来风，因为这种态度从不曾带来任何危害。我害怕的不是自己会夸大生活的价值和意义，而是自己没有能够配得上拥有活着的机会。如果我活在尘世中却没有留意到任何非凡之处，那么我会无比遗憾——如此下场的我还不如一位身处祸患的王子；一位活在黄金时代的雇佣工；一个有幸拜访奥林匹斯山的人，他在晚饭后一睡不起，没能听见众神的谈话。我生活在一千八百年以前的犹大王国，竟不知道在我的同辈中有一个基督那样的人！如果有任何比议会成员调整或宪法修订更加荣耀的事情发生了——我怀疑真的有——那我就想看看早间的报纸。我贪婪地想要知道最隐秘的传闻，哪怕是从钥匙孔偷听来的。沿着这个方向前行，我会让自己走向毁灭。

你认为我关于友谊的论述值得你的关注，这让我很高兴。我希望我能从你的批评中受益；那对我来说会是一种稀有的帮助。你一定会告诉我的，对吗？

Rick Anthony Furtak

《瓦尔登湖》（*Walden*）是亨利 · 大卫 · 梭罗（Henry David Thoreau，1817—1862）当之无愧的名著，而我们能在梭罗写给他的朋友哈里森 · G.O. 布莱克（Harrison G.O. Black，1818—1876）的这封信中看到很多他在《瓦尔登湖》（以及其他一些作品中）中阐发过的主题，这些主题触及其哲学思想的核心。梭罗在书信开头问道："真正珍贵的是什么？贫困意味着什么？"这两个问题就像是在问：你如何定义成功？梭罗要挑战他的读者对贫穷、财富与自由的传统认知，迫使读者重新定义这些概念。在《瓦尔登湖》中，梭罗写道："要做一个享有真正财富的穷人。"[1]"如果白天和黑夜能被你愉悦地接纳，如果生活散发出鲜花和香草一般的芳香，更坚忍、更闪耀、更不朽，这就是你的成功。一切自然都是对你的赞美，每时每刻，你都有理由祝福自己。"（《瓦尔登湖》，XI）正如梭罗稍后在书信的第一段中写的，如果我们能够成功地做到不对事物施加自己的影响[2]——或者，更为确切地说，任由一个事物自然生长而不加

1 H.D. Thoreau, *Walden; or, Life in the Woods*, ed. by J.S. Cramer, New Haven, CT: Yale University Press, Chapter IX. 为做出不同于其他特定的版本的注释，后文所有来自《瓦尔登湖》的引用都会在括号中标明出处，并以罗马数字的形式注明章节序号。

2 Cf. Thoreau, *Walden*, II："一个人的富裕程度取决于他能支付得起多少事物的自然生长。"

以人的作用，哪怕只是任由一颗冬季的苹果挂在树上——我们就会变得富有。伸张我们的意志并把它强加给周围的环境，这种技术的冲动是梭罗所反对的，他主张的是一种在他看来非常稀有的美德：顺其自然。只有当我们停止向世界强加我们的目的时，世界的雄伟壮丽才能展现在我们眼前。紧接着，就在这封写给布莱克的信中，梭罗建议布莱克采取同一种态度来对待神。他认为，虔敬不在于祈求，而在于做好自己的事并且默默接受其他的一切。祷告不是为了请求，而是为了聆听。

在这封信中，梭罗也表达着这样一种关切，即寻找与虚假表象相反的真实之物。他由此提出了一个贯穿其写作生涯始终的主题，概括来说就是自然（梭罗几乎总是大写这个词的首字母）提供了衡量现实的尺度，它的对立面是变动不居的、人为的文化与潮流。“人们将假象与错觉尊为最可靠的真理，却视现实为虚幻。”（《瓦尔登湖》，II）梭罗要求他的信友对事物进行恰当的衡量，不要有失偏颇地高估它们，这实际上是为了督促这位朋友认识真实的事物，摒弃一切仅仅浮于表面的东西。梭罗希望把偏见与假象清理干净，为建立“一种计量真理的仪器”（《瓦尔登湖》，II）奠定坚如磐石的根基，由此，“后世将会知道”，人类社会的“假象和错觉积聚而成的洪流已经有多么深厚了”。他又暗示性地补充道，只有美的法则才应该在一个有序的宇宙中盛行，我们会发现遵从这种法则是一种解放，而不是在徒劳的抵抗中浪费精力。梭罗在这段话中想要表达些什么呢？正如他在别处写的：“宇宙的法则并非对我们漠不关心，而是永远站在最感性的人那一边。”（《瓦尔登湖》，XI）进一步讲：“如果一个人向着他的梦所指引的方向坚定前行，竭尽全力按照他所想象的样子去生活，他就会遇见在日常岁月中难以想象的成功。他会放下一些东西，跨越那一条不可见的界限；一种新的、普遍的、更为自由的法则将会开始在他四周和内部建立起来……而他的生活也会上升到更高的层次。”（《瓦尔登湖》，XVIII）在这个意义上，遵从宇宙的法则似乎意味着任由自己接受那吸引我们和推动我们的事物，无论它是什么，都要像接受命运的安排一般为之牵引。它也意味着，让一种类似于自然法则和自然进程的规律性统治我们的生活。

在为一篇始终未完成的关于美洲原住民思想[1]的论文准备笔记时，梭罗从奥奈达印第安部落那里学到一句谚语，借着这句谚语，梭罗请求他的朋友布莱克让自己的灵魂与那“至大之灵”同在，从中获取养料，并且表明，那启发一个人的内在之物——梭罗有时称它为野性——是自然的伟大力量在人类心中的回响。虽然在这份仅由六段话组成的迷途指津中，梭罗所勾勒的形而上学还很不清楚，但是如果我们再往后读读这封信，就能理解他的意思了。他说，缪斯“应该像远方的星辰那样引领我们”，就像北极星一样为我们指明方向。正如他在别处劝告我们的那样：“长远来看，人们只能命中他们瞄准的对象。因此，即便眼下只会失败，他们也最好瞄得高一些。”（《瓦尔登湖》，I）

1 *The Indians of Thoreau: Selections of the Indian Notebooks*, ed. by R. F. Fleck, Albuquerque, NM:Hummingbird Press, 1974.

换句话说，我们应该朝向最高远的理想，就像朝向一颗遥远的星辰。那么，我们该如何看到那指引我们的光芒呢？梭罗似乎认为，人类灵魂应该接受宇宙灵魂的指引，我们内在的精灵应该接受上帝的指引。“我称其为神。我不确定这就是他的名字。你会知道我指的是谁。”我们知道他说的是谁吗？诚然，“神”只是一个空洞的词，但是梭罗指出：“虽然我们用来表达信仰与虔敬的那些词并不明晰，但是它们意义非凡，它们就像焚香一般芬芳，飘向那更高的存在。”（《瓦尔登湖》，XVIII）于是，梭罗告诉布莱克不要陷入怀疑，要相信内在感受呼唤我们去实现的目标。“我们只有凭借一个数学意义上的点才能变得智慧，正如水手或逃亡的奴隶始终盯着北极星；但是这足以作为我们整个人生的指引了。我们虽然可能无法在可测算的时间内抵达港口，但是毕竟能够维持正确的航向。”（《瓦尔登湖》，I）这就是梭罗哲学发出的目的论呼吁：他邀请我们相信我们的生活被赐予了一种更高的目的。

布莱克似乎对生活是否有意义产生了怀疑，为了回应他，梭罗问他是否真的希望活着，接着，他写出了这封信最为动人的一段话。有人会认为生命没有意义，或者我们找到的意义都是具有欺骗性的，梭罗主张，应该由这些人来承担为其观点举证的责任。他认为，不必担心我们会高估生命的意义或价值。“我害怕的不是自己会夸大生活的价值和意义，”他解释道，“而是自己没有能够配得上拥有活着的机会。”他督促他的对话者迎接生命这个盛大的机会，并且在他还活着的时候严肃对待自己的存在。正如梭罗在另一处语境中写的："无论是生或是死，我们渴求的只是现实。如果我们真的濒临死亡，就让我们听一听我们喉咙的震动，感受临终之际的寒冷；如果我们还活着，就让我们继续做自己的事儿吧。"（《瓦尔登湖》，II）我们不应该有这样的担忧——要是我们按照那些真正触动我们的重要情感（无论是一个心爱的人、一件热烈追求的事，还是一个神圣的地方）来生活的话，我们会受到欺骗。毋宁说我们应该担忧的是这样一种悲惨的命运：由于忽视或不够用心而失去了那本可被我们感受到的意义。"如果人们能够专注于对现实的观察而不允许自己遭到欺骗，那么生活，相比于我们所知道的那些事情，就会像是一个童话或《一千零一夜》。"（《瓦尔登湖》，II）请注意，梭罗在这里描述的被欺骗的风险，指的是没能看见现实是多么伟大——或者，用这封信里的话来说就是——活在尘世中却没有留意到任何非凡之处。

与这种麻木忽视相反的是对世间之美留心观察、对所见之物仁慈宽厚的美德：如果我们"不希望任何事物遭受厄运，不希望见到任何伤害，如果我们只像反射光芒的水晶一样存在，那么，有什么是我们不能反射的呢？环顾我们的宇宙将因此变得多么晶莹剔透、多么光芒四射啊！"如果我们按照这种方式净化我们的目光，我们会发现自己身处一个璀璨迷人的宇宙的中心。我们应该希望避免因为我们观察方式的缺陷而与现象的意义失去联系。对梭罗来说，真正可靠的观察者能够"看见事物的本来面目，宏伟壮观、美丽动人"（《梭罗日记》，1857

年1月7日)。[1]也就是说，世间的美丽和伟大是真实存在、有待被看到的，哪怕我们不能总是把它们分辨出来。如果不能带着恰当的感情和态度面对世界，我们就很难领会到存在的价值。因此，培育我们自己的感受力就成为重中之重——梭罗作品的很大一部分内容都在进行这项事业。梭罗清楚地描述了一种关于现实之意义的观念，并试图发现那使我们意识到这种意义的主观条件。当他说“对美的察觉是一场道德考验”(《梭罗日记》，1852年6月21日)时，他其实就把道德命令置于审美经验之中了。他提醒他的读者，如果我们看不见世界的美，我们对现实的理解就是不充分的，而经验的内容取决于个体心灵的特质，由心灵的感知方式来规定。“画一幅画、雕刻一座雕像或把一些东西变美是一回事，雕刻和绘制我们借以观察世界的环境与介质则完全是另一回事，后者是更荣耀的，而我们能够以道德的方式做到这一点。改善每一天的品质，这才是最高的技艺。”(《瓦尔登湖》，II)通过简化我们的生活，形成一种宽厚仁慈的世界观，我们就能看见现实的伟大。

随着书信接近尾声，梭罗提到了布莱克就他关于友谊——或首字母大写的“友谊”——的讨论所说的话。梭罗对这个问题的讨论应该出现在《河上一周》(*A Week on the Concord and Merrimack River*)的“星期三”一章中，这是梭罗的第一本书，是他在瓦尔登湖生活期间完成的。在这一章中，梭罗对友谊提

1 *The Journal of Henry D. Thoreau*, ed. by B. Torrey and F.H. Allen, New York: Dover Publications. 文中插入的所有引用的日记都用日期注明。

出了最确切的解释，他认为，友谊的首要目的在于彼此相互提升，以致实现最崇高的理想。梭罗以如此高贵的话语定义友谊，令我们难以想象世间能有哪一种友谊可以符合他的理想——梭罗也承认这一点，在一篇日记中，他主张我们应该以“神圣的爱与敬畏”（《梭罗日记》，1840 年 6 月 26 日）对待一个真正的朋友，如果朋友之间不能以宗教的形式交往，他们就会亵渎对方。当然，爱一个朋友意味着希望对方获得好的事物，希望他或她的生活能一切顺利，梭罗的这种观点背靠牢固的传统，可以一直追溯到亚里士多德。[1]但梭罗的不同之处在于，他格外强调朋友之间的互相启发，启发的方式包括但不限于一种相互批评的意愿，若是他们或我们没有成为最好的自己。私人信件的形式使梭罗得以针对自我提出最为高尚的要求，与此同时顾及朋友那具体、日常的生活环境。梭罗完全有资格对布莱克说，他欢迎一切可能的批评性评论：通过提出这些批评，布莱克就能按照朋友该做的那样对待梭罗——以最高的标准要求梭罗，并借此给他“一种稀有的帮助”。

1 Aristotle, *Nicomachean Ethics*, trans. and ed. by J.A.K. Thompson, H. Tredennick and J. Barnes, rev. 2004, London: Penguin, 1159a.

第十五章

自深深处：一封哲学书信

奥斯卡·王尔德致阿尔弗雷德·道格拉斯勋爵

（雷丁监狱，1897 年 1—3 月）

亲爱的波西，[1]

经过漫长而无果的等待后，我决定亲自给你写信，这既是为你好，也是为我好，因为我不希望以为在监狱煎熬的这两年时间里，除了你带给我的痛苦，从你那里我不曾收到过一行字，或者任何有关你的消息。

我们那注定不幸、令人惋惜的友谊已经被毁了，它以针对我的公开羞辱为结局，然而，我们曾经拥有古老的爱情，对它的回忆常常伴随着我，一想到今后我的那颗曾被爱守护的心灵将永远被憎恨、痛苦与蔑视所占据，我就非常难过；而我认为，你自己打心底也觉得，给深陷囹圄的孤独的我写信，好过未经我的允许出版我的信件，也好过未事先向我请求就把那些诗歌题献给我，尽管无论你会选择用什么样的词语，悲痛或愤怒，懊悔或冷漠，来写信回答我或为自己辩护，世界都终将对它们一无所知。

毫无疑问，这封信里的很多话将深深中伤你的自负，因为我不得不在其中记述你我的生活，书写过去和未来，描绘变成痛苦的甜蜜，以及可能会变成快乐的痛苦。如果这封信确有如此功效，那么你要一次又一次地阅读它，直到它杀死你的自负。如果你发现这封信里有哪些地方让你觉得自己遭到了不公正的指责，那么你要记得，

1　版权归属米尔林 · 霍兰德（Merlin Holland）。摘录自“Oscar Wilde to Lord Alfred Douglas, January-March 1897”, in *Selected Letters of Oscar Wilde*, R. Hart-Davis (ed.) (1962), pp. 152-159，文本由米尔林 · 霍兰德确定，他慷慨地授权我们在这里再版本文。

一个人应该庆幸他还拥有供他人加以非议的错误。如果这封信里的某一段让你潸然泪下，那么请你哭泣，就像我们在监狱里一样哭泣。在这里，白天留给眼泪的时间不比黑夜给的少。眼泪是唯一能够拯救你的东西。如果你拿这封信向你的母亲发牢骚，正如你曾向她抱怨我给罗比写信暴露你的轻蔑，为的是让她讨好你、安慰你，让你重回你的自我满足和骄傲自大，那你就将彻底陷入迷途。你若能为自己找出一个虚假的借口，很快你就会找出一百个，然后变回你原来的样子。你是否仍然像回答罗比时所说的那样，说我“把不受人尊敬的动机强加给”你？哈！你的生命里就没有什么动机。你所拥有的只是些欲望。动机是一种理智的目的。你是不是还会说，在我们的友谊刚开始时，你还“太年轻”？你的毛病不在于你对生活知之甚少，而在于你知道得太多。少年是清晨的第一束光，他有着精致的面容、清澈的目光，以及纯洁无瑕、充满希望的欢乐，这些早已被你远远地丢在了身后。你早就已经马不停蹄地从浪漫迅速迈进现实了。生活的阴沟以及其中的各色事物早已令你着迷。这就是导致你向我求助的问题之根源，而我如此不明智地（以这世间的智慧为标准）、出于怜悯与善意对你施以援手。你一定要立刻从头到尾阅读这封信，尽管这里面的每一个词对你来说都有可能变成火焰或手术刀，让你那精致的肌肤燃烧或流血。你要记得，神眼中的愚人和人眼中的愚人是完全不同的。一个人，虽不能在艺术的表象中看见它的形式，不能在思考的过程中体会它的情状，感受不到拉丁文句子的气派，听不见希腊语朗诵那丰富的音乐性，更完全欣赏不了托斯卡纳的雕像、伊丽莎白时代的歌曲，但他仍然可能充满最甜美

你现在总该意识到了吧？你一定知道自己是多么难以忍受寂寞了吧？你不厌其烦地索取他人的注意，侵占他人的时间，你的本性对此的需要是如此迫切，你也一定知道了吧？还有，你完全缺乏维持理智专注的能力，以及在理智问题上你从来没能沾染"牛津气"的不幸的意外（我宁愿认为你不再这样了），你也知道了吧？我的意思是，你从来没有成为一个能够优雅地把玩思想的人，但已经陷入仅仅抓住意见不放的境地——你现在更应该知道，所有这一切，再加上你真正渴望和感兴趣的是生活而不是艺术，这些事实对你自己的文化进步造成了怎样的破坏，也就对我身为一个艺术家的工作造成了怎样的破坏。当我把我和你之间的友谊同我和约翰·格雷、皮埃尔·路易斯这些更年轻的人之间的友谊相比较，我就会感到羞耻。[1]我真正的生活、更高层次的生活是和他们在一起的，对他们来说也是如此。

我们的友谊给我带来了极为恶劣的后果，但我现在先不说这些。我只是在思考这份友谊还健在时的性质。它对我来说是对我的理智的贬损。你身上具备艺术家气质的萌芽。但我认识你要么就是太晚了，要么就是太早了。我不知道是哪种情况。当你远离我的时候，我一切安好。那年12月的早些时候，也就是我前面提到过的那一年，在我成功劝服你的母亲把你送出英格兰之后，我便立刻重新组

1　约翰·格雷（John Gray, 1866—1934），诗人，法语诗歌译者，风格颓废，后被按立为天主教神父，19世纪90年代早期与王尔德交往。皮埃尔·路易斯（Pierre Louÿs, 1870—1925），法国象征主义作家，创作风格华丽而不羁，王尔德将1891年创作的《莎乐美》题献给了他。

织起我那一度被破坏和搅乱的想象之网，重新掌握起我自己的生活，从而不仅完成了《理想丈夫》剩下的三幕，还构思甚至差点完成了另外两部类型完全不同的戏剧——《佛罗伦萨悲剧》（*Florentine Tragedy*）和《神妓》（*La Sainte Courtisane*）。然而突然间，在未经允许、不受欢迎的情况下，你回来了，一举击碎了我的幸福。随后，这两部尚未完善的作品就这样被搁置了，我无法再重新拾起它们。我绝不可能恢复创作它们时的心境了。现在你应该能清楚地认识到我上面说的所有事情的真实性，因为你自己已经出过一部诗集。不管你能不能认识到，它始终都是我们的友谊内在包含的一个丑陋的真相。当你和我在一起时，你彻底毁了我的艺术，而任由你持续不断地挡在艺术与我自己之间，这给我带来了极度的羞耻与自责。你无法知道、无法理解、无法领会。我完全没有权利对你有这些期望。你只对你的食物和你的情绪感兴趣。你所欲求的只是娱乐消遣，那些平庸或连平庸都不如的享乐。它们是你的秉性所需要的，或者说，它们是你的秉性认为它目前所需要的。我本应该禁止你走进我的家和我的房间，除非我特意邀请了你。我毫无保留地责怪我自己，不遮掩我的软弱。它只是软弱而已。对我来说，与艺术共处半个小时，也要比和你相处半天更好。与艺术相比，在我的生命中，没有任何事物在任何阶段具有一丁点的重要性。但是，对一位艺术家来说，当软弱导致想象力瘫痪时，这种软弱就不亚于是一种罪行。

我责怪我自己竟容许你给我带来十分不光彩的经济危机。我记得那是（18）92 年 10 月上旬的某一个早晨，我和你的母亲坐在布拉克内尔的黄叶林地里。那时我对你真实的本性还知之甚少。在那之前，我曾和你在牛津从一个周六待到下个周一。你也曾与我一起在克罗默待了十天，我们一起在那里打高尔夫。当我们聊到你，你的母亲便开始对我谈起你的性格。她说你有两个最主要的缺点，一个是自大，另一个，用你母亲的话来说就是“金钱观错得一塌糊涂”。我清楚地记得当时我是怎么放声大笑的。我当时还全然不知，前者将导致我入狱，后者将导致我破产。我以为，自大对一位年轻男性来说像是一朵可以别在身上的别致的花，至于奢侈——我当时以为她指的不过就是奢侈，我以为无论是我自己还是全人类，在本性上都不具备审慎和节制这两种美德。但是，在我们的友谊持续了还不满一个月的时候，我就开始明白你的母亲到底在说什么了。你坚持要过一种不受约束的富裕生活；你不停地要钱；你声称我应该为你所有的享乐买单，无论我是不是在你身边——这一切，在一段时间后给我带来严重的资金困难。随着你对我持续不断的把控变得越来越紧，这些铺张浪费对我而言，从各个层面上看都显得单调乏味，因为所有花销不过就是为了吃喝玩乐之类的事情。时不时地让红酒与玫瑰染红餐桌本是一件乐事，但是你逾越了一切品位和节制的界限。你厚颜无耻地要求，不知感恩地索取。你逐渐滋生出这样一种想法，认为你有权用我的钱支付你的开销，并认为你有权过上一种你还不曾习以为常的骄奢淫逸的生活，正是这种想法让你的欲望变得越来越强烈，以至于到最后，如果你在某个叫作阿尔及尔的赌场里输了钱，你就会隔天直接从伦敦给我发个电报向我借一笔钱，用来补足你银行账户的亏损，然后再也不提这件事了。

如果我告诉你，从 1892 年秋天到我进监狱时，这期间我和你一起花的钱，还有我花在你身上的钱，光现金就不止 5000 英镑[1]，这还不包括还没付的收据，你就会对你坚持要过什么样的生活有些概念了。你认为我在夸张吗？我们在伦敦度过普通的一天——午宴、晚宴、夜宵、娱乐、马车和其他诸如此类的事情——所需支付的日常费用在 12 ～ 20 英镑，而每周的花费自然按照比例涨到 80 ～ 130 英镑。在戈灵的那三个月总共花了我 1340 英镑（包含房租）。我必须和我的破产接管方一步一步地仔细检查我的每一项生活花销。这实在是太糟了。尽管“平凡的生活和高贵的思考”是你在那时候还不能领会的理想，但如此的铺张浪费对你我来说都是耻辱。(……)一个深陷我这般悲惨境地的人竟还在一种耻辱和另一种耻辱之间做出区别，这也许使你感到奇怪，但是我仍要开诚布公地承认，在我看来，把这些钱全部花在你身上，并任由你挥霍我的财产以至于给你我都造成伤害，这愚蠢的行径为我的破产附加了一层一般意义上的浪费，这让我感到加倍的耻辱。我是为其他事而生的啊！

但我最应该责怪我自己的地方在于，我允许你给我造成了彻底的道德贬损。品格的基础是意志力，然而我的意志力完全臣服于你的意志力。尽管这样说听起来让人感到荒唐，但这确实是事实。那些没完没了的争吵对你来说几乎成为一种生理性的必需，导致你的心灵和身体变得扭曲，让你成为一个听上去、看起来都很可怕的东西；你继承了你父亲那糟糕的暴躁，凭着这种暴躁写出了很多令人作呕、可恶至极的信件；你完全不能控制自己的情绪，这体现为你

1 按照当前的面值，换算后大概是 50 万英镑。

长时间阴沉着脸一言不发，或是突然爆发出癫狂般的愤怒。所有这一切，我在写给你的一封信里都提到过，一封被你丢在萨沃伊或是其他酒店的信，它最终被你父亲的律师顾问呈上了法庭。这封信表达的祈求带着强烈的情感，若你当时能够辨认出何物构成情感、如何表达情感的话。要我说，这些就是造成我悲惨地臣服于你日益增长的要求的根源。你让一个人身心俱疲。这是渺小的本性战胜了伟大的本性，是脆弱对强大的暴政，我在某部戏剧的某处把它称为“唯一永存的暴政”。[1]

这是不可避免的。在任何一种人际关系中，我们都不得不去寻找某种应对方式。就你的情况而言，一个人要么必须向你妥协，要么必须放弃你。不存在其他选项。(……) 我总以为在小事上向你妥协不算什么，当重要的时刻来临，我还能重申我那具有天然优越性的意志力。但事实并非如此。在重要的时刻，我的意志力彻底辜负了我。在生活中，实际上没有大事和小事之别。所有的事物都有着相同的价值和相同的尺寸。我在任何事情上向你妥协的习惯——最初主要是由于漠不关心——已不知不觉地成为我本性中的一个真实的部分。在我毫无意识的情况下，它将我的气质长久地固化为一种悲惨的情绪。这也就是为什么，佩特在其文集第一版微妙的后记中写道：“习惯的形成就是失败。”[2]木讷的牛津人认为这个短语是

1 来自王尔德的戏剧《无足轻重的女人》(*A Women of No Important*) 的第三幕。

2 W. Pater (1873), “Conclusion”, in *The Renaissance*, A. Phillips (ed.) (1986), Oxford: World Classics.

有意颠倒了那令人厌倦的亚里士多德主义伦理学，但它实际上蕴藏着一种美妙而可怕的真理。我曾任由你削弱我的人格力量，对我来说，习惯的形成已被证明不仅仅是一种失败，而且是一种毁灭。你在伦理上对我的毁灭甚至远远胜过你在艺术上对我的破坏。

Stefano Evangelista

1895年5月，奥斯卡·王尔德（Oscar Wilde）因“严重猥亵”罪被判处两年伴有劳役的监禁。就在《不可儿戏》（*The Importance of Being Earnest*）首映两个月后，这位英国最著名的文人之一突然发现自己名誉扫地。那时，他因犯下1885年拉布谢尔修正案下的同性恋罪行而被英国法律判处了最重的惩罚。王尔德受到的判决以及随后的破产导致了严重的后果：他失去了所有物质上的财产，包括他的房子、书籍以及艺术作品，还有他的作品的版税。而最为灾难性的损失却是无形的：他失去了家庭（王尔德将再也见不到他的妻子和孩子了）、许多朋友和文学界的往来，以及最严重的——文学创作灵感。

三场庭审最终确定了王尔德的判决，书信在其中发挥了致命的作用。第一场庭审实际上是王尔德挑起的，他以诽谤的罪名控诉昆斯伯里侯爵（Marquess of Queensberry），也就是他的情人阿尔弗雷德·道格拉斯（Alfred Douglas）的父亲。昆斯伯里这个残暴的恶霸担心王尔德会损害他儿子的名声，在多次严厉的恐吓行动之后，昆斯伯里亲自向王尔德的社团递送了一张卡片，这张卡片因其题词拼写错误而闻名：上面控诉王尔德是一个“posing somdomite”，一般认为它表达的是“假扮鸡奸者”。[1]

1 昆斯伯里把 sodomite（“鸡奸者”）一词错拼成了 somdomite。——译注这份某种意义上的书信是被王尔德用来证明昆斯伯里诽谤行为的第一份证据。但是，事态很快转向了不利的方向，由于昆斯伯里拥有的对立证据超过了王尔德及其律师的预料，王尔德决定撤销诉讼，第一场庭审就这样结束了。在这次胜利的鼓舞下，昆斯伯里反过来起诉王尔德，就这样，王尔德被冠以“猥亵”的罪名。此时，昆斯伯里向法庭呈上了一封王尔德寄给他儿子的求爱信，王尔德在信里称呼道格拉斯为“我的男孩儿”，并且在谈论他时使用了带有性暗示的语言：

> 你的十四行诗非常优美，你那玫瑰花瓣一般的嘴唇不仅为接吻的疯狂而造，还为歌曲的旋律而造，这真是个奇迹。你那纤细的镀金之魂游走于激情与诗意之间。我知道你就是古希腊的雅辛托斯，那个阿波罗疯狂迷恋的少年。……心怀永不熄灭的爱意、永远属于你的，奥斯卡。[1]

当王尔德被问到这封信是否带有变态或不道德的性质时，他为自己进行了辩护，声称这封信应该被看作文学作品，而不是有关其性幻想或性行为的直白记录。他还如实地补充道，这封信已经由法国作家皮埃尔·路易斯改编为诗歌，将发表在《精神之灯》（*The Spirit Lamp*）——一份由道格拉斯本人编辑的牛津学生杂志上。

1 Wilde to Douglas (January 1893), in *The Complete Letters of Oscar Wilde*, ed. by M. Holland and R. Hart-David (2000), London: Fourth Estate, p. 544.

拉布谢尔修正案（王尔德正是在此法案之下被判决）认定男性同性性行为，无论公开的还是私下的，都是不合法的。这类信件对该法案的执行至关重要，因为它们是为数不多的能够证明成年人已经私下发生了自愿性关系的材料。道格拉斯竟愚蠢到把王尔德的求爱信弄丢了，而这封信又辗转到了他父亲的手里，据说是从一个敲诈者那里买来的。这封雅辛托斯之信以最骇人的方式冲破私人界限，进入公共领域，将王尔德与道格拉斯的亲密关系光天化日地暴露在法庭上。对我们来说，这封信凸显了书信游离在私人与公共之间的模糊性，而王尔德将会在写给道格拉斯的长篇狱中书信中利用这一点。

本章摘录的内容是一封通常被命名为《自深深处》（*De Produndis*）的书信的开篇，这封信是王尔德在刑期即将结束时在雷丁监狱写就的。在监狱生活的大多数时间里，他被禁止阅读或写作，但是在第二年，管理开始变得松散，这让王尔德能够获得一些书，并最终获准使用纸张。这封写给道格拉斯的书信是王尔德受审后创作的最重要的一篇作品：全篇加起来将近55000字——够得上一本小书的篇幅——而且它后来通常作为一篇独立的文学作品出版。[1] 监狱当局不准许王尔德将这封信寄给道格拉斯，因为他们认为它的篇幅太长了，不能算作一封

1 最新的书信编者伊安·斯冒（Ian Small）在他的前言中详细阐述了这封信的出版与编录历史。Wilde, *De Profundis, "Epistola: In Carcere et Vinculis"*, ed. by I. Small (2005), Oxford and New York: Oxford University Press. 关于原稿的历史信息来自斯冒。

信，这讽刺地、倒错地呼应了庭审关于书信能否算作文学作品的辩论。王尔德出狱后将书信手稿托付给了他的朋友罗比·罗斯（Robbie Ross），嘱咐他将其制作两份打字稿，但是要把原稿寄给道格拉斯。

王尔德给昔日情人写信的主要目的是责备他拒绝分担自己的苦难。无论正确与否，王尔德觉得他已经用尽办法在那令自己颜面尽失、备受煎熬的庭审过程中保护了道格拉斯。整场审判从没提到过道格拉斯的名字，哪怕他是王尔德的长期伴侣。因此，王尔德期望获得忠诚与爱的反馈，然而在他服刑期间，对方却没有表现出一点儿这样的迹象。相反，道格拉斯试图将王尔德写给他的一些私人书信在法国出版——王尔德在本章的书信节选中提到了这件事——而王尔德担心这些书信会进一步损害自己的名誉。这些情况导致王尔德的文字透露出强烈的遭遇背叛之感——而这种感受又和爱的记忆紧密地交织在一起。爱已经让位于“憎恨、痛苦与蔑视”，但王尔德希望通过写作的方式祛除这些负面情绪。具体而言，他期望书信开头传达的那种“痛苦”的情绪能具有一种救赎的性质——期望它“可能会变成快乐”。

在王尔德关于“变成痛苦的甜蜜”的言辞中，我们不可能听不见萨福（Sappho）的声音，在她对爱的著名描述中，萨福提出爱是“痛苦的甜蜜”或“甜蜜的痛苦”。[1]但王尔德给萨福关于爱是一把双刃剑的宿命论描述增加了一种希望，甚至是一种决心，他相信，通过写作，并借此重新唤起旧日的回忆，作者的力量能够让过去的记忆扭转当下的痛苦，使之变得甜蜜。这种决心源于一种深刻的、更为哲学性的理由，王尔德认为，通过写作来唤起过去的记忆，也就是呈现出通向当下的事件序列，这是一种揭露并纠正错误的方式。这是一种哲学式的反省实践，而践行它的前提在于，我们需要有勇气承认过去所行之事的真相，并直面因承认这些行为的错误而带来的耻辱与责任。在苦甜参半的爱欲旗帜下，王尔德英勇地承担起这份反省，这样一种爱欲让自我检讨变得既值得又必要。王尔德熟稔古典文学与哲学，此处，他故意呼应萨福的抒情诗传统，就是为了使自己的经验复杂化、普遍化。抛开其作为一封告别信的修辞和目的，我们能看到，王尔德这封写给道格拉斯的信从一开始就是一封关于爱的信，它探讨爱的哲学概念、道德价值及其启迪人心的力量，这份力量能够向我们揭示出人身上更好的一面。与此同时，王尔德还从自己的角度讲述了他与道格拉斯之间那带有悲剧色彩的亲密关系，他把这个故事写进从古希腊延续至今的历史之中，这段历史将同性欲望升华为一种对真理与诚实的最为纯粹、受哲学驱使的追求。痛苦的情绪提供了一条线索，

1 In A. Carson, transl. (2002), *If not, Winter: Fragments of Sappho*, New York: Knopf, Fragment 130, p. 265. 萨福将爱描述为一个“偷溜进来的既甜蜜又难以对付的家伙”。

串联起数个世纪以来风起云涌的社会与文化变革，并且自始至终被与它相对的理性和真诚所缓和，与它相比，后者是永恒不变的道德理想。

王尔德想要表明，爱——哪怕是一种被他的社会唾弃和谴责的爱（这一点至关重要）——仍然能够提供救赎的力量，即便他身处至深的孤独之中。王尔德还隐晦地预示到，爱的情感将会引导道格拉斯，通过一场痛苦的阅读把他的道德缺陷揭开给他看，就像用“手术刀”切开他的皮肤。从柏拉图的对话录（特别是《会饮篇》）中，王尔德得知希腊人把爱欲当作一种促进哲学交流的纽带或情感。他曾采用柏拉图式的对话形式创作他自己的哲学对话，在《谎言的衰朽》（“The Decay of Lying”）和《身为艺术家的评论者》（“The Critic as Artist”）这两部作品的对话中，优雅的公子们在时髦的当代场景中讨论美学话题和道德悖论。他曾在其短篇故事《W.H.先生的画像》（“The Portrait of Mr. W.H.”）中歌颂爱欲与哲学的联合。[1]甚至在法庭的被告席上，王尔德也发表了一篇慷慨激昂的演说，捍卫男性之间崇高的爱，“柏拉图用这种爱建立他的哲学基础，米开朗琪罗和莎士比亚为这种爱谱写十四行诗”。[2]在写给道格拉斯的信中，这种爱——痛苦、受损、被剥夺了对象的爱——仍然发挥着媒介

1 Wilde, “The Portrait of Mr W.H.”, in the Artist as Critic, ed. by Richard Ellmann, New York: Random House (1969), pp. 152-220 (p. 211).

2 *The Trials of Oscar Wilde: Transcript Excerpts from the Trails at the Old Bailey, London, during April and May 1895*, London: Stationery Office, (2001), p. 148.

的作用，透过它，王尔德获得了对自我的透彻认知。

王尔德在柏拉图、米开朗琪罗和莎士比亚那里发现的这种文学与哲学传统的结合，正是他想要在当下重新创造的东西。在后来写给道格拉斯的信中，通过回顾自己的事业，王尔德自豪地宣告，他已经“把艺术变成了一种哲学，又把哲学变成了一种艺术”。对此他又做出如下解释：“我归之于真理的不仅有真，同时也有假，二者同样属于真理的合法领域，我于是表明，真与假只是理智存在的不同形式。我把艺术当成最高的现实来对待，而把生活仅仅当成虚构的一种形式。”[1]写给道格拉斯的信把对知识、自我认知和经验的哲学追问，与自传的文学体裁合为一体。王尔德有意识地让他笔下的生活与其实际的生活（即便这正是他所书写的生活）拉开距离；或用他自己的话来说，他有意识地用艺术的现实替代经验的虚构，这种悖谬的反转所实现的最终效果不亚于揭示出人类本性那暗淡而痛苦的真相。在这个层面上，《自深深处》延续了王尔德在其著名的戏剧和小说中所坚持的一贯风格，即有意识地对文本进行艺术化表现，尽管他用忏悔般的口吻昭示其作品的真实性。王尔德把自己描绘成存在于希腊戏剧里的悲剧英雄，诸神以他所不能控制的方式掌管着他的行动与命运。他援引古典的，常常是神话的典故，为其个人故事赋予普遍的价值。在本章的选段中，他督促道格拉斯铭记“神眼中的愚人和人眼中的愚人是完全不

1　Wilde, *Complete Letters* (n.1) at p. 729.

同的”。此外，为了描述道格拉斯在自我认知上的不足，他写道：“美杜莎的头颅让活人变成石头，却允许你只从镜子里看她。”王尔德的言辞就是美杜莎之头颅，它将触发从无知到智慧的痛苦转变。换句话说，在社会律法之上存在一种更高的真理，一种要求更为苛刻的真理，只有首先直面内在的怪兽——王尔德笔下的道林·格雷（Dorian Gray）曾用魔法把它驱逐进一幅肖像画——我们才能触及这种真理。

王尔德通过谈及德尔斐神庙的预言引出了自我认知的主题，这也是这封信的核心议题。“真正的愚人，也就是神所嘲笑、贬损的愚人，是缺乏自我认知的人。”在这封信后面的内容中，王尔德将这个命题具体阐发如下：“仅仅渴望实现自我的那些人永远不知道他们应该走向何方。他们无法知道。当然，在一定意义上，认识自我是必须的，正如古希腊神谕所预示的。这是知识的首要成就。但是，意识到人的灵魂是不可知的，则是智慧的最终成就。自我才是终极的奥秘。”[1]王尔德就这样解决了对自我认知的古老的苏格拉底式追问，他让我们回到追问的起点：我知道我一无所知。

为了理解监禁经历如何改变了他的“灵魂”或自我，王尔德以雷丁监狱糟糕的处境作为出发点回顾了他的生活。但是，要想理解他的立场，我们必须记得一个重要的事实：在两年艰苦的劳役生涯中，王尔德从不相信他曾犯下任何一种罪行。尽

1 *Ibid* at p. 753.

管他不得不承受剥夺、羞辱与孤独，但王尔德从未承认同性恋是一种罪行，甚至不承认它是一种不道德的行为，也因此从未承认针对他的惩罚可能有正当的理由。在所有的监狱书信中，王尔德从未对他与其他男性在情感上与肉体上的亲密表示过悔恨。对道格拉斯的拒绝是最接近这种表示的行为，但是我们需要仔细地考察这种拒绝的具体所指。王尔德相信，他的道德错误在于曾一度让欲望和爱蒙蔽他的双眼，使他看不见道格拉斯的人格缺陷，而现在他把这些缺陷向他自己、道格拉斯以及后人无情地揭露了出来。因此，王尔德对自己的责怪并不在于他允许力比多损害他与道格拉斯之间友谊的纯洁性，而在于他曾一度在理智上被道格拉斯贬损，因为后者缺乏对艺术的真正理解，并且极度自私。对此，王尔德在信中列举了许多具体事例。王尔德始终认为，他那被指控为非法的爱与它所表达的欲望，在根本的层面是使人变得高尚的。因此，王尔德在整封书信中清楚表达的羞耻心和自责感，并非源自社会谴责他犯下的任何罪行，而是源自他自己的错误决定——他任由自己的道德节气屈从于道格拉斯的意愿，尽管他明知后者所意愿的对象是低贱而卑微的。他本是一个有着高贵目的的高贵人物，却任由自己被追求低贱目的的低贱人物所控制。

令人印象深刻的是，虽然王尔德对道格拉斯的享乐主义气质进行了严厉的谴责，但与此同时享受着一种反常的快乐，将对方与自己在监狱中得不到的物质生活的方方面面联系在一起：美貌，或他所说的“五光十色、变幻万千”，还有食物。

王尔德以自相矛盾的方式，一边歌颂欲望是一种赐予生命并肯定生命的力量，一边又公然地试图从监禁经历中寻找一种救赎意义，即试图在监狱制度对感官享乐的强制剥夺中寻找一种价值，因为这种剥夺对他产生了积极的道德影响。与此同时，尽管道格拉斯也有着种种“欲望”，但王尔德还是批评他在根本上脱离了经验和生活本身：他看待“生活中诡异和悲惨的种种，就像一个人透过水晶玻璃看见一些阴影”。王尔德希望教给道格拉斯一种欲望的伦理，让道格拉斯能够理解经验的复杂性。在这个方面，王尔德用以衡量美德与邪恶的尺度是引人注目的。尽管“邪恶”与“美德”、“真理”与“谬误”这些词汇遍布他的书信，但王尔德并不是在借此制造一些腐朽、虚伪的对立面，如“贪食与节制”“勤奋与懒惰”“挥霍无度与精打细算”。王尔德眼中的美德与邪恶就和他对人类本性的深刻分析一样复杂而多面，他认为，“最大的恶是肤浅”，而弥补肤浅的美德是认识，“一切被认识的都是正确的”。由此给出的道德命令不再是行善，而是对自己诚实。要想做到这一点，我们必须目不转睛地凝视我们自己的深渊——我们的自深深处——无论我们会在那里发现多么糟糕的情况；唯有这种实践，而非任何改变与提升，才能为我们带来认识。以同样的方式，王尔德对监狱生活诸多匮乏的反思，伴随着对过往生活之充沛的生动再现与回忆，为一种更为微妙的对立做好了准备，也就是浮华与“平凡的生活和高贵的思考”相结合的理想之间的对立；后面这句话中，“和”是关键所在。虽然王尔德不是一个皈依禁欲生活的信徒，但是他明白，真正的快乐，无论其形式多么不同，总应该包含一种更高等级的乐趣，换句话说，它应该同时满足身体欲望与心灵欲望，两种欲望满足的结合将产生艺术创作的可能性。

王尔德把他与道格拉斯在一起的时间描述为其全部艺术创造性的彻底流失，以及阻碍其创作力的坚不可摧的绊脚石。他的解释不是实际的、字面的，而是从哲学的深度揭示出自己道德品质的不足。王尔德引用自己学生时代的精神导师沃尔特·佩特（Walter Pater）的话[1]：“习惯的形成就是失败。”王尔德用精湛的文字技艺，既解释了其导师的思想，又表达了对学术团体（“木讷的牛津人”）的蔑视，指出这些人根本无法理解他，同时还对亚里士多德主义伦理学提出了一份原创性的个人诠释。这是因为，佩特谈到的习惯在本质上和亚里士多德鼓励人们去获得的习惯相对立：对这位古希腊伦理学家而言，习惯的形成无异于学会掌控自己的灵魂，即习惯于行善，并因此成为一个形塑最好的自我的雕刻家；但对佩特来说，习惯所表达的是人类的懒惰，一种使我们接受规律性的自满，它让我们安于熟悉的周遭环境，而实际上，生活充斥着有待我们发现的变化、惊喜和新奇，无论它们有多么不安分。王尔德采纳了佩特对习惯的否定性评判，把它与解释有关品格的亚里士多德

1 关于王尔德与佩特的关系，见 S. Evangelista (2009), *British Aestheticism and Ancient Greece: Hellenism, Reception, Gods in Exile*, New York: Palgrave Macmillan, pp. 130-134。

主义合并起来，后者认为我们有能力对我们的品格进行摹刻和控制，只要我们知道如何去做。对王尔德来说，一切习惯都是灵魂在规律性的侵害之下所引发的一种变形，他对这种常规的讽刺性描述，若非因为它是如此之严厉，简直就会引人发笑了——“既荒唐又悲惨”，因为他就是这样描述他与道格拉斯的生活的：一系列日常的“午宴、晚宴、夜宵、娱乐、马车和其他诸如此类的事情”。这种日复一日、月复一月的荒废，这种源源不断、枯燥乏味的娱乐，确确实实形塑了王尔德的品格，最坏的是，如他所言，这最终导致他在艺术上的贫瘠——失败，以及道德上的缺陷——颓废。

王尔德希望运用其强有力的言辞来教导道格拉斯。他反复地督促道格拉斯专心阅读这封信：“你一定要立刻从头到尾阅读这封信。”他还坚持要求道格拉斯“一次又一次地阅读它，直到它杀死你的自负”。在以细致到分秒的精确性回顾他与道格拉斯的生活时，王尔德迫使自己臣服于一种自我施加的自我分析，暴露出某种受虐狂的情结，而与此相应，他想要道格拉斯阅读并反复阅读这封信的欲望，又暴露出他施虐狂的一面。现在，他不再是一个溺爱对方的爱人，而是一位使用言语惩罚而非肉体惩罚的老师，每一个词都意在对这位备受宠爱的学生进行严厉的斥责。关于王尔德的这段监狱经历，一个令人心酸的历史性讽刺是，道格拉斯从没阅读过这封信。罗斯的确把这封信的一个副本（虽然不是王尔德交代给他的信件原稿）寄给了道格拉斯，但道格拉斯在狂怒之下立刻销毁了它，至少他是这样声明的。[1]因此，这封万众瞩目的书信——英国文学史上最令人痛心的文档之一——从不曾使其收信人受益于它所包含的忏悔、指责和告诫。

王尔德于1897年5月出狱，随即前往法国进行自愿的流放，他发誓再也不要见到道格拉斯。但是，在同一年的夏天结束时，二人又重聚了，他们一起私奔去了那不勒斯。

1 关于这段插曲，见 N. Frankel, *Oscar Wilde: The Unrepentant Years*, Cambridge, MA and London: Harvard University Press, 2017, pp. 68-69。弗兰克尔对王尔德后监狱时期的生涯进行了细致而敏锐的重新审视，它意在为道格拉斯正名。

第十六章

通信真理观

圣雄甘地致马甘拉尔·甘地

（1910 年 4 月 2 日）

马甘拉尔，[1]

来信收到。我现在给你回信，因为这样你才能理解我对这封信的回应。

我会尝试回答你提出的问题，但即便如此你可能也无法透彻地理解。如果你把《印度自治》（*Hind Swaraj*）这本书再重新读个一到两遍，或许就能找到你想要的解释了。

毫无疑问，在我们对现代文明的吸收程度上，我们必须往回走。这一任务是最困难的，但我们必须完成它。当我们走上一条错误的道路，我们就只能原路折返，别无他法。我们必须从我们所依恋的享受中挣脱出来。为此，我们必须开始反感它们。我们不会放弃任何一种在我们看来对此有利的工具和手段。只有当一个人认识到某一样东西的伤害大于它所带来的表面利益时，他才会把这个东西丢掉。从我自己的感受来看，快速寄信的能力对我们来说没有什么好处。放弃了铁路和其他类似的交通工具，我们就不必费心写信了。一个真正没有错误的事物可以在一定程度上为我们所用。我们这些深受这一文明影响的人，只要我们还深陷其中，就得利用邮政等设施。但是如果我们带着知识和理性来使用这些工具，我们就不会为之疯狂，而且我们不仅不会因此徒增烦恼，还会慢慢减弱这些东西对我们的打扰。能够理解这一点的人不会想着为没有邮局或铁路的

1　From *The Collected Works of Mahatma Gandhi* (New Delhi, 100v., 1958–) vol. 10, pp. 473-477.Transtlated from the Gujarati Gandhiji-ni Sadhana by Raojibhai, and Mahatma Gandhiji-na Patro, edited by Dahyabhai Patel.

乡村设立这些现代设施。我们不应该由于害怕这些东西不能被立刻废除，或者害怕不是所有人都愿意放弃它们，就始终被动地接受并增加我们对轮船等其他邪恶工具的使用。就算只有一个人减少或停止使用它们，别人也会学着这样做。只要相信这样做是对的，持此信念者就会义无反顾地做下去而不管别人怎么看。这是传播真理的唯一途径；世上再无其他办法。

消除我们对议会的好感是很困难的。毫无疑问，剥人皮、烧活人、割耳鼻，这些事情野蛮而残酷；但是，议会的暴政比成吉思汗、铁木尔等暴君更甚。后来将我们困于其中的铁丝网正是议会。现代暴政是一场诱惑的陷阱，因此它的伤害性更大。人们能够抵挡个人的某些残暴行为，但是很难对付以人民的名义对一国人民施加的暴政。或许在过去，有些统治者是愚蠢的，有些是明智的。如果我们的统治者一直都是国王爱德华自己，那么情况就不会那么令人生厌；但是现在，每个英国人都在统治着你和我。请好好思量这一点。我在这里指的不是人民对这个世界的喜爱。印度的普通人至少相信议会是一场骗局。哪怕是一个智识卓绝的人，只要深陷这个文明的铁丝网，也会在议会中丢掉理智。当你说仁慈不可能对宾德人施以任何影响的时候，你就已经否认了灵魂或其（本质）特性的存在。圣哲帕坦伽利（Lord Patanjali）曾以令人心悦的方式强调仁慈及其他品性的伟大，他让我们哪怕只是想到这些美德都会心旷神怡。真正的事实是，恐惧深深地刻在我们的内心，结果它抑制了真理、仁慈和其他美德的生长。所以我们会认为美德无法影响残暴之徒。对仁慈者表示仁慈，这并不是仁慈，而只是对仁慈的回报。

如果有人免费保护我们，或即便我们付钱给他，我们都应该被视为弱者。如果我们必须寻求外部的帮助才能摆脱宾德人的威胁，我们就没有做到自治。如果我们要用武力制服这类暴徒，我们就必须从自己身上发展出这种力量。到那时，我们将不必支付勒索，缴纳贡金。一个女人寻求丈夫的庇护，这虽是天经地义的，但她仍被视为 abala（弱者）。

自治是为理解它的人而准备的。你我今日即可享用它。其他所有人都必将学着这么做。他人为我们实现的不是 swaraj（自治），而是 pararaj（也就是他治，无论统治者是印度人还是英国人）。

我将“保护牛”的社会称为“杀害牛”的社会，我这样说只是陈述了真相：这个社会的宗旨是通过向穆斯林施压来拯救或保护牛。

通过付钱来拯救牛不是对它们的保护，而是让屠夫学会一种行骗的方式。如果我们试图胁迫穆斯林，他们反而会屠杀更多的牛。但如果我们采用劝说的方式，或运用真理之力对抗他们，他们就会保护它。要实现这一点并不需要一个保护牛的社会，这就正如我们不需要向印度教徒宣扬印度教。用刀一击致命地杀死一头牛，要好过让它挨饿、被刺、劳累，最终备受折磨而死。

如果从字面上理解圣神罗摩占陀罗（Shri Ramachandra）和其他神灵的例子，会非常令人困惑。我不曾想象一个罗波那（Ravana）的肉体形象有可能是长着十头二十臂的男性。但他是一只硕大无比、狂暴愚蠢的野兽，后来被代表神圣本性的圣神罗摩占陀罗所杀，这些是凭借理智就可以想象出来的。杜勒西达斯（Tulsidasji）将罗摩占陀罗描绘成太阳之力，他能摧毁骄傲、痴迷，以及过分依恋之夜的黑暗。当我们摆脱了一切骄傲、痴迷与依恋之后，你认为我们还会残留一丝摧毁他人的欲望吗？如果你说“不”，那么那个不被骄傲、痴迷与依恋所束缚，自身即是一片仁慈海洋的罗摩占陀罗又怎么会毁灭罗波那呢？不过，我们还是首先抵达他的境界吧，就像罗什曼那（Lakshmana）那样，他放弃沉睡，选择用整整十四年的时间观察梵行，最终才懂得物质之力可以被用在何处。

任何事情都能凭借人道实现，这是我想说的。你用德兰士瓦举例是非常恰当的。仅仅口头上宣扬人道是不够的，它还应当经得起现实的考验。想想哈里什昌德拉（Harishchandra），他遭遇了数不清的困境，才成功地证明了自己对真理的奉献。再想想苏德哈瓦（Sudhanva），他献身于真理的真心在遭受了怎样的磨难之后才被印证。我们不要把这些仅仅当成传说。那些创作这些故事的人早已把自己的经历透过这些人物传达给了我们，或许只是名字和形式有所不同。即使是在德兰士瓦，我这类人的胡言乱语也遭受了考验。你还要铭记在心的一点是，很多不合作主义者现在已经被证明是虚伪的，他们其实是一些蛊惑民心的政客。那么，谁才应该被视为真正的不合作主义者呢？当然是那些拥有怜悯等美德的人。从未有人告诉我们不必承受磨难。那么，磨难到底意味着什么呢？《梵歌》（*Gita*）告诉我们，心灵既是奴役的原因，也是自由的原因。苏德哈瓦曾被丢进沸腾的油中。那些把他丢进油锅的人认为他们是在折磨他；但对苏德哈瓦来说，这是一个展示其献身之决心的绝佳机会。

所有人同时平等地富裕或所有人同时平等地贫穷都是绝不可能的。但是，如果从善与恶的角度考虑（各个行业），我们会发现，这个世界似乎是靠农民维系的。农民当然是贫穷的。如果一个律师想要吹嘘他的利他性或精神性，就让他以体力劳动谋生，让他从事法律活动而不收取任何费用。你不太容易发觉律师的懒惰。就像一个淫荡的人，即使因沉迷于激情而筋疲力尽，他仍会专心致志地追逐性快感，一个筋疲力尽的律师也会为了谋得财富、斩获成就而用尽他的神经直到几乎崩断的程度，这样往后他才能过上一种奢侈而舒适的生活。这是他的目的。我知道我的叙述有一点夸张，但它的大部分内容是真实的。

一大群医生能给一个国家提供什么服务？他们花费五到七年的时间来解剖死尸、杀害动物、给我们塞一些毫无价值的格言，是要实现什么伟大的创举吗？国家将会从治愈身体疾病的能力中收获什么呢？它只会让我们愈加依恋我们的身体。没有医学知识我们也能设计出一套预防疾病的方案。这并不意味着我们完全不需要任何医生。他们将永远伴随我们。要害之处是，很多年轻人过度重视医生这个职业，他们支付成百上千的卢布，花费很多年，只为获得行医资格，这是不应该的。我们必须知道，我们丝毫没有也绝不会从现代西医那里获益。

我希望我回答了你的全部问题。请你别把解放印度的重担挂在你的头上，这是不必要的。解放你自己的自我吧，这个担子已经够重了。把所有东西都用在你自己身上。灵魂的高贵就在于意识到，你自己就是印度。你的解放蕴藏了印度的解放。其余的一切都是虚妄。如果我们为别人烦心，我们会忘记自己的使命，从而丢失一切。请好好思量这一点，不是从利己的角度，而是从利他的角度。如果你还想问更多的任何问题，请一定提出来。

祝好，

莫罕达斯

Nicholas J. Owen

圣雄甘地（Mahatma Gandhi，1869—1948）[1]是一位多产的书信作家。成年后的他几乎每天都会动笔书写好几封信件。萨巴尔马蒂隐修所保存着数量最多的甘地书信集，共约 35000 封信件。

甘地对待书信的态度也非常严肃。他经常在他的新闻报道中批评印度人随意对待通信，指责他们要么经常不回信，要么不及时回信。他几乎跟任何人都有书信往来，几乎任何内容都可以是他书信的主题：不光是政治，还包括现代生活的方方面面。

本章收录了甘地于 1910 年写给他的一个远房亲戚——马甘拉尔·甘地（Maganlal Gandhi，1883—1928）的信。马甘拉尔是甘地的一个叔叔的孙子，时年 27 岁。

写这封信的时候，甘地正处在人生的关键时刻。[2]当时他 41 岁，为了抵抗针对印度人提出的必须申请特殊许可才能居住和工作的要求，甘地在过去四年的时间里，在南非的德兰士瓦省领导了一场消极抵抗运动。他曾多次被捕入狱。在运动前

1 甘地原名莫罕达斯·卡拉姆昌德·甘地（Mohandas Karamchand Gandhi），又被尊称为“圣雄甘地”（Mahatma Gandhi），“圣雄”的原文 Mahatma 是梵语，意思是“灵魂伟大”。——译注

2 J.M. Brown (1989), *Gandhi: Prisoner of Hope*, New Haven: Yale University Press.

一年的大部分时间里，他一直都在伦敦游说，希望英国政府驳回南非政府的无理要求，但无功而返。1909 年 11 月，在返回南非的航行路途中，他写下了《印度自治》一书，在这封信里也有所提及。[1]

《印度自治》以生动的对话形式阐明了甘地主张印度人自由的立场。这本书认为，让印度人变得不自由的不是英国的占领，而是印度人对外来统治的顺从，其根源是西方现代化对印度人的诱惑。Swaraj——自治——并不只是自主管理（政治意义上的独立），更意味着每个独立的个体对自我的管理（自我约束和自主性）。从政治意义上讲，它意味着自我依靠，而不是乞讨——这种向他人请愿的策略甘地也曾使用。“他人为我们实现的不是 swaraj，而是 pararaj，也就是他治。”印度人要想得到自由，就应该辞去政府工作，离开西方学校和大学，并抵制英国商品。他们应该打破对西方现代性的依赖与崇拜，重新发现自己的文明的力量。让英国人离开印度可能要耗费几代人的努力，但只要他们想，印度人现在就能解放他们自己。“你我今天即可享有自由，”他对马甘拉尔说，“解放你自己的自我吧……灵魂的高贵就在于意识到，你自己就是印度。”

甘地的立场不仅反对乞讨，还反对革命的暴力，后者是印度反殖民主义者们的另一种主流意见。暴力是错误的，因为敌人不在于外部，而在于内部。不仅如此，暴力还错误地声称

1 A.J. Parel (ed.) (1997), *Gandhi: "Hind Swaraj" and Other Writings*, Cambridge: Cambridge University Press.

自身具有确定性。与此相反，甘地拥护的是“真理之力”——satyagraha——非暴力行动，也就是无所畏惧地坚持真理：既不强制也不乞求，只是坚持真理，宁愿为之公开遭受磨难。

公平地说，在甘地提出这一哲学之时，他不仅仅身处少数派群体——他几乎完全孑然一身。对那些乞求者来说，甘地似乎敌视一切已被绝大多数人接受的殖民影响带来的好处——西方医疗、法律体系、教育、铁路、工业化的棉纺厂。如果没有这些东西，印度怎么能成为一个现代的、独立的国家？对革命者来说，甘地的非暴力显得很陈腐。当初不正是“真理之力”这种印度文化的消极性导致印度人变得易于征服吗？

于是，为了劝说他的批评者们，甘地需要逐一回答印度人向他提出的成百上千的问题。马甘拉尔已经向他提出了一些问题。若不按照西方的方式对自身进行现代化改造，印度将如何实现自由？非暴力的 satyagraha 将如何对抗像宾德人那般的暴力团伙？

甘地对这些问题有着自己的答案。现代化不是印度人应该追赶的英国优势，而是印度人应该拒绝的英国弱点。Satyagraha 不是弱点，而是拥有力量但不加使用。

但是，这封信令人迷惑之处就在于，在挑战所有这些习俗观念的同时，甘地还对通信本身进行了批评。这是一封批判书信写作的书信。甘地说道，我们夸大了书信的价值。“放弃了铁路和其他类似的交通工具，”甘地在信里说，“我们就不必费心写信了。”事实上，我们现在就应该尽可能放弃这些东西。

没有邮局和火车站，与世隔绝的印度村庄会变得更好。

于是，这里存在一个着实令人好奇的人为矛盾。甘地在一篇通信中呼吁限制通信。为什么甘地明知他在自己的观点中几乎孑然一身，却仍希望限制这样一种或许能最好地传播其思想的手段？考虑这个谜题似乎也是去问这样一个核心的问题：什么是通信能做的，什么是通信不能做的？

甘地关心的是真理，我们如何抵达真理，如何认识真理，真理又如何传播它自身。他说，对真理的追寻是一种个人的追寻：你必须自己追求它，不能从别人那里得到它。你必须是自我依靠的。但是真理对甘地来说也是多面的、不可穷尽的。因为真理是不可穷尽的，所以没有哪个人，无论他多么精力充沛，能够找到全部真理。又因为真理是多面的，每个个体所看到的只是真理的某个特殊（且狭小）的部分。所以，要发现真理，人与人之间的对话——比如通信——就是必需的。每个人都是独一无二的，而且必须完成他／她自己对真理的追寻，不过这种追寻也必然包含着与最大多数其他人实现统一。

因为真理具有这种特点，所以每个真理追寻者都需要谦卑地意识到他／她是可能犯错的。对甘地来说，通信的价值就在于它能帮助我们检验并纠正自己的观点。书信可以是对话式的（双方面的），也可以是教导式的（实质上单方面的）：有些信件期望回答，而有些则无须。甘地书信的对话属性格外突出。他请求收信人能够深思，并给他回复。“请好好思量这个观点的意义”，他在这封信里写道。在信的末尾他又写道：“请好好思量这一点……如果你还想问更多的任何问题，请一定提出来。”甘地总是坚持让他的对话者们反复斟酌他们的话，让他得以知晓他们的真实想法。

渴望对话的特性深深地刻在甘地一贯的行事风格中，他总是期望能从他的对话者们那里得到反馈，并一直在创造获得回应的机会。值得注意的是，甘地从没写过全面论述其思想的著述。相反，他提出了一系列方法，并多少有些误导性地称这些方法为“试验性”的。甘地个人自传的标题就是“我试验真理的故事”。[1]甘地认为，印度悠久的文明本身就是某种形式的科学探究，自古以来，印度人一直在以观察和试验的方法推测哪种道德和社会实践是有效的，哪种是无效的。我们很可能会怀疑这些探究是不是真正的试验，因为它们常常把中年印度男人已经持有的信念确认为真理。但是，关键之处在于，这种试验性的考察靠一个人是无法完成的。对任何一个单独的个体来说，这项任务都过于宏大，因此它需要许多心智相当的人共同为之奋斗，互相分享他们各自的发现。其中一部分人一同生活在隐修所里，而其他居住在印度和世界各地的人会借助通信来分享他们的发现。换句话说，甘地拥有一套真正意义上的“通信真理观”。

1　M.K. Gandhi, *An Autobiography, or, The Story of My Experiments with Truth*, translated from the original Gujerati by M. Desai, with an introduction by S. Khilnani (2001), London: Penguin.（甘地自传标题的中文翻译一般是“我体验真理的故事”或“我追求真理的故事”，但是其更加贴近字面意义上的翻译应该是“我试验真理的故事”。——译注）

在他的通信理论里，甘地就有关书信及其信息的三个问题提出了一种与众不同的立场。首先，他回应了“影响力问题”：哲学应当影响广大受众，但书信只能触及一两个个别的人。甘地一定会反对这样一种成见，即一封书信的影响（除非公开出版）将止步于它最直接的接收者。甘地认为，试验者们可以通过一个相互影响的通信网络来分享各自的发现。甘地的做法是在会议上公开朗读信件，在他自己编辑的报纸上刊印并发行这些信件，随后这些信件反过来又成为其他报纸的稿件被转载到其他地方。一开始只是由书信交换来传播的信息——这种信息的发展需要书信的表达渠道，因为文章具有不同的受众和口吻（更完善、更权威）——后来通过转载实现了更广泛的传播。

而且，甘地主义的试验者们所分享的就是他们个人的试验。因此，他们之间通信的个人特性是促成了而非有碍于通信的影响力。认为书信的个人特性会削弱它的效力，这是一种误解。这也正是甘地对书信体的全新理解所解决的第二个问题。书信的个人维度非但不是对其信息传播的阻碍，反而是其力量之所在。对甘地来说，一种观点的力量取决于它的持有者是否践行其观点。他对那些只是口头拥护但不亲身实践其主张的人颇有微词。在信的后文里，他就特别强调了树立个人榜样的重要性。我们不应该因为自己无法立刻终结现代的习惯，或是因为有些人绝不会追随我们，就迟迟不肯放弃它们。这些因素是无关紧要的。“就算只有一个人减少或停止使用它们，”他写道，“别人也会学着这样做。”因此，“仅仅”利用一封信与某个人建立起一种个人的联系，将不再是传播真理的阻碍；相反，这或许是传播真理最好的——可能也是唯一的——手段。

甘地的立场在下面这第三个问题上同样独树一帜：书信虽然是私人的，但事实上它们常常试图处理公共事务。甘地为公共与私人所划的界限是与众不同的。在他的很多书信中，那些被我们习惯上视为公共的或私人的话题被甘地一反常态地混在一起。对高度政治性的发展问题的讨论，以及关于饮食、健康、卫生、性欲、婚姻、分娩等问题的建议，这两类话题相互摩擦、碰撞。对甘地来说，二者并非不相容，而是可以并列讨论，因为这些“私人”事务在甘地的自由概念里拥有一种意义深远的公共重要性。要想实现政治意义上的自由，你必须首先在日常生活中解放你自己。甘地认为，印度的臣服根源于印度人把自己的社会实践视为劣等的，正是这种自我贬损使印度人变得恭顺，让印度人处处效仿他者。获取自由不止关乎政治斗争，它还关乎解放日常生活中的自我，哪怕孤军奋战，哪怕只有今天。“你的解放蕴藏了印度的解放。”甘地在这封信里写道，“其余的一切都是虚妄。”

因此，书信可以做很多事，哪怕它“只是”个人的，哪怕它“只是”写给个别人的，哪怕它“只是”私人的。

那么，什么是书信做不了的呢？当甘地说，如果印度的乡村从没出现过一座邮局就好了，他是什么意思呢？

甘地害怕西方现代性会压垮散布印度各处的乡村区域。这不是因为他浪漫化了传统印度乡野的生存境况，也并不是他想将新观念隔绝在外。在他看来，印度文化向来欢迎并接受外来观念的影响，为了忠实于自身，印度文化将这些外来影响吸纳进自身之中，对它们进行传统化、印度化的改造。西方现代性的问题在于，不同于早期的宗教入侵（如佛教和伊斯兰教），它在精神上是匮乏的。它已经让印度人不再关心他们早就拥有的文化源头，反而开始焦虑地效仿外来文化。因此，具有讽刺意味的是，更高程度的开放交流反而导致人们越来越疏离于自己的身份；于是，这个世界的四分五裂没有得到缓解，反而更加严重了。

所以，书信不能替代被甘地视作“地方的”事物。通信为相隔千里的人们建立了联系，但与此同时也分散了他们对自身“地方性”的关注。对生活在殖民主义下的甘地来说，外来的已经取代了本地的，而造成这一点的不仅是入侵和压迫，还有西方现代性的危险诱惑，它挑起了人们庞杂的欲望——如甘地在信中所写，我们必须警惕自己的那些欲望——但也把我们对他人的责任推在一边，让我们与那地方的、处境的、熟悉的、当下的事物渐行渐远。“英国人不曾夺走印度，”甘地在《印度自治》中写道，“是我们把印度交给了英国人。”“他们能立足于印度并不是因为他们的优势，而是因为我们把他们留在了这里。”

现代交流的问题不仅在于它带来了精神已死的舶来品，我们还必须记得，甘地一直都在试图影响一个大范围的文盲社会。印度人的识字率在 1910 年大概是 5%，而且遍布印度的方言有大约 200 种。因此，英语甚或是印地语的书面通信对甘地来说肯定是不够的。印度传统的信息结构很少依赖那些付诸印刷或书面的材料，它更多依托于新闻转述、讲故事、戏剧创作和歌曲吟唱。对于书面形式能否取代那些非书面的，有时甚至是非文字的象征性交流模式而获得优先地位，甘地深表怀疑。因此，书信不能替代非书面的和非文字的交流。

此外，现代交流的运转太过迅速，远远超过了度过有意义的一生所需遵循的节奏。书信，特别是以现代的速度喷涌而出的书信，无法替代深思熟虑。尽管甘地反对像僧侣一样遁世，但是他认为每个人都应该每天进行冥想，让自己可以心无旁骛地反省世间万物，整理自己的思想。太频繁的书信往来将会对注意力提出过分的要求，造成精神涣散，最终导致松弛和冷漠。

更进一步来说，书信也无法替代面对面的交流。甘地十分看重心灵的触动，即你和他人进行无中介的直接交流时所建立的联系。比如，他认为，相比于在书信中，我们更难在面对面交流时撒谎。他还认为，直接见证真理之力要比读到它更能触动人心。在印度，特别是在甘地主义者的隐修所里，人们大部分的日常生活是在其他人完全的注视下度过的。因此，尽管书信是私人的这一事实不会妨碍它产生更广泛的影响，但那些最有价值的影响还是在地方社区（比如隐修所和乡村）里面通过面对面的方式发挥作用的。

甘地对大规模交流最大的反对在于，它让个体成为只会鹦鹉学舌的被动接受者。通信替代不了行动。“仅仅口头上宣扬人道是不够的，它还应当经得起现实的考验”，因此，不要听一个律师吹嘘他的利他性或精神性，“就让他以体力劳动谋生，让他从事法律活动而不收取任何费用”。虽然甘地是一个多产的通信人，但他显然不怎么重视那些书信文件本身，这确实令人惊讶。他关心通信，但他并不精心照料他写的那些信。他不保存它们，也不把它们说成或当成能永远地界定其观点的材料。它们的存在只是为了当下，为了能对人们的思考和行为产生影响。

因此，在殖民地环境下，现代通信正如西方现代性的其他方面一样具有两面性。它既是一种可以表达反殖民主义思想的工具，也是最初使殖民地被殖民主义统治的工具。现代通信只是一个例子，它折射出甘地所面临的一种更大的困境，也就是怎样对抗西方现代性而无须依靠它的武器。

正如其他这样的困境一样，现代通信也表现为机会和弱点的两个方面。我们可以这样解释甘地在这封信里的观点：他认为本地的领导者们可以继续进行通信往来，只要他们不被这种实践所败坏；但印度的村民太容易被它腐蚀，他们太脆弱了，因此不能允许他们进行通信活动。“自治是为理解它的人而准备的”，甘地写道。这句话有两层含义。首先，任何人都可以自由：一旦你理解了，你就是自由的。但是在运用它之前，你必须理解它意味着什么。“你我今日即可享用它。”甘地对马甘拉尔说，“其他所有人都必将学着这么做。”一方面是自主和自由，另一方面是缓慢地获取自律，二者之间存在着一种张力。

但这同时也存在着机会。大英帝国是靠通信来统治的，而悖谬的是，邮局也是其显著的弱点。甘地怎样完成与马甘拉尔的通信呢？他买来一枚印有国王爱德华头像的邮票并使用帝国邮政服务。为了统治一个幅员辽阔的帝国，英国人发展出一套邮政交流系统。而为了降低成本并提高渗透率，这套系统并非由官员独享，任何能够买得起邮票的人都能使用它。这意味着这套系统可以为任何人服务。

事实上，在写这封信的二十年后，甘地得以策划一场全国范围内的公民抵抗运动，英国政府试图利用审查制度控制这场运动，但异常艰难，因为宣传和密谋的传播，通过英国人自己推广的邮政系统而取得了巨大的力量。

在那场运动中，甘地在著名的“食盐长征”前夕给印度总督写了另一封信。他本可以发表一份新闻说明，但是他选择了寄信。他在信里对总督的称呼是“亲爱的朋友”而不是通常的“阁下”。甘地要求获得“朋友”所拥有的平等地位。他没有祈求，也没有威胁，而是将自己的计划告知这位“朋友”，并征求他的意见。

我们不妨将甘地这封致印度总督的信与其他印度人与英国人交涉时通常采用的书面交流形式进行比较：它既不同于甘地作为祈求者曾使用过的“请愿”，也不同于革命主义者所发出的“要求”。

请愿来自底层：它承认当权者的优越地位，遵从对方关于正确和正义的观念，而要求是暴力的。把自己的观点强加给别人是一种暴力，它来自上层，来自全知者。相反，在甘地的通信中，你可以发表自己的观点，你还可以尝试劝说甚至教导你的读者。但你不能强迫他们。此外你也不可以祈求。

这种基于平等的交流让英国人不知所措。他们知道该怎么对付来自底层的请愿，他们不予否决，而是无限期拖延——总是让底层相信他们的需求在将来某一天会得到满足。他们也清楚如何对付威胁：要么对抗，要么投降。但是以“亲爱的朋友”开头的一封个人书信却拥有一种令他们难以轻易拒绝的奇异力量。如 E.M. 福斯特（E.M. Forster）所观察到的，与印度人建立友谊与帝国统治关系不相符，在这种统治关系中，职务定义人的身份，而且私人事务和官方事务之间有着严格的区别。[1]

这种区分是如此严格，以至于英国人实际上把他们收到的书信分为三类——官方的，半官方的，私人的——如此精确的分别让他们能够恰当地给书信归档，以防私人的和个人的事务染指公共和官方的事务。甘地的书信无法被恰当地归档。他以通信为武器打破了通信的规则。

1 E.M. Forster (1924), *A Passage to India*, London: E. Arnold & Co.

第十七章

消除恐惧之塔

赖内·马利亚·里尔克致洛特·赫普纳

（慕尼黑，1915 年 11 月 8 日）

L.H.，[1]

从你的这封信里人们可能会提取出非常多的要点，而几乎每一个要点都需要十封信来做回应。不是所有写进这封信的问题（信中哪一句话不是问题呢？）都能够获得答案，不是的，相反，你所提出的都是这样的问题，它们永远被进一步的问题所覆盖，或者顶多被其他更有启发性的问题所替代。它们构成了伟大问题的王朝：有谁曾能够回答它们呢？《马尔特·劳里茨·布里格手记》（*The Notebooks of Malte Laurids Brigge*，1910）（下文简称《马尔特》）（请原谅我再次提起这本书，毕竟是它让我们相遇）所表达的，不，这本书所承受的，始终只有这一点——用尽各种手段，一次又一次地被重新提起来，寻遍一切证据的——只有这一点：如果我们完全无法理解生命的构成，我们又如何生活下去？如果我们总是不够充分地去爱，无法坚定地选择，无力面对死亡，我们的存在又何以可能呢？

这本书是在一种深层的内在驱动下完成的，但是我没能详述我对如下事实的惊叹：千百年来，人们一直都在面对着生命与死亡（更别说上帝了），尽管如此，面对这些首要的、最直接的、严格来说唯一的任务（毕竟，除此之外我们还有什么别的事要做吗？），我们到现在仍然止步不前（我们还要等多久？），就像是一群毫无头

1 R.M. Rilke (1950), Briefe K. Altheim (ed.), from the Rilke-Archiv in Weimar, and in collaboration with R. Sieber, Wiesbaden: Insel-Verlag, pp. 510ff. 本封书信由 Charlie Louth 译出。

绪的新手，深陷恐慌与狡辩之中，可怜兮兮的。这难道不令人费解吗？我对此的惊愕，在于每当我屈服于它，都会首先引起我巨大的沮丧，进而使我深陷某种恐惧之中。但是，在这恐惧的背后也还有其他的东西，它超越了恐惧，而且如此剧烈，以至于我的感官无法告诉我它到底是热得发红还是冷得像冰。几年前，我曾试着给一个对《马尔特》大为震惊的人解释此书，我说我自己有时候会把这本书想成一个空心的模具，一个消极的阴面，它的每一道沟痕、每一条皱纹无不透露出痛苦、沮丧和可怕的洞见；但是，如果从中真的能够铸造出什么（就像是在制造青铜艺术品的过程中浮现出某种积极的正面形象），那或许就是幸福和赞许以及恰到好处、万无一失的快乐。我们好像总是出现在诸神的背面，而造成这样局面的，不是别的，正是诸神自己。他们让我们与那神圣耀眼的面容相分离，使我们无限靠近那个我们一直企盼却只能望见背面的神圣显现。我在想，有谁能知道，我们是不是总是如此。不过，这不正是意味着，我们凡人的目光与神圣耀眼的面容正注视着同一个方向，从而合为一体吗？在这种情况下，我们又怎么才能从神的正面接近他呢？

我讲到上帝和诸神，谈论这些事物（就像谈论鬼魂），是为了讨论的完整性，我相信这些话对你来说一定也有意义。这样做是不是让你困惑了？但是请相信，存在着一种超越感觉的领域。让我们就这个问题达成共识：从一开始，神就是由人类创造的，无论何处，神最初的形象都只包括死亡、危险、毁灭和恐怖、暴力、愤怒、超自然的冷漠，所有这一切纠缠在一起，可以说，它们形成了一团密集而恶性的浓缩物，如果你愿意，可以称之为“他者”。然而，这个他者在一定程度上也为我们所认知、容忍甚至承认，让我们感到与它具有某种神秘的缘分与关联：这个他者也是我们的一部分，只不过最初我们不知道如何面对我们经验中的这些方面。它们太庞大、太危险、太复杂，渐渐超越我们，衍生出过多的意义。我们不可能一边承受着功利与成就给生存施加的种种迫切要求，一边还总是背负着这些笨重而难解的问题，于是我们选择偶尔把它们放在我们之外，暂时离开它们——然而，由于它们太过充沛，最为强大甚至过于强大；它们庞大无比，更不用说极端暴烈；它们不可理解，而且常常丑陋骇人——因此，它们怎么可能被聚集到一处却不发挥任何影响，不导致任何后果，不让我们感受到它们的力量与优越性呢？当然，现在，这一切都居于我们之外。我们不应该这样看待神的历史吗？也就是说，把它们当成人类精神中从未被占据的一个部分，总是被我们推迟、留待以后使用，但最终被我们错失的一个部分。曾有一个时期，它是决心与镇定，而当它居于我们之外，在那里遭到驱赶与压抑时，它就逐渐生长，最终形成一种张力。个体的心灵能动性总是被日常琐碎干扰，无法理解这种张力。

你再看，死亡也是这么一回事。死亡的实在性被我们经验却又不可经验，总是超越于我们却又不为我们所正视，从一开始就破坏着、剥夺了生活的意义。死亡也被我们摒弃、被我们驱逐到自身之外，这样它才不会持续干扰我们对意义的探寻。死亡和我们本是如此的接近，以至于无法跟生活的内在核心拉开距离，却又变成了某种外在的东西，被我们日复一日地推迟。它躲在无尽的虚空之中，伺机而动，以备对我们发起恶意的突然袭击。我们逐渐产生这样的疑虑，认为死亡是对一切事物的否定，是一切的敌人，虽不可见，却在冥冥之中与我们相对立，它毁灭着我们的快乐，就像一尊脆弱的玻璃瓶，盛着我们的幸福，但随时随地都有可能把我们泼洒出去。

如今，上帝和死亡外在于我们，变成他者，而因为有了这种移除和拒绝，那在我们里面的生活，现在似乎成了人性的、熟悉的、可能的和可供操控的——在一种有限的意义上，我们可以称其为我们自己的。在那（某种意义上的）生活的新手课程或是生活的学前班中，仍然有数不尽的问题需要我们来梳理和理解，但我们又不可能明确地区分哪些问题被我们解决了，哪些又被我们暂时跳过了，因此，我们所能取得的结果，哪怕在其最为严格的版本中，也不是直接的、可靠的进步，相反，真实情况是，我们生活在折返和误判的混合之中，每一种结果都会不可避免地带来一种最基本的错误，即为我们整个生存之努力提供前提和基础的那个条件将会再次出现，分毫不差。上帝和死亡似乎已经从每一个被我们付诸实践的意义中扣除了（也就是不属于此时此地，而是属于以后、别处、他人），因此，那仅属于此时此地的贫瘠的循环也会持续加速，而那所谓的进步也就成为困于自身的世界里的一种现象。这个世界忘记了，无论它多么努力，从一开始就注定了它永远无法超越并战胜上帝和死亡。如果我们的心灵能一直将上帝和死亡仅仅作为一种观念排除在外，那么这种情况或许只能带来些许思索。但是自然根本无视我们所做出的这种压抑：一棵树的开花结果，不仅是生命的生发，也是死亡的生发，大地那生机勃勃的面容之下其实充斥着死亡，而动物们也耐心地从一种形态走向另一种形态——我们的周围遍布着死亡，它始终居于此处，透过生活点滴的罅隙注视着我们。一颗锈迹斑斑的钉子从木板中慢慢凸起，它什么都不做，只是没日没夜地享受着自己的脱落。

爱也是如此，它总是把人们凑在一起，以便开启一场关于亲密和疏远的游戏。在这场游戏中，我们总是表现得仿佛宇宙是充盈的，而唯一的空虚就在我们体内——爱也完全无视我们对生命的分割，只会撕碎我们，让我们瑟瑟发抖地陷入对整体的无限感知之中。相爱的人们并非生活在被隔离的此时和此地之中。就像从来不曾有过分离一样，他们充分利用那属于内心的丰裕财产；我们可以说上帝滋养着他们，而死亡不会对他们造成任何伤害，因为他们充满了生，同时也充满了死。然而，我们是无法言说经验的，它是一个谜团，只不过它不是一种自我封闭和自我隐匿的谜团，而是一种自我确信的谜团，像一座敞开大门的神庙，它的入口为自己是入口而倍感光荣，在高耸的柱子之间，它们用歌声宣扬着自己是进入神庙的通道。

但是（回到你的信）我们如何做好准备迎接这种经验呢？它迟早会掌控我们，掌控我们的私人关系、我们的工作、我们的苦难。对于所有这一切，我们不可满足于“近似”，因为经验本身是精确的，它是如此精确，以至于在经验中，我们绝非出于偶然而遭遇彼此、遭遇我们自身。你探索了许多适合自己的学习路径，而且我能感到你已深思熟虑、专心致志地将它们付诸实际。所以，你笔下的那些震惊与激荡虽使你陷入更沉重的压迫之中，却并未埋葬你——我将尽我所能帮助你研究死亡，既从生物学的视角（我向你推荐威廉·费里斯以及他惊人的发现，明后天我就把他的一些书寄给你），也从文学的视角，我会告诉你有哪些重要的作家对死亡进行了比大多数人更冷静、更沉着、更富有意义的思考。现在，我要向你介绍的是托尔斯泰。

托尔斯泰有一部小说，叫作《伊万·伊里奇之死》（*The Death of Ivan Ilyich*）。在你的信寄到我这里的当晚，我就感到一种非常强烈的力量驱使我去重读这些精彩绝伦的篇章——我确实这么做了，而且，因为想到你，我几乎是在对着你大声朗读。这部小说收录在由迪得里希斯出版社出版的全集的第七卷中，一同收录的还有《漫步于残存的光明中》（*Walk in the Light while there is Light*）和《主人与仆人》（*Master and Man*）。你能找到这本书吗？如果你能多读一些托尔斯泰的作品就好了，比如他的两卷本自传，还有小说《哥萨克》（*The Cossacks*）、《波利库什卡》（*Polokushka*）、《霍斯托密尔》（*Kholstomer*）、《三死》（*Three Deaths*）。他拥有无与伦比的体验自然的能力（我想不出还有谁能如此充满激情地融入自然之中），这使他能够从对整体的感知出发、从对生命的感受出发进行思考和写作，达到令人震惊的境界，他的生命也因此能够被死亡渗透，从而孕育出令人意想不到的精致果实，那深度品尝生活后才能尝出的独特芬芳在他的作品中无处不在。可是，恰恰是因为那强大的能力，这个人必将在某一时刻承受恐怖，深刻而终极的恐怖，当他觉察到一种纯净的、纯粹的死亡之迹象时，就仿佛一只装满死亡的水壶或丑陋的杯子，它的手柄已经破碎，上面毫无意义地刻着“信、望、爱”三个字，而一个人被迫饮下了这杯未经稀释的死亡苦水。这个人在他自己和其他人身上发现了许多种对死亡的恐惧，因为他的天性决定了他也会对自己的恐惧进行观察。终其一生，他与死亡的关联都将会是一种巨大而弥漫的恐惧，就像一部恐惧的赋格曲，又像一座庞大的建筑，一座恐惧之塔，走廊、台阶、摇摇欲坠的窗台和吊坠散布在高塔的各个角落——但是在最后一刻，那体验和承认自己的恐惧所需的力量，却以一种无人知晓的方式扭转成一种让人难以接近的现实，它摇身一变，成为这座高塔坚硬的地基、四周的风景、天空、风和飞翔的鸟群。

Charlie Louth

赖内·马利亚·里尔克（Rainer Maria Rilke，1875—1926）有时会被当作一位哲学诗人。他曾吸引了一大批哲学家的注意（海德格尔、伽达默尔、阿甘本），而人们也常常把里尔克和这些哲学家放在一起进行研读。[1]但是，里尔克几乎，甚至从来没有用过“哲学”和“哲学的”这两个词，哪怕在书信里也没有；他没有表现出任何想要获得哲学知识的兴趣。他和其他同代人一样读过尼采，也稍微读过克尔凯郭尔，还读过少量的柏格森。但是，若说坐下来研读柏拉图、康德，或前苏格拉底哲学家，他似乎从没有过这种念头。因此，如果我们想在里尔克那里寻找哲学，我们所能找到的将完全不同于传统意义上的哲学；里尔克的哲学没有引用任何哲学经典，反而以托尔斯泰这类作家，以及他自己在写作过程中的发现为依据。总而言之，那是一种实践性的哲学：它关涉的问题是我们该如何生活并使之具有意义。

里尔克称得上是 20 世纪早期最伟大的书信作家之一。他几乎每天都会写信，有时候坐下来能一口气连写好几封，他把自己看作“仍视书信为最美丽和最有效的交流工具之一的老派

1 A. Phelan (2010), “Rilke and His Philosophical Critics”, in K. Leeder and R.Vilain (eds) (2010), *Cambridge Companion to Rilke*, Cambridge: Cambridge University Press, pp. 174-188.

人士中的一分子”（致丽萨·赫瑟，1919年8月2日）。[1]但是他也表明，他的书信写作是其诗歌创作的准备工作——在他清理桌面的时候，他似乎也在为那些难以解释、不易召唤的诗歌开辟着创作空间，这类诗歌需要诗人夜以继日地为之上下求索、殚精竭虑，精心营造恰当的条件以期让它们成为可能。在这一过程中，那些帮助他还清许多信友人情的书信起到了至关重要的作用，尤其是在1912年开始创作《杜依诺哀歌》（*Duino Elegies*）到1922年完成这部诗歌的那段漫长时期里。写信不仅带他进入一个清楚而整洁的写作空间，或许还起到了语言热身、激起表达欲、助他通往“最佳状态”的作用。几乎可以确定的是，书信对他身为一个作家的创作手法而言是至关重要的。在进行书信写作的时候，他常常已经在进行着作品的创作，已经开始进入写作状态、探索新鲜发现、摆脱确定事物、寻求新的表达以揭露事物的构成并即兴创作出生活的意义。表现主义诗人弗朗茨·韦尔弗（Franz Werfel）是这众多信件（但或许并非其中最好的那部分）的收信人之一，他质疑这些书信是不是真的能被看作书信：“没有哪一页不是布满璀璨的珍宝，到处都是关于存在的智慧与灵感。精彩卓绝的类比、无与伦比而又惊心动魄的感受……这些一次又一次地出现。它们绝不是书信，而是

1 R.M. Rilke, *Briefe*, K. Altheim (ed.) (1950), Wiesbaden: Insel, p. 586.

诗歌。只因为少了那一点点压力，它们还没有转变成水晶。”[1] 事实上，里尔克总是对他的通信人表现出极大的关心，也因此，其书信的本质意义得到了重视。里尔克是通过给某人写信来构思其想法的。

他写过成百上千的书信，差不多超过一万封，但不是所有的书信都出版了。这些书信有写给情人的，有写给出版商的，有写给译者的，还有写给很多他不认识的读者的（他们读过他的作品后写信给他），有写给资助人、政治家的，时而还有写给其他诗人的。女性在其通信对象中占有非常高的比重。[2] 里尔克明确表示过，不希望他的逝世妨碍这些书信的出版，因为“很长时间以来我都习惯于将创作力的一部分倾注到书信写作中”。里尔克第一部书信集是 1929 年出版并迅速闻名于世的《致青年诗人的信》（*Letters to a Young Poet*），这些书信最初写于 1903 年至 1904 年（1908 年又添加了一封），收信人是一位年轻诗人，他在读过里尔克的早期诗歌之后，希望里尔克能就他自己的诗歌（以及许多其他问题）提一些建议。[3] 本章选取的书信也属于最早出版的那一部分：1933 年它曾以《论上帝：

---

1 In Franz Werfel's letter to Marie Taxis of 1 February 1929, in R.M. Rilke and M. von Thurn und Taxix, *Briefwechsel*, R. Kassner (ed.) (1951), 2 vols, Zurich: Max Niehans, in vol. 2, p. 966. 由 Charlie Louth 译出。

2 Rilke's correspondence with Lou Andreas-Salomé, trans. E. Snow and M. Winkler (2008), *A Love Story in Letters*, New York: Norton.

3 R.M. Rilke, *Letters to a Young Poet & The Letter from the Young Worker*, trans. C. Louth (2011), London: Penguin.

两封书信》（*On God: Two Letters*）为名问世，与之一起出版的是一封里尔克虚构的书信《来自年轻创作者的信》（*Letter from the Young Worker*），创作于 1922 年，那时里尔克正忙于完成《杜伊诺哀歌》的创作。一直以来它都被当作一封意义重大的信，特别是最近，这封信被保罗·必夏普（Paul Bishop）从里尔克的众多作品之中单拎出来，并被视为一篇“哲学文本”。[1]

在某种意义上，里尔克的很多信都可以被说成是“哲学的”，因为它们代表了里尔克的一种尝试——思考生活的基本元素，提出一些实践的建议，在与他人交流的过程中，通常是在回答他的信友提出的那些问题和困扰的过程中，试探着践行一种生活态度，一种“生活的哲学”，在德语中这被叫作“生活实践”。里尔克无疑把他的信——以及写作这些信的契机——视作一种思考空间。面对众多各式各样的信友，其中许多人都是临时起意给他写信的，里尔克总是一次又一次自告奋勇地省察他自己人生的条件与前提，检验他自身存在的基础；特别是他会把自己的困难谈透，从头到尾说清楚到底是什么阻碍他恰当地度过一生。鉴于里尔克已出版作品的某些性质，他的很多信友总是会在经历过丧亲之痛、离别之苦后，或者在处于危难之中时，带着自己的困难写信给他。但是，正如里尔克所回应的那样，他似乎总是深入思考他们的困难，视之为自己的，从而既是在为对话者写作，也是在为自己写作，既是在回答他们给他提出

1 P. Bishop (2010), “Rilke: Thought and Mysticism”, in *The Cambridge Companion to Rilke* (n.1), pp. 159-173 at 167.

的那些难题，也似乎是在探索自己写下的话所蕴含的真理，拓展他自己的理解边界。以下两点在里尔克的书信里得到了最为突出的展现：一方面是对世界的真切关照，另一方面是精准使用语言的异禀天赋。有时候这会让人觉得，他在信里贡献的那些洞见看上去是源自经验，实际上却是产生于语言的丰富与细腻。书信是这样一种载体，里尔克将经验和表达合二为一，从而满足对另一个人有所回应的欲望。结果，这些书信在散发出智慧光芒的同时，也呈现出一种奇异的临时性。里尔克知道他的书信值得留存，因此他会把一些关键的篇章誊写在他的笔记本上。

我们对这封信的收信人洛特 · 赫普纳（Lotte Hepner）一无所知，但比较清楚的一点是，她曾在读完里尔克（唯一的）小说《马尔特·劳里茨·布里格手记》之后给里尔克写了一封信。由于这本书直面一个人度过一生要遭遇的诸多困难，很多读者被它触动，纷纷写信给里尔克，马尔特自己的遭遇触及了——或许在某些情况下还加剧了——这些读者自己的苦恼。《马尔特》为这封信提供了切入点，这本书似乎激发赫普纳提出了一连串根本的问题，里尔克称它们为“伟大问题的王朝”。他试图在信中解决这些问题，尽管他承认它们无法被回答，至少迄今为止尚未被回答。《马尔特》继承了这个“问题王朝”的王位，[1]里尔克将它概括如下：“只有这一点：如果我们完全无法理解

1 R.M. Rilke, *The Notebooks of Malte Laurids. Brigge: A Novel*, trans. S. Mitchell (1982), New York: Vintage International, pp. 22-24.

生命的构成，我们又如何生活下去？如果我们总是不够充分地去爱，无法坚定地选择，无力面对死亡，我们的存在又何以可能呢？”他紧接着表达了以下事实带给他的震惊：“千百年来，人们一直都在面对着生命与死亡（更别说上帝了），尽管如此，面对这些首要的、最直接的、严格来说唯一的任务（毕竟，除此之外我们还有什么别的事要做吗？），我们到现在仍然止步不前（我们还要等多久？），就像是一群毫无头绪的新手，深陷恐慌与狡辩之中，可怜兮兮的。这难道不令人费解吗？”

于是，里尔克在书信的开头提出生命的“构成”这一问题，并指出，我们对存在的根本层面几乎一无所知，就这样揭开了这封信的序幕。我们现在和曾经一样，都只是生命的新手。度过我们的一生就意味着要身处众多无法解答的问题之中，我们既不能忽视它们，又无法回答它们，这便导致了“某种恐惧”。但是，在这种恐惧背后隐藏着某种非常剧烈的事物，“我的感官无法告诉我它到底是热得发红还是冷得像冰”。在这里，里尔克首次勾勒出那个后来为他的诗歌读者们熟知的比喻——颠倒的比喻。当一种现象因为极为剧烈而跳跃到其对立面，或即将跳跃到其对立面，在这一时刻，颠倒就出现了。里尔克关于颠倒的第一个意象出现在另一封关于《马尔特》的信里，他暗示我们可以视这本书为一个模具或形式：“它的每一道沟痕、每一条皱纹无不透露出痛苦、沮丧和可怕的洞见；但是，如果从中真的能够铸造出什么（就像是在制造青铜艺术品的过程中浮现出某种积极的正面形象），那或许就是幸福和赞许以及恰到好处、万无一失的快乐。”也就是说，即使自身是消极的，它也仍有可能诞生出某种积极的东西。在信的最后，颠倒的身影重现为一种晦涩的观念，即建立起（托尔斯泰在思考死亡时提出的）恐惧之塔（Angstturm）的那种力量，也会转换成它周遭的事物；一旦承认我们为这一恐惧耗费了巨大的精力，它就能立即栖居于高塔之外的一切——“坚硬的地基、四周的风景、天空、风和飞翔的鸟群”。

与之相关的第二个意象有些古怪，它取材于《出埃及记》中的一个段落（*Exodus*，33:18–23）。里尔克写道，我们站在诸神背后，这样诸神就背对着我们，“不是别的，而是诸神自身，让我们与他们那神圣耀眼的面容相分离”。也就是说，我们无限靠近那绝不可能被我们看见的存在，但我们又在某种程度上与神“合为一体”，因为我们与他们望着同一个方向。里尔克就这样极为突兀地提出了上帝和诸神的话题，赫普纳写给他的信应该并未谈及这个话题，因为里尔克希望赫普纳能原谅他扩展谈话内容。接下来，里尔克开启了对宗教的一种人类学解释，根据这种解释，诸神是我们用自身存在当中一切令人害怕并令人难以面对的方面所创造的。那些密切地属于我们但又无法轻易融入日常生活的事物，全都被我们转移到了另外的地方，由此造成了我们与自身的疏离。这是一种压抑的行为（里尔克使用了弗洛伊德的术语），但不同之处在于，这些事物没有变成潜意识，而成了超自然的存在。那本应是我们的一部分且内在于我们的东西，却被放置在我们之外，“人类精神中从未被占据的一个部分，总是被我们推迟、留待以后使用……的一个部分”，它在外面慢慢成长，逐渐超出了我们所能掌控的范围。

里尔克又按照这条思想线索阐述了死亡。（这应该是在回应赫普纳在信里提到过的某个话题。）死亡同样被我们“摒弃”了。它不是被视为我们的一部分、生命的一部分，而是成为生命的对立面，成为“某种外在的东西，被我们日复一日地推迟，它躲在无尽的虚空之中，伺机而动，以备对我们发起恶意的突然袭击”，总之，它是生命的反题。没有上帝和死亡——它们都被“他者化”了——我们过着一种被严重减损了的生活，没有意义，但易于操控。里尔克表明，这或许没那么重要，如果自然之中也存在这一抽离的话，然而事实恰恰相反：“我们的周围遍布着死亡，它始终居于此处，透过生活点滴的罅隙注视着我们。”死亡仍然伴随着我们，我们却没有办法应对它，因为我们已经把它从我们认为属于自身的东西当中剔除了出去。虽然里尔克没有这样讲，但此处存在一个身心问题：我们的躯体仍然会死，但是我们整日劝说自己它们不会死。我们虽然经受死亡，但并不是面对它而生活，并不承认它是我们经验的一部分。

而爱是这样一种事物，它“完全无视我们对生命的分割，只会撕碎我们，让我们瑟瑟发抖地陷入对整体的无限感知之中”。爱能够把我们分开的东西聚在一起，所以我们会说相爱的人们“充满了生，同时也充满了死”。爱是一种剧烈的经验，尽管里尔克并未明确提出这一点，但是他暗示我们，正是在经验中，而非在言语和交谈中，我们能够找到关于如何度过一生这个原初问题的答案。经验“是一种自我确信的谜团，像一座敞开大门的神庙”。它像是一种公开的秘密，无法被描述，却可以成为一个场所，在其中，我们倾向于分开的事物可以被重新结合在一起，我们的心灵和身体能够（重新）成为同一个存在的不同侧面。

从这个话题出发，经由赫普纳遭受的那些未曾明言的磨难，我们走向了托尔斯泰。里尔克给很多人推荐过《伊万·伊里奇之死》这本书。里尔克将托尔斯泰描述成一个能够“从对整体的感知出发”进行思考和写作的人，对他来说，死亡的确就是生命的一个方面。在信的末尾，里尔克谈到恐惧将如何变成某种安稳，以及高塔将如何变成它周遭的事物。通过这些想法，这封信进行着一种明显的猜测，它似乎为托尔斯泰创造了一个颠倒的瞬间，但是其目的很可能是为了安慰赫普纳。里尔克确信我们应该相信这种安慰的重要意义，而他自己正是在写信的过程中建立了这种确信。

第十八章

真理的史诗面向

瓦尔特·本雅明致格尔肖姆·肖勒姆

（巴黎，1938 年 6 月 12 日）

亲爱的格尔肖姆，[1]

如你所愿，我正给你详细写下我对布罗德的卡夫卡传记的看法。然后，你还会读到一些我自己对卡夫卡的思考。

你首先应该知道的是，这封信完全留给了那个我们都深切关注的议题。至于我的最新消息，你还要耐心等个一两天。

布罗德的书包含一种根本的矛盾，一面是作者的主题，一面是他所采取的态度。后者导致前者失去说服力，更别说它还有其他很多缺陷了。这本书的主题认为，卡夫卡走在通往圣洁的道路上。[2]然而，这位传记作者的态度却是极度欢快的。这本书最突出的特点就是缺乏超然的客观性。

作者竟然用这种态度来书写这个主题，这个事实从一开始就祛除了本书的权威性。对此的一个例证便是，他用一张照片向读者介绍所谓的“我们的弗兰茨”（第 127 页）。[3]与圣人的亲密关系在宗教史上有着自己独特的称呼——虔敬主义（Pietism）。布罗德身为

1 选自 *The Correspondence of Walter Benjamin and Gershom Scholem, 1923–1940*, edited by G. Scholem, trans. G.Smith and A. Lefevere, translation and introduction copyright © 1989 by Penguin Random House LLC。经 Schocken Books 授权使用。

2 M. Brod (1937), *Franz Kalfka: Eine Biography*, Prague: Heinrich Mercy Sohn and in translation, M. Brod (1963), *Frank Kalfka: a Biography*, trans. G. Humphreys Roberts and R. Winston, New York: Schocken, here p. 49.（余下所有页码注释针对的都是这个译本。）

3 卡夫卡的全名是弗兰茨 · 卡夫卡（Franz Kafka）。在西方，称名不称姓是亲密关系的表现，而“我们的弗兰茨”就更是一种非常亲密的称呼。——译注

传记作家的态度相当于刻意摆出一副炫耀亲密关系的虔敬姿态——换句话说，就是你能想象到的最无关紧要的态度。

这本书谋篇布局的潦草马虎与作者在自己职业生涯中养成的写作习惯不无关系。无论从哪个层面上看，我们都难以忽视他那新闻记者式的粗糙笔触，这种痕迹遍布全书，甚至包括对主题的阐述："圣人的范畴……是唯一真正正确的用来界定卡夫卡作品与生活的范畴。"（第49页）难道我们有必要指出，圣洁只是一种生活规范，艺术创作无论如何都不归属于这个范畴？难道还需要指出，圣洁这一修饰语，如果在传统宗教框架以外使用，就只不过是小说家的空洞言辞？

布罗德缺乏任何一位卡夫卡传记作者都应该具备的最起码的实事求是和谨慎。"我们不知道什么豪华的酒店，但我们像百灵鸟一样快乐。"（第103页）作者在缺乏技巧、缺乏界限感和距离感方面已经到了惊人的程度，导致这本书的行文渗透着报纸专栏一般的陈词滥调，但是鉴于其主题，它本应表现出一种尊严才对。这一点并不是一种理由，而是一份证据，证明了布罗德在多大程度上都完全不具备对卡夫卡生活的真确的洞见。布罗德无法公正对待其主题，这种无能已经到了令人不齿的地步，尤其是当他谈论卡夫卡的遗嘱中那个著名的指令时（第198页），后者曾嘱咐他销毁自己的作品。提及这份遗嘱本是一个绝佳的契机，应该用来探讨卡夫卡生存的根本方面。（他显然不愿意面对后世为自己的作品承担责任，尽管他清楚地知道这些作品的伟大之处。）

在卡夫卡死后，人们常常思索这个问题：不妨让这件事不了了之吧。当然，这需要传记作者自己进行一番灵魂的探索。或许可以认为，卡夫卡故意把他遗留下来的书稿托付给一个不愿完成他临终心愿的人。无论是对他的遗嘱见证人，还是对他的传记作家而言，这样看待这件事都是无所妨害的。不过，这就需要我们有能力去参透那些贯穿于卡夫卡生命的种种张力。

布罗德不具备这种能力，他对于卡夫卡的作品和风格的评论就是明证，这些评论完全就是一些浅尝辄止的外行之见。卡夫卡在为人处事和写作方面的特立独行，肯定不是像布罗德所说的那样，只不过是一种“显而易见的事”，他的描写也绝不会让人觉得“无不为真”（第 52 页）。诸如此类对卡夫卡作品的不着调的评论，从一开始就令布罗德对卡夫卡世界观的解释漏洞百出。当他说卡夫卡的思想基本上追随着布伯（第 198 页）时，[1]这就相当于仅仅看见一只蝴蝶挥舞着翅膀投在网中的影子，就想要在这张网中找到那只蝴蝶。布罗德对于《城堡》（*The Castle*）做出的“近似于现实主义的犹太式的解释”掩盖了被卡夫卡用来刻画上层世界的那些恶心与恐怖的特质，换之以一种富有教化启迪意义的诠释，但事实上，犹太复国主义者们首先应该质疑的正是这种诠释。

有时候，这种自鸣得意与此书的主题是如此不协调，以至于连一个不那么一丝不苟的读者都能觉察出来。只有布罗德会以“锡兵”为例来说明象征与类比的多重层次，这在他看来是解释卡夫卡作品的关键。“锡兵”构成了一个有效的象征，因为它不仅“表达了众

1　马丁 · 布伯（Martin Buber，1878—1965）是一位奥地利的犹太哲学家、翻译家、教育家。

多延伸至无限的事物”，而且“通过他作为一名锡兵的命运及其整个故事的全部细节”而触动了我们的心灵（第 194 页）。[1] 我们不禁要问，按照这样一种象征理论，大卫之星看起来又会是什么样子呢？

布罗德深知自己对卡夫卡的解释有所欠缺，于是对他人的解释十分敏感。无论是超现实主义者对卡夫卡不无道理的关注，还是维尔纳·克拉弗特（Werner Kraft）对卡夫卡短篇不无洞见的阐释，他都不分青红皂白地一概予以驳斥，这种做法简直让人感到不适。不仅如此，他还竭尽全力贬低所有未来关于卡夫卡的研究：“人们尽可以继续没完没了地解释（某些人也确实会这么做），但是必然不会有什么结果。”（第 53 页）括号里那句话的意思再清楚不过了。“卡夫卡所遭遇的许多私人的、意外的失败和挫折”要比“理论构建”更能帮助我们理解他的作品（第 174 页），这种观点竟出自一个坚决套用圣洁概念来阐释卡夫卡的人之口，实在令人费解。对于任何他认为有损于他与卡夫卡之亲密关系的理论，例如精神分析法和辩证神学，布罗德都会以同样轻蔑的口吻加以拒斥。这种态度使得他能够把卡夫卡的风格和巴尔扎克那“杜撰的精确性”（第 52 页）对立起来——然而他脑子里想到的只是那些和巴尔扎克的作品及其伟大之处脱不开干系的显而易见的夸夸其谈。

以上种种都与卡夫卡的意图无关。布罗德经常领悟不到在卡夫卡身上清晰可见的那种自信与冷静。没有哪个活生生的人——如约瑟夫·德·迈斯特（Joseph de Maistre）所言——无法用节制的意

1　“锡兵”这个角色出自安徒生童话《坚定的锡兵》。

见来赢取。但布罗德的书赢取不了任何人。无论是将卡夫卡敬若神明，还是炫耀自己与他的亲密，这两种做法都逾越了节制的界限。在他那本以自己和卡夫卡的友谊为主题的小说里，布罗德的这两种态度就已经初现端倪。[1]至于作者在传记中引用这部小说的段落，这暴露的绝不只是些许的不得体。布罗德自己承认，他惊讶于外界会相信他的小说冒犯了死者应得的尊重。“对我的误解比比皆是，我的小说也不例外……人们忘记了柏拉图，他以类似且远为全面的方式，把他的朋友兼老师苏格拉底从死亡那里夺了过来，柏拉图把苏格拉底视为他终生的伙伴，一直在他身旁生活、工作和思考，在苏格拉底死后，柏拉图创作的几乎所有对话录都以他为主角。”（第64页）

布罗德的卡夫卡几乎没有机会与施瓦伯的荷尔德林、巴赫托尔德的凯勒一起，位列最伟大的文学人物传记之列。它顶多会作为记录一份友谊的档案而被人铭记，而且这份友谊在卡夫卡的一生之中算是最不神秘的一段经历。

亲爱的格尔肖姆，以上内容很快会让你发现，为什么对布罗德的卡夫卡传记的分析——即便是以批判的方式——在我看来不足以呈现卡夫卡在我心目中的形象。当然，以下文字能否成功刻画出那个形象，还有待考察。但无论如何，它们将向你呈现一个新的方面，不同于我此前的思考。

卡夫卡的作品是一个椭圆，两个焦点相距遥远，它们一方面取

1　M. Brod's 1928 novel *Zauberreich der Liebe*, Berlin: P. Zsolnay, translated in 1930 as *The Kindom of Love*, E. Sutton (trans.), London: M. Secker.

决于神秘主义经验（其中最重要的就是对传统的经验[1]），另一方面取决于现代都市居住者的经验，我赋予后一种经验的含义是多重的。一方面，我说的是现代公民，他们知道自己被庞大的官僚机器所操控，这台机器的运转受当权者支配，这些当权者的面孔始终是模糊不清的，即便是对行政机构自身而言也是如此，更别提对他们所管控的人民而言了。（众所周知，这涵盖了卡夫卡小说的其中一层意义，在《审判》中体现得尤为明显。）另一方面，当我提到现代都市居住者的时候，我指的是与现代物理学家身处同一时代的普罗大众。读读下面这段选自爱丁顿的《物理世界的本质》（*Nature of the Physical World*）的文字，你几乎能听见卡夫卡在讲话。

> 我正站在门口准备踏入房间。这是一项复杂的工程。首先，我必须用力推开重达十四磅的气压，我身体上的每一方寸都承受着它的压力。我还必须确保成功地落在一块木板上，它以每秒二十英里的速度围绕太阳旋转——多一秒或少一秒的差距，这块木板就会跑到几英里之外。与此同时，我还得悬吊在一颗直冲向外太空的圆形星球上，还得面对以太风，它正以不知道每秒多少英里的速度吹过我身体中的每一个空隙。木板没有实体的硬度。踩在上面就像是踩在一群苍蝇上。我不应该溜进去吗？不，如果我冒这个险，其中一只苍蝇就会对我发起攻击，并把我往后推；我会摔倒，

1 本雅明在这里使用的术语“传统”一词拥有专门的含义，它是对希伯来文“Kabbalah”的直译，肖勒姆是这方面的专家。

还会被另一只苍蝇自下而上地袭击；如此循环往复。我可以期盼的最终结果是保持相对的稳定；但如果我不幸地从地板上漏了下去，或者被用力地推到天花板上，那么这种现象不会是对自然法则的违背，而只是一种难得的巧合。

千真万确，让骆驼穿过针眼都比让科学家跨过门槛容易。而无论是谷仓的门还是教堂的门，或许明智之举都是做个普通人直接走进去，而不是等待所有难题都得到解决，获得一份符合科学的准入证。[1]

在整个文学界，我还没有读到过哪篇作品能像这样惟妙惟肖地展现出卡夫卡式的风格。我们轻而易举就能将这个描述物理学窘境的段落与卡夫卡的散文作品对应起来，而许多迹象表明，卡夫卡作品中“最晦涩的几篇”也能与之对应。要是我说，正如我刚刚谈到的，在卡夫卡那符合当下物理学的经验与他的神秘主义经验之间存在着巨大的张力，这还只是说对了一半。卡夫卡的身上有一种真实而确切的愚蠢，那就是：最新的经验世界实际上是由神秘主义传统传达给他的。当然，这一切必然伴随着对于该传统的毁灭性影响（我马上就要讨论这一点）。总而言之，如果一个个体（以弗兰茨·卡夫卡之名）想要对抗我们所面对的那种现实——它在理论上的缩影是现代物理学，在实践上的缩影是战争技术——那么他显然就不得不诉诸这种传统的力量。我想要说的是，如今个体几乎经验不到这

1 A.S. Eddington (1929), *The Nature of the Physical World*, New York and Cambridge: Cambridge University Press, p. 342.

种现实。卡夫卡的世界常常如此安静，遍布天使，这恰恰是对他所处时代的补充，那个时代正准备大规模地消灭这个地球的居民。或许民众要等到他们即将被消灭的时候，才能初次经验到卡夫卡作为个体早已经验到的现实。

卡夫卡生活在一个需要补充的世界。(对于这一点，他与克利完全在一个水平上，克利的绘画作品和卡夫卡的文学作品一样都在本质上是绝无仅有的。）卡夫卡对围绕在他身边的事物缺乏认知，却对它们的补充物有着敏锐的认知。若有人说，卡夫卡感知到未来即将发生什么，却没有感知到当下正在发生什么，那他还应该补充道，卡夫卡在根本上是作为一个受未来影响的个体而感知未来的。那远比灾难更为精彩的比赛场地为他的惊恐举止提供了空间。但是卡夫卡的经验完全是以他所屈从的传统为基础的；他谈不上有什么远见，也不是什么“先知”。卡夫卡是传统的“窃听者”，而一个费劲听的人，就不会睁眼看了。

这种窃听之所以如此费劲，主要原因在于，抵达听者耳朵的都是一些最模糊的声音。没有可供学习的教义，也没有可以留存的知识。人们想要抓住那些呼啸而过的消息，但它们不是为任何人的耳朵而生的。这种情形决定了卡夫卡作品的极度精确性是以否定的方式得到刻画的（在这一点上，否定的刻画恐怕比肯定的刻画有效得多）。卡夫卡的作品展现了传统的衰败。智慧有时被定义为真理的史诗面向。[1]这种定义把智慧严格界定为传统的产物；真理之所以为真理是因为它具备哈加达的一致性（aggadic consistency）。

现已衰败的正是这种真理的一致性。卡夫卡远不是第一个面对这种情况的人。许多人已经适应了这种局面，他们固守真理或其他任何恰好被他们当作真理的东西，并或多或少带着沉重的心情，宣布放弃真理的可传递性。卡夫卡真正的天才之处在于，他做出了前所未有的尝试：牺牲真理以坚持可传递性，坚持真理的哈加达因素。卡夫卡的作品在本质上是一些寓言，然而，它们的悲凉和美丽之处在于，它们必须成为超越寓言的东西。它们并不谦卑地匍匐在教义的脚下，就像哈加达匍匐在哈拉卡脚下。非要让它们俯下身，它们就会猝不及防地抬起凶猛的前爪。

这就是为什么，在卡夫卡这里，我们再也不能谈论智慧。留存下来的只有智慧在衰败过程中的遗物，此类遗物有二：一个是关于真实事物的谣言（一种被低语者相互传递的神学，讲的都是一些可疑的、过时的事情）；另一个就是愚蠢——确切来说，它完全挥霍了智慧的实质，却保留了智慧的魅力和可靠，而这是谣言必然缺乏的。卡夫卡喜爱的那些文学人物，他们最突出的气质就是愚蠢——堂吉诃德、助手、动物。（在他眼里，动物状态仅仅意味着，出于某种羞耻感而放弃了人的形体与智慧。就像一位走进肮脏小酒馆的绅士，出于羞耻而不将杯子擦干净。）卡夫卡对于以下两点确信无

1 A definition found in W. Benjamin, "The Storyteller", in W. Benjamin (1968), *Illuminations*, H. Zohn, trans., H. Arendt ed.& introd., New York: Schocken Books, see p. 87.

疑：首先，施予帮助的人一定是个愚人；其次，只有愚人的帮助才是真正的帮助。唯一不确定的是：这样一种帮助还能给人带来任何好处吗？它倒是更可能帮到天使，但天使恰恰不需要帮助。因此，正如卡夫卡所言，存在无穷无尽的希望，但不是为我们而存在。这句话包含了卡夫卡的真正希望；这也是他泛着光芒的宁静面容的来源。

我把这个形象留给你，或许其观察的角度过度简约了，不过，借助于我发表在《犹太观察》（*Jüdische Rundschau*）上的卡夫卡论文中的各方面观点，你就能更加明晰地理解这一形象。如今，我对自己那篇论文的最大不满就是它那辩护性的口吻。为了公正地对待卡夫卡的形象，忠实于其纯粹性和独特的美感，人们绝不能忘记这件事：这是一个失败的形象。这一失败背后的情景是复杂多样的。有人可能会说：一旦确信了最终的失败，他的整个旅程就像梦境一样徐徐展开了。没有什么比卡夫卡对其失败的热情强调更让人难以忘怀。对我来说，他与布罗德的友谊只不过是他在其生命的空白处印上的一个问号。

这似乎把我们带回了这封信的开头，我要把我对你最友善的关心放在它的中心。

你的，

瓦尔特

Daniela Helbig

“你首先应该知道的是，这封信完全留给了那个我们都深切关注的议题。至于我的最新消息，你还要耐心等个一两天。”以这句话为开头，来自国家社会主义德国的犹太移民瓦尔特·本雅明（Walter Benjamin）于1938年在巴黎写了这封信给他身处耶路撒冷的老朋友格尔肖姆·肖勒姆（Gershom Scholem）。本雅明朝不保夕的收支状况、脆弱的健康情况、肖勒姆下一次前往欧洲时二人约好的会面，以及最重要的，本雅明那总在被延期的移民巴勒斯坦的计划，这些问题都要先等一等。令这两位朋友深切关心的更急迫的议题就是马克斯·布罗德（Max Brod）最新出版的弗兰茨·卡夫卡传记，肖勒姆请本雅明谈谈自己对这本传记的看法，本雅明不仅会给出自己的观点，还要表达他对此书的轻蔑，因为它完全没有能力“参透那些贯穿于卡夫卡生命的种种张力”。[1]本雅明自己的思考紧随其后。在区区几页纸的篇幅内，这些思考或许会很密集，“其观察的角度过度简约”，但本雅明宣称，他信赖这位朋友，相信他能够跟上自己的思考，并把这些思考置于自己早期的卡夫卡研究的语境之中。这种程度的信任反映出，通过信件与阅读对方出版的书籍，二人长期进行思想交流。此外，他们还总是尽快买到对

1 所有的引用都来自这封信。

方的作品，并热切地阅读它们。如果说在本雅明看来，卡夫卡与布罗德的友谊显然跨越了双方在思想与性情上的差异，“是他在其生命的空白处印上的一个问号”，那么本雅明自己与肖勒姆的友谊就是他生命中少数几个恒常留存的部分之一。1923 年，肖勒姆移民到巴勒斯坦，自那时起，二人就变成信友了，仅仅有过少数几次简短的私下会面。但正如这封信所印证的那样，这份友谊的书面性以及邮政通信的节奏为本雅明的一些最具洞见的思考提供了空间和物质形式。

这些思考之所以用书信的形式表达，还有一个实际的原因。作为用德语写作的犹太人，从 20 世纪 30 年代中期开始，本雅明的作品越来越难以在德国出版，这使他丧失了本就微薄的收入，以及他的作品应得的读者。但是，对本雅明来说，恰当的表达形式与一篇文章的内容是分不开的，这是贯穿于他全部作品的真正的关切。什么样的内容应该采用论文或书信的形式？什么样的内容又应该用书籍或广播来表达？在一篇给定的文本中，应该怎样把对其他作家的引用与作者对这些引用的评论联系起来？对本雅明来说，作者与片段性引文的关系是个人化的，作者应该对此负起责任。他坚持认为，引文不应该屈从于论证，沦为对评论者自己意见的证明，而应该让它们发出自己的声音。恰如他在 1928 年的《单向街》（*One-way Street*）中提出的那个著名而生动的观点：“引文对我来说就像是路边的强盗，他们拦腰出现，全副武装，夺走闲散漫步者的信念。”[1]
在本雅明的时代，现代哲学写作的传统模式（一连串句子以论证的方式连成一篇学术文章或一部书籍）已经遭到像路德维希·维特根斯坦和马丁·海德格尔这样不同的人物的挑战，尽管如此，本雅明特立独行的风格依然超越了绝大多数学术同辈们的理解，这些人无法将他最主要的巴洛克作品——《德意志悲剧的起源》（*Origin of German Tragic Drama*）（本雅明自豪地将此书呈现为一幅由引文组成的马赛克图案）划归任何一种现有的学术分科之中。本雅明对新闻体和书信体情有独钟，他不愿采用那种正式的传统书写方式，因为后者强行区分了所谓的哲学性内容与有关个人经验的问题。在他看来，弥漫在我们生活中的种种矛盾是那些抽象思想的主要部分，后者也是从同一种生活中诞生的。书信体能公正地对待这一不可分割性，在那个充满流放和逃亡的生存危机时期，正是书信讲出了足以感动本雅明的思想。

本雅明用一段路边强盗式的引文开启了他关于卡夫卡的讨论，他一字不差地引用了英国天文学家亚瑟·斯坦利·爱丁顿爵士（Sir Arthur Stanley Eddington）的一个长段。爱丁顿是杰出的科学家、贵格会成员、和平主义者，也是爱因斯坦的广义与狭义相对论在英国的热情的拥护者，他还是一位天才的作家，其关于现代物理学的科普著作迅速吸引了广泛的受众。人

1　Walter Benjamin (1928), *Einbahnstrasse*, Berlin: Rowohlt, p. 71.

们可能会惊讶于本雅明竟会选用一个物理学家笔下的文段来解释弗兰茨·卡夫卡的小说，但正如他在信里表明的："读读下面这段选自爱丁顿的《物理世界的本质》的文字，[1]你几乎能听见卡夫卡在讲话。"这个选段就是爱丁顿对"跨门槛"这个动作的描述，他以虚构的方式将微观层面和宏观层面的科学知识运用于可感世界的日常尺度。当我们试图走上台阶，巨大的洞穴会出现在那些构成木质台阶的原子与分子之间；随着地球表面在宇宙空间中滑翔，我们的头也被"以太风"（ether-wind）拖拽。这种描述引发了一些英国同胞的批评，其中包括爱丁顿的朋友们，比如伯兰特·罗素（Betrand Russell）就指控他犯了严重的语言混淆。他们认为，类似爱丁顿在这里使用的日常语言，是完全无法把现代数学物理学所得出的那些陌生而不直观的结果说清楚的。更糟糕的是，这种语言混淆必然会误导一般读者，使他们错误地相信"事实并非事实，事物也不是它们所呈现的样子"。[2]然而，本雅明并不这样认为。在他看来，爱丁顿的描述并没有引发误解，反而抓住了"最新的经验世界"的核心。

这段话是如何做到这一点的呢？答案是：它是根据本雅明对这段话的理解，以违背作者本意的方式做到的。这段话是《物

1 Benjamin quotes the German translation by M.R.von Traubenberg and H.Diesselhorst(1931), *Das Weltbild der Physik und ein Versuch seiner philosophischen Deutung*, Braunschweig: F.Vieweg&Sohn.

2 Norman Campbell (1931), "The Errors of Sir Arthur Eddington", *Philosophy* 6(22): 180-192 at 189.

理世界的本质》一书最后一章的最后一段，这一章的标题是“科学与神秘主义”，本雅明很有可能就是为了了解物理学家如何看待这二者的关系而阅读此书的。然而，在写给肖勒姆的这封信里，本雅明完全没有提及这个“门槛段落”之前的长篇讨论。爱丁顿在其中清楚地解释道，这段话是一出滑稽的喜剧，为的是展现一种古怪的现象：“尺寸感”（它帮助我们区分两个完全不同的世界——科学所描述的世界和日常经验所构成的世界）的丧失。[1]我们的日常观念，比如认为木头是结实的，相比于科学术语来说可能会比较粗糙，但用于日常经验的世界，它们却足够可靠。爱丁顿试图让他的读者放心地相信，欧内斯特·卢瑟福（Ernest Rutherford）最近提出的对于“原子主要由虚空构成”的实验证明丝毫不影响我们安稳地站上一块木板的日常经验。但是，和其他很多与爱丁顿同时代的作家读者（如弗吉尼亚·沃尔夫）一样，本雅明认为问题并不那么简单。[2]对他以及沃尔夫来说，科学解释让我们能够精确地呈现那隐秘的物质性“实在”，这种可能性与日常语言难以协调一致，而与此同时，科学解释日益获得了判断“何为真实”的特权与权威。爱丁顿的描述不是与日常经验无关的滑稽喜剧，相反，它引发了读者

1 A.S. Eddington (1928), *The Nature of the Physical World*, Cambridge: Cambridge University Press, p. 341.

2 关于沃尔夫对爱丁顿的理解，见 G. Beer (1995), “Eddington and the Idiom of Modernism”, in H. Krips, J.E. McGuire and T. Melia (eds) (1995), *Science, Reason, and Rhetorics*, Pittsburgh: University of Pittsburgh Press, pp. 295-316 and pp. 303-305。

本雅明的共鸣。长久以来，本雅明一直都在试图论证，人类经验不只是由人这种动物的感知与意识构造的非历史性产物，相反，经验自身也是历史化的，它由我们不断变化的呈现实在的方式所建构。因为这个原因，以爱丁顿的这种方式（虽为虚构，但以实验性、科学性的新发现为基础）去描写一个门槛，这反而有助于我们捕捉本雅明提出的“现代都市居住者的经验”。

本雅明对他所谓的“现代都市居住者”概念给出了非常精准的解释：“一方面，我说的是现代公民，他们知道自己被庞大的官僚机器所操控，这部机器的运转受当权者支配，这些当权者的面孔始终是模糊不清的，即便是对行政机构自身而言也是如此，更别提对他们所管控的人民而言了。另一方面，当我提到现代都市居住者的时候，我指的是与现代物理学家身处同一时代的普罗大众。”在较早的一篇研究卡夫卡的文章中（发表于 1934 年），本雅明就已经讨论过“庞大的官僚机器”；而在这封信里，爱丁顿的段落引发他探讨“与现代物理学家身处同一时代的普罗大众”。在一个有趣的转折处，本雅明指出，把这“最新的经验世界”传递给卡夫卡的——他显然不是一个现代物理学家，而是一个任职于保险公司的普通职员——是他所熟知的犹太教神秘主义传统或卡巴拉。本雅明自己有关这一传统的知识主要来自肖勒姆，从他们俩还是同学的时候起（第一次世界大战之前与战争期间），肖勒姆就开始了对于这个问题的长期研究。肖勒姆用托马斯 · 阿奎纳的用语把神秘经验的结构描述为 cognito dei experimentalis，即“有关神的经验知识”。[1]阿奎纳是在解释《诗篇》里的话:“品尝并看见神的至善。”神秘经验并非外在于知识，而是与之等同。不过，正如本雅明在这封信里关于历史性的论证所说的那样，在卡夫卡之前的许多世纪中，人们宣称的这种知识与经验之间的神秘的等同关系早已沦为一种或许永远不会实现的往昔，那一直被传承的只是对于它的史诗般的再现，直到“真理的一致性”的最终消失，就如本雅明在这封信里说到的那样：关于过去那些神秘经验的传说，在这个现代的、被科学地加以描述的世界面前，开始失去其合理性。在他1936年发表的文章《讲故事的人》（“The Storyteller”）中，本雅明就已经谈道，“讲故事”的衰落是一种信号，它表明我们丧失了传达生活经验的能力；而在这封信里，本雅明不只是像以往讲故事那样，把这种论断与新的信息语言联系起来，他还明确地将它与现代科学联系起来。在现代科学的结果面前，我们似乎再也不可能认为经验与知识具有潜在的同一性。爱丁顿的选段告诉我们的正是这一点：把生活经验与理论知识等同起来的想法是荒唐之言。

爱丁顿以宽慰的口吻断言，在这类生活经验与科学知识之间存在区别，并声称这种概念性的区别可以确保他将科学知识的语言运用于生活经验领域的做法，只不过是一出滑稽的喜剧。但对本雅明来说，这出喜剧混杂着悲剧；尽管有爱丁顿的断言，他还是同意卡夫卡的观点，主张这个段落所表

1 G. Scholem (1957), *Die jüdische Mystik in ihren Hauptströmungen*, Frankfurt am Main: Alfred Metzner Verlag, p. 4.

现的就是现代都市居住者的经验。他自己对于人类经验的历史化理解使他拒绝在科学知识和日常生活之间做出清晰的区分。多亏了卡夫卡和爱丁顿这样的人所展示的对现实的再现，如今，最关键的是，日常生活经验认识到了那条处于科学认知之物与日常遭遇之物之间的现代分界线。根据这一观点，那种对我们日常世界之偶然性的感知——卡夫卡和爱丁顿都以叙事的方式表达了这一点——也应该算作一种实际的经验，而不是一出滑稽的喜剧。“我们所面对的那种现实——它在理论上的缩影是现代物理学，在实践上的缩影是战争技术”，如果这种经验还只是局限在现实的理论层面，那么它作为一种历史性变化就会显得如此微妙，以至于对它的感知与表述只能是极为罕见的，需要卡夫卡那种聆听、“窃听”——神秘主义传统的蛛丝马迹的超凡能力才能做到。不过显然，对本雅明来说，在他从纳粹德国逃往巴黎的流亡时期，这种经验的悲剧性、大众性的方面，在未来遭遇战争技术的时候很快就会变得显而易见了。他清醒地预言道，“或许民众要等到他们即将被消灭的时候，才能初次经验到卡夫卡作为个体早已经验到的现实”。这个预言不是他的分析的终点，而是他真正付出深切关心的议题的开端：卡夫卡具有一种罕见的能力，即把弥漫在其生活中的种种张力化作各种故事，并严肃地对待这些故事的存在论意义。这些故事不可避免地变成“超越寓言的东西”，不仅反映出不断变化的历史现实，还抬起“凶猛的前爪”，对抗一切伪装成给定的、能够不被那全新的现实所染指的假象。根据本雅明，在卡夫卡的作品中，除了关于古老智慧的“谣言”（即被掩盖起来的一大堆陈旧知识），那业已衰败的“真理的连续性”的唯一残留物就是“愚蠢”了，长久以来，它被本雅明用来描述自己的生活特质。他发现，他与朋友们相互争论的那些意识形态立场——犹太复国主义和共产主义——都是远远不够可靠的；而在个人问题方面，一面是被他视为犹太传统之残余的身份认同，另一面是移民巴勒斯坦的计划，二者充斥着矛盾与虚伪。早在1931年的西柏林，在他的“创作花园”（production plant）里，他就已经把自己刻画成了一个绝望的愚人，就好像“一个遭遇海难的流浪汉，爬上快要倒塌的桅杆，漂泊于沉船之上。但在这里，他却有机会发出让自己得救的信号”。[1]

要不是本雅明的最后一段，我们或许会忍不住把1938年的这封信解读为黑暗时期的希望之兆。毕竟，本雅明没有选择把书信体所营造的亲密与热切的空间用来记述那些逐渐逼近的（既是对他个人，也是对人类整体而言的）灾难，而是用来讨论如何更加真确地呈现他自己以及他的同时代人所面对的现实，才能带来改观。然而，他最后对卡夫卡的引述却是：“存在无穷无尽的希望，但不是为我们而存在。”在最后几行中，他坚持指出，卡夫卡是个“失败的形象”，这让读者不免联想到本雅明对于自己的失败的论断以及他自己对此的热

1　Letter to Scholem, 17 April 1931, in G. Scholem (1981), *Walter Benjamn. The Story of a Friendship*, Philadelphia: Jew Publication Society, p. 233.

情强调。不同于卡夫卡“印上的问号”，本雅明把他的思绪拉回书信的体裁，并把他对肖勒姆最温暖的问候置于这些思绪的中心。

第十九章

“神坛上的卑鄙小人”

弗朗索瓦·特吕弗致让-吕克·戈达尔

(1973年5—6月)

让-吕克，[1]

你不需要读到这封信的末尾，我会在开头就告诉你它的根本观点：我不会协助制作你的电影。

其次，我把你寄给让-皮埃尔的信返还给你，我已经读过了，并认为它单纯地令人恶心。正是这封信让我觉得，是时候告诉你我的看法了，在我看来，你表现得像个卑鄙小人。

由于大玛丽的遭遇[2]，以及最近的工作，让-皮埃尔过去一段时间很艰难，正是考虑到这一点，我才认为，像你那样欺诈弱小的行为令人恶心；为了试图敲诈一笔钱，你竟恐吓一个比你小十五岁的年轻人，这个人在给你当主演时，你只付给他不到一百万法郎的片酬，而他演的那些影片带给你的收益却不止其片酬的三十倍，你的做法单纯地令人恶心。

让-皮埃尔在出演《四百击》（*The 400 Blows*）之后的确发生

1 选自 F.Truffaut, *Correspondance*, letters collected by G. Jacob and C. de Givray (1988), Renens: FOMA, 5 Continents. 经 Eva、Laura 和 Josephine Truffaut 友情许可，由 Ada Bronowski 翻译。

2 特吕弗在这里指的是发生在 1971 年的车祸，这场事故致使玛丽双腿残疾。玛丽·德迪欧（Marie Dedieu，1945—2011），法国女演员和女权主义者（特吕弗亲切地称呼她"大玛丽"），曾在特吕弗 1970 年的电影《床笫风云》（*Bed and Broud*, 特劳德·德·吉弗雷和贝尔南德·雷文编剧，Columbia Picrure 发行）中出演一个小角色，当时她正与让·皮埃尔·利奥德相处。她的人生悲剧并未就此结束，2011 年，她在索马里被人绑架并杀害，见 M.Thomas (2017), *L'Histoire de la Grande Marie*, Paris: Arléa。

了改变，但我可以告诉你，直到我看见《男性，女性》[1]中的他，我才第一次意识到，站在摄影机前会令他焦虑和不快。电影是好的，他在影片中的表现也是好的，但是第一幕，也就是在咖啡馆里的那一幕，对一个以朋友的身份看待他，而不是像昆虫学家一样观察他的人来说，是令人压抑的。

我从没有在让－皮埃尔面前反对你，因为他非常崇拜你，但是我知道你跟他说了很多有关我的闲言碎语，这就像是跟一个小孩说："所以，你爸仍然是一个酒鬼吗？"

让－皮埃尔不是唯一在这十四年里发生变化的人；如果我们把《筋疲力尽》和《一切安好》[2]放在同一个夜晚上映，后者那幻灭与焦虑的方面就会变得使人迷惑与伤感了。

我根本不关心你对《夜以继日》（*Day for Night*）的看法，但是，你竟会去看这样的电影，这真是可悲，因为你早就知道这种电影是个什么样，而且你也清楚它们既不符合你的电影理念，也不符合你的生活理念。难道让－爱德恩·哈利尔会写信告诉丹尼诺斯，他不同意对方最近出的书吗？[3]

1 《男性，女性》（*Masculin Feminin*）于 1966 年上映，由特吕弗编剧并导演，Columbia Film SA 发行。

2 戈达尔的《筋疲力尽》（*Breathless*）上映于 1966 年，该片由戈达尔编剧并导演，UGC/Films 在全球发行。《一切安好》（*All's Well*，法语原名为 *Tout Va Bien*）于 1972 年上映，由戈达尔编剧并导演，Gaumont Film Company 发行。

3 让-爱德恩·哈利尔（Jean-Edern Hallier, 1936—1997），能言善辩，是法国文坛上一个激进的人物和"密探"，一个评论家、作家。皮埃尔·丹尼诺斯（Pierre Daninos, 1913—2005），一个写有许多轻松诙谐小说的作家。

你的生活发生了改变，你的心灵也跟着变了，但是你仍然在电影院里浪费你生命中的宝贵时光，损伤你的双眼，这一切是为了什么呢？是想满足你对我们所有人的轻蔑，强化你那全新的自我确信？

现在轮到我告诉你，你是一个骗子。在《一切安好》的开头有人说道："要拍一部电影，需要有电影明星。"多假的话啊！人人都知道，是你坚持要用简·方达[1]这个正准备离开影视圈的演员，而你的投资人告诉你，你用任何演员都可以。至于你的那对明星夫妻，你对待他们的方式就像是克罗佐特[2]会做的那样："你们能和我一起工作已经足够幸运了，既然如此，给你们十分之一的薪水就可以了。"诸如此类。是的，卡尔米兹、伯纳德·保罗，[3]他们需要电影明星，而你不需要，你又在撒谎。随后我们就在报纸上读道：他"被迫"使用电影明星。关于你的新电影，又有另一个谎言：你没提到那笔你曾申请并最终得到的慷慨资助，这笔钱远超你所需要的，即便是（根据你厚颜无耻的指责）费拉里[4]把"留给你"的那部分花掉了，也足够你用的了。他以为他是谁——对吧？——这个吃我们面包的

1 简·方达（Jane Fonda），美国女演员，出生于1937年。

2 亨利-乔治·克罗佐特（Henri-George Clouzot, 1907—1977），法国电影导演、电影编剧，擅长惊悚类型。

3 马兰·卡尔米兹（Marin Karmitz, 1938— ），意大利电影导演、制作人、发行商，于1967年创办MK2 productions。伯纳德·保罗（Bernard Paul，1930—1980）曾制作一些具有对抗性的社会主义影片。

4 马尔科·费拉里（Marco Ferreri，1928—1997），意大利电影导演，1973年拍摄了堕落且具有煽动性的影片《饕餮大餐》（*La Grande Bouffe*，马尔科·费拉里和拉斐尔·阿斯科纳编剧）。

“意大利通心粉”、偷我们工作的移民，应该被戛纳除名！

你总是有把自己打扮成受害者的本领，像卡耶特、布瓦塞或米歇尔·德雷奇那样[1]——蓬皮杜的受害者，马赛琳的受害者，[2]审查制度的受害者，无情的电影发行商的受害者，而实际上你总是万无一失地为所欲为，最为重要的一点是，你总能保住一个单纯而坚定的形象，你希望维持这种形象，哪怕要为此牺牲掉那些无力为了保护自己而对抗你的人，比如贾妮娜·巴赞[3]。乔治·基曼[4]的节目播出的六个月后，她的两部电视节目被取消了，这是一场被巧妙推迟了的报复。基曼不可能谈论涉及政治的电影而不采访你，但是你选择扮演的角色——自始至终真的只是一个角色而已——是去维持你那颠覆性的形象；因此，你交给他的只是经过精挑细选、精心剪裁

1 安德烈·卡耶特（André Cayatte，1909—1990），法国电影导演，因其电影的政治正确性而遭到新浪潮的谴责，《电影手册》的评论家们将他的电影戏称为“主题影片”。伊夫·布瓦塞（Yves Boisset，1939—），法国电影导演，他的电影主要是关于历史上的司法不公。米歇尔·德雷奇（Michel Drach，1930—1990），主要拍摄情感电影的法国电影导演。

2 乔治·蓬皮杜（George Pompidou，1911—1974），1969—1974 年任法国总统。雷蒙德·马赛琳（Raymond Marcellin，1914—2004），1968—1974 年任内政大臣。

3 贾妮娜·巴赞（Janine Bazin，1923—2003），电视电影制作人，传奇电影评论家、特吕弗父亲一般的人物、新浪潮的精神导师安德烈·巴赞的妻子，后者在特吕弗开拍其第一部故事片《四百击》前不幸去世；特吕弗后来与他们一家人保持着密切的联系。

4 乔治·基曼（George Kiejman，1932— ），政治家、律师，专长于传播合法化和言论自由问题。贾妮娜·巴赞是电视节目 *Vive le Cinema* 其中一集的制片人，她邀请了基曼并准许他自由选择话题，但是这一集却被人诟病。

的一句格言。你递给他一句台词，你知道，要么你无须因此承担任何后果，而且你那犀利的俏皮话足以使人确信你还没有变得软弱，要么你的话太过分，但这样就更完美了，因为人人都会说：无论怎样，戈达尔都还坚守着自己的枪炮！诸如此类。

事情的发展如你所愿：这期节目被观众抨击，但你却安坐在自己的神坛上。没有人知道，你那小小的格言，只不过是你的另一个谎言。蓬皮杜或许会拿这个国家开玩笑，但是你却在《一切安好》这部注定会广泛流传的影片里，用迂回、讽刺和奚落这样的手段（这些对大众来说过于复杂）拿共产党和联盟开玩笑。

我之所以在《华氏 451 度》上映之后退出了论辩，是因为我一直在想办法帮助贾妮娜·巴赞，而绝不是为了支持你；这就是为什么那时候我一直没有给你回电话。[1]

发生了这些事，上个月贾妮娜又因为在拍摄时遭遇车祸而住院了，她的膝盖要进行手术（她要从十几岁开始就缺腿了，咳！咳！），如今她躺在医院，没钱没工作，当然，也没有任何来自戈达尔的消息，因为戈达尔只会为取悦拉萨姆[2]而时不时走下神坛。所以，我告诉你：你越是关爱大众，我就越是关爱让－皮埃尔·利奥德、贾妮娜·巴赞、帕特里西亚·芬娜莉（她也刚刚出院，而且她还得

1　为了支持贾妮娜·巴赞及其节目，1972 年 6 月在 2 台播放的 *Vive Le Cinema* 所遭受的审查，特吕弗拒绝上同台的另一档在 1972 年 6 月播放的节目 *Les Dossiers de l'Ecran*，这期节目的主题是思想自由，本来计划在 1966 年影片《华氏 451 度》上映后播放，这部电影的中心思想就是言论和思想自由。

2　让-皮埃尔·拉萨姆（Jean-Pierre Rassam，1941—1985），法国电影制片人。

去骚扰电影中心，因为他们亏欠她六个月的薪水），还有海伦·斯科特，[1]你在机场遇到她时连一声招呼都不打，为什么？是因为她是美国人，还是因为她是我的朋友？这就是卑鄙小人的行为。一个在BBC工作的女孩想请你在一档关于我的节目中讲一讲政治电影；我早就提醒过她你会说不，但你做得更狠，她甚至连一句话都没说完你就挂了她的电话！傲慢的举止，卑鄙小人的行径，与你答应前往日内瓦、伦敦或米兰后来却又不到场的行为一样，为什么呢？为了使人震惊、给人惊喜，就像辛纳特拉，就像白兰度，这都属于神坛上的卑鄙小人的行径。

就在（19）68年5月之后的一段时间里，没人听到过你的消息，只有一些神秘的流言：他在一座工厂里面工作，他创立了一个组织等类似的事。后来，在某个星期六，有一则电台广播消息说，你将在R.T.L.广播电台与莫诺德[2]对谈。我一直待在办公室听着收音机，某种程度上是为了获得你的消息；你的声音有些颤抖，听上去情绪激动，你宣布要拍摄一部名为《我的兄弟之死》（*The Death of My*

1 帕特里西亚·芬娜莉（Patricia Finaly），1963—1967年担任特吕弗的秘书。海伦·斯科特（Helen Scott，1915—1987），特吕弗其中一位密友，特吕弗很多书信都是写给她的。她是特吕弗通往英语世界的桥梁，协助特吕弗采访阿尔弗雷德·希区柯克，见F. Truffaut, with the collaboration of H.G.Scott (1985), *Hitchcock*, New York: Simon & Schuster。

2 雅克·莫诺德（Jacques Monod，1910—1970），法国生物化学家，于1965年获得诺贝尔医学奖。他还发表过一些哲学作品，特别是在生物哲学领域内探讨必然性与决定论；莫诺德也是戈达尔母亲这边的亲戚，同属莫诺德家族，见“Les Godards et Les Monods”, in A.De Baeque (2010), *Godard: Biographie*, Paris: Grasset。

Brother）的影片，讲述一个身患疾病的黑人工人的故事，他被发现死在了一家电视机工厂的地下室。就在我收听的时候，尽管你说话的声音颤抖不清，但我能明确地感到：（1）这个故事并不完全真实，你们一定在私底下动了手脚；（2）你绝不会制作这部电影。后来我又想，如果这个人有家人，而且他的家人将要怀着对这部电影终将完成的心愿度日，这可怎么办？这部电影既没有蒙当的角色，也没有简·方达的角色，[1]但是，在那一刻钟的时间里，你给人留下了"做正确的事"的印象，就像是向大众承诺满19岁即获得投票权的梅斯梅尔[2]。你是一个冒牌货，只会装腔作势，一直以来你都是如此，当你给戴高乐发电报慰问他的前列腺，当你在电话里说布朗贝热[3]是个肮脏的犹太人，当你说肖韦[4]贪污受贿（因为他是最后的、唯一的一个始终与你作对的人），当你把雷诺阿和维尼尔混为一谈，[5]

1 伊夫·蒙当（Yves Montand）和简·方达主演了1972年的影片《一切安好》。

2 皮埃尔·梅斯梅尔（Pierre Messmer，1916—2007），法国政治家，1972—1974年任蓬皮杜政府总理。18岁投票权（低于之前的21岁）在1974年被确立。

3 皮埃尔·布朗贝热（Pierre Braunberger，1905—1990），法国电影制片人，制作了很多新浪潮影片，还有一些20世纪60年代的短片，比如特吕弗1960年的《枪击钢琴师》（*Shoot the Piano Player*, 特吕弗和M. 莫西编剧，Les Film du carosse发行），再比如戈达尔1962年的《随心所欲》（*My Life to Live*，戈达尔担任编剧和导演，Panthéon Distribution发行），等等。

4 路易斯·肖韦（Louis Chauvet，1906—1981），法国电影评论家，主要给《费加罗报》写稿。

5 让·雷诺阿（Jean Renoir，1894—1979），法国电影导演，被新浪潮推崇为最伟大的法国电影导演之一。亨利·维尼尔（Henri Verneuil，1920—2002），法国电影导演，导演多部流行的大制作影片，遭到新浪潮的严厉批评。

不把他们当回事儿的时候，你都是在装腔作势。时至今日，当你声称要揭开电影的真相，揭露那些为此负责的人，以及声称自己离开万众瞩目的焦点之后如何收入过低的时候，你仍是在装腔作势。

但是，有好几次，当你让技术人员为你布好景，要么在车库，要么在商店，你总会到了现场然后说："我今天没有灵感，不拍了。"全体工作人员就不得不拆掉所有的东西。你有没有想过，工人们会因此感觉自己非常没用，特别不被重视？正如音响师在松林制片厂那空荡荡的观众席上等了白兰度一整天，但他始终没有出现。

我为什么要在今天，而不是在三年、五年或十年前，告诉你这一切？

六年来，我和其他人一样，眼看着你如何因为安娜[1]（或为了她）受苦，而你身上所有令人厌恶的地方，我们都原谅了，因为你在受苦。

我知道你曾为了勾引莉莲·德赖弗斯（大卫）而告诉她"弗朗索瓦不再爱你了，他现在爱上了出演他电影的玛丽·杜布瓦"，[2]我认为你这样做可悲但感人，是的，没错，让我们姑且这么说吧，感

1 安娜·卡丽娜（Anna Karina，1940— ），丹麦裔法国女演员，主演了许多戈达尔的电影，并曾在 1961—1965 年期间与戈达尔结为夫妻。

2 伊莲娜·德赖弗斯（Liliane Dreyfus, née David, 1937—2008），法国女演员，在 1959—1960 年左右与特吕弗分分合合，见 A.De Baecque and S.Toubiana (1999), *Truffaut: A Biography*, C. Termerson (tranl.), Berkeley: University of California Press, pp. 147-148。玛丽·杜布瓦（Marie Dubois，1937—2014），法国女演员，1960 年在特吕弗的影片《枪击钢琴师》中担任主演。

人！我知道你曾准备去见布朗贝热，跟他说：“本来要鲁什[1]拍摄的小品，要我来做吧，别找他了。”我觉得这真是……这么说吧，可怜。而当我要和你在香榭丽舍大道上散散步，你就会说：“我听说《贝伯特和火车》[2]表现不佳，这是他们活该。”我会说：“哎，拜托……”

我甚至在罗马与莫拉维亚[3]有过争执，因为他想请我制作《鄙视》。当时珍妮[4]和我在一块儿，为了展映《朱尔与吉姆》，而你最新的影片表现不是很好，因此莫拉维亚想在中途调换人马。

我还为了支持你与梅尔维尔[5]吵了一场，他无法原谅你帮他制作了《莱昂莫汉神父》，而且他正准备伤害你。正是在同一时期，你在羞辱让娜，要么是故意的，要么就是为了取悦安娜（类似影片《夏

1　让·鲁什（Jean Rouch，1917—2004），法国电影导演，他对非洲怀有终生的热情。他是纪实电影运动的先驱，创造了电影上的民族志－虚构类，模糊了纪录片风格和虚构的边界。

2　《贝伯特和火车》（*Bebert et l'Omnibus*）是1963年伊夫·罗伯特（Yevs Robert，1920—2002）导演的影片（F. Bpyer 编剧，La Guéville 发行）。

3　阿尔伯特·莫拉维亚（Alberto Moravia,1907—1990），意大利小说家、记者，于1954年创作小说《轻蔑》[*Contempt*, A.Davidson(trans.), 2004, NYRB Classics]。戈达尔后来在1963年将它拍成影片《轻蔑》，由米歇尔·皮寇利（Michel Piccoli）和碧姬·巴铎（Brigitte Bardot）主演，特吕弗编剧，Marceau-Cocinor/Interfilm/Embassy Pictures 发行。

4　珍妮·莫罗（Jeanne Moreau, 1928—2017），主演特吕弗1962年的影片《朱尔与吉姆》（*Jules and Jim*）。

5　让-皮埃尔·梅尔维尔（Jean-Pierre Melville，1928—2017），法国电影导演，在1961年创作影片《莱昂莫汉神父》（*Léon Morin, Priest*），梅尔维尔任编剧和导演，Lux Compagnie Cinématographique de France 发行。他曾友情出演戈达尔1960年的《筋疲力尽》。

娃》[1]中的情节），而且你竟不可理喻地试图敲诈玛丽－弗朗斯·皮西尔(关于何森,[2]或者是南斯拉夫,而且不止一次,又或者是关于“联盟”），等等。你让我把凯瑟琳·贝里罗[3]介绍给你出演《枪手》，但后来你像《大独裁者》里卓别林对待秘书那般责骂她（这个比喻并非来自我）。我列举以上所有这些事是为了提醒你，你可别忘了你电影里讲的那些关于影视行业和性的真相。现在，你可以不再拍摄X……女士的裙底以及安妮·维亚泽姆斯基[4]贴在窗户上的纤纤玉手，而是反其道而行之了，既然你意识到男人们人人平等，女人们也是，而女演员也是。《星期天》[5]里X……的每一个镜头都是对老

1 《夏娃》（*Eva*）是约瑟夫·罗西（Josephy Losey）1962年的影片，H.Bulter和E.Jone编剧，Times Film Corporation发行。

2 玛丽-弗朗斯·皮西尔（Marie-France Pisier，1944—2011），法国女演员，在特吕弗的多内尔系列中饰演柯莱特，1965年左右与导演和制片人罗伯特·何森（Rorber Hossein，1927— ）交往。她曾在20世纪60—70年代参与有关女性权利的政治活动，并在1973—1979年嫁给乔治·基曼。见n.13。

3 凯瑟琳·贝里罗（Catherine Rebeiro，1941— ），歌手、作曲人，主演戈达尔的《枪手》（1963），这部电影由戈达尔、J.Gruault和R.Rossellini改编自B.Jopollo的同名戏剧。

4 安妮·维亚泽姆斯基（Anne Wiazemsky，1947—2017），女演员、作家，在罗伯特·布列松（Robert Bresson）1966年的影片《驴子巴特萨》（*Au Hasard Balthazar*）中的初次亮相引发了轰动。这部影片由罗伯特·布列松担任编剧和导演，Cinema Ventures发行。她曾在20世纪60年代末期和20世纪70年代初与戈达尔有过一段浪漫的关系，1962—1967年多次担任其电影的主角。

5 《星期天》（*The Weekend*）是一部暗黑的政治－无政府主义喜剧，由戈达尔于1967年创作，米蕾叶·达尔克（Mireille Darc）和让·雅南（Jean Yanne）主演（戈达尔导演，Athos Films发行）。

男孩们的挑逗：这个小婊子想跟我拍电影，看我怎么对待她。有些女人是婊子，有些女人则充满诗意。

我今天跟你讲述这一切，是因为你变得太多了，你看你那装腔作势的做派，你言语中流露出来的仇恨使它显得更为恶劣了；不过，早在读到你写给让－皮埃尔·利奥德的信之前，我就应该想到这一点。如果你封上信封，我或许就会直接把它交给他了，而我肯定会后悔那样做——或许你就是在留给我机会，让我不把信交给他……？

如今，你强大了，你注定强大，你不再是那个痛苦的爱人；与所有人一样，你喜欢自己胜过喜欢其他人，而且你知道你更喜欢你自己；你知道生活的真相、政治的真相、积极分子的真相、爱的真相，这一切对你来说格外清晰，任何思想和你不同的人都是糟糕透顶的混蛋，哪怕你 6 月说的话和你 4 月说的话都不同。我们现在身处 1973 年，而你的威名毫发无损，这意味着，当你走进办公室时，人们要看你的脸色来判断你是不是好心情，要不然他们最好还是离你远一点；有时候你赐给他们大笑或微笑；你用名字替代了正式的称呼，但是盛气凌人的语调始终不变，动用侮辱和恐吓对你来说轻而易举（这是你反向谄媚的方式）。我的意思是，我一点都不担心你，巴黎有足够多的富二代，他们对 18 岁就拥有自己的首辆汽车心怀愧疚，但他们乐于赎罪，因为他们可以说：“确实如此，但我正在成为下一个戈达尔。”

你（19）68 年年底给我写信，找我要八千到九千法郎，虽然我根本不欠你这笔钱（连杜萨特[1]都惊呆了！），你补充道："不管怎样，我们之间没别的话可说了。"我按照字面意思悉数接受了。我给你寄了钱。除两次例外地心软了之外（一次是为了我自己不幸的爱情，一次是因为你躺在医院里[2]），当我看到《东风》[3]中"如何制作莫洛托夫燃烧瓶"这一幕，而一年以后你又在他们请求我们（与萨特一起）上街分发《人民事业报》（*Cause de Peuple*）时临阵脱逃，自此之后，我对你，除了鄙视，没别的感觉……

人人平等的观念对你来说只是理论，而不是你的真情实感，这就是为什么你没有能力爱任何人，也没有能力帮任何人，除了扔一些现金在桌子上。有人——卡瓦纳[4]或是别的什么人曾说："我们应该对金钱不屑一顾，尤其是零钱。"我绝不会忘记你是如何清除你的钢镚、把它们随便丢在餐厅卡座上的。不像你，我在公共场合从不说一句有关你的负面言论，一方面是因为人们总是为了一些愚蠢的原因攻击你，"偏离重点"，没有切中真正的问题；另一方面在于，我一直讨厌这种事情：作家们或画家们公开吵架，而报纸则在一边

1 菲利普·杜萨特（Fillipe dussant，1928—2013），法国电影制片人，合作过很多新浪潮导演。

2 1971 年 6 月，戈达尔遭遇车祸，这使他昏迷了一周，随后还经历了大量的手术。

3 《东风》（*Wind from the East*，法语原名为 *La Vent d' Est*），是由吉加·维尔托夫小组（Dziga Vertov Group）于 1969 年参与制作的影片，让－吕克·戈达尔是这家公司未被记录的创始人之一。这部影片的剧本由赛尔齐奥·巴齐尼、丹尼尔·孔－本迪和让－吕克·戈达尔一同创作。

4 弗朗索瓦·卡瓦纳（François Cvanna,1923—2014），法国记者、小说家、漫画家，讽刺杂志《查理周刊》（*Charlie Hebdo*）的创办人之一。

模棱两可地计算着比分胜负；还有一个原因，我一直感觉你又爱吃醋又好嫉妒，哪怕是在你境况很好的时候——你好胜心太强，而我没有，或者说几乎没有一点儿好胜心——但是，就我来说，我崇拜你，你知道我很容易崇拜别人，我希望我们还能做回朋友，因为我曾对卡莱尔·费舍讲述过你我的关系如何在我从军后和你出访牙买加后发生了变化，而你听到后很难过。我一般不会对事物下定论，因为我通常不确定与我对立的观点是不是也可能是对的，但如果我断言你是个卑鄙小人，这是因为，看到贾妮娜·巴赞躺在医院，或者看到你写给让－皮埃尔的信，我真的再没有任何理由去怀疑这个定论了。我没有发疯。我不是说贾妮娜住院是因为你；但是她在电视行业工作十年后遭遇失业，这与你有直接的关系，但你却毫不在乎。你喜欢搞一些花里胡哨的活动，说大话，你骄傲自大，自恃不凡，到了 1973 年，你仍然安坐在你的神坛上，不关心他人，不愿意花一点点时间单纯地帮助别人摆脱困境。在你对大众的兴趣和你的自恋之外，不存在任何事、任何人。从苏珊·桑塔格到贝托鲁奇，再有理查德·罗德、阿兰·朱弗罗、布尔塞耶、库尔诺，[1]除了这些旧世界的高雅贵族，谁还会不论你做什么都把你当成个天才？就算你表现得不受虚荣心影响，也正是因为这些人的存在，你才开始滑稽地模仿这个世界的好人和伟人：德·戴高乐，安德烈·马尔罗（André Malraux），克罗佐特，朗格鲁瓦[2]。你一直在保持神秘主义，那黑暗而不可见的一面，喜怒无常（就像斯科特会说的那样），让所有在你身边的人臣服于你。你需要扮演一个角色，你需要那个角色是有威望的。在我的印象里，真正的政治反抗分子就像是清洁女佣，她们凭靠自己的双手做着费力不讨好的工作，日复一日，必然如此。但是你，你更像是乌尔苏拉·安德烈斯[3]，一段四分钟的出镜，一些

1 苏珊·桑塔格（Susan Sontag，1933—2004），美国作家、评论家、人权活动家。贝尔南多·贝托鲁奇（Bernando Bertolucci，1941—2018），意大利电影导演，其电影常常处理20世纪的大型政治斗争。理查德·罗德（Richard Roud，1929—1989），常驻纽约的电影评论家，于1963年创立纽约电影节，将新浪潮引进了美国。阿兰·朱弗罗（Alain Jouffroy,1928—2015），深受超现实主义影响的法国诗人、作家、艺术评论家，还是 *La Poésie de la Beat Generation*（Paris: Denoë, in 1965）的编辑，将“垮掉的一代”作家引进法国。安东尼·布尔塞耶（Antonie Bourseiller, 1930—2013），法国演员、戏剧导演，战后法国戏剧史的核心人物。米歇尔·库尔诺（Michel Cornot，1922—2007），《法国世界报》（*Le Monde*）的电影和戏剧评论家，在1968年曾导演影片《忧郁的高卢人》（*Les Gauloises Bleues*）。

2 亨利·朗格鲁瓦（Henri Langlois，1914—1977），法国巴黎电影中心的创办人、导演。

3 乌尔苏拉·安德烈斯（Ursula Andress），女演员和模特，在那个年代声名鼎盛，前任“邦德女郎”，出演了1962年由泰勒斯·杨导演，里查德·麦鲍姆、约翰纳·哈伍德和伯克利·马瑟编剧，在美国发行的电影《诺博士》（*Dr No*）。

快闪镜头，两三句适时蹦出来的俏皮话，然后你就突然消失，回到你自我营造的神秘感中。与你完全对立的，是那些谦逊的人，从巴赞到埃德蒙德·梅尔，再到萨特、布努埃尔（Buñuel）、格诺（Queneau），孟戴斯·弗朗斯（Mendès France）、侯麦、奥迪贝蒂（Audiberti）——他们会向别人问好，会帮别人填社会保障表，会回别人的信；这些人的共同点是，他们都很容易忘记他们自己。总而言之，他们更关注他们在做些什么，而不是他们是谁、他们表现得怎样。

既然写下来的也可以说出来，那这就是为什么我要像你一样结尾：如果你想跟我谈谈，我没意见。

弗朗索瓦

"如果我像你一样没能恪守按立之时的诺言，那我宁愿原因是我爱上了一个女人，而不是你所谓的理智进步。"

——《乡村牧师日记》[1]

1 来自罗伯特·布列松 1950 年的影片《乡村牧师日记》（*Diary of a Country Priest*），布列松编剧并导演，Brandon Films Inc. 发行。影片基于乔治·博南努斯（George Bernanos）1934 年的同名小说。这是电影主人公牧师在影片最后见到曾经的神学院老友时说的话。

Antoine de Baecque

弗朗索瓦·特吕弗（François Truffaut，1932—1984）与让－吕克·戈达尔（Jean-Luc Godard，1930—2022）于 1949 年相识。他们会去相同的电影院，出入相同的电影俱乐部，与同一批叛逆的电影爱好者往来。那时，戈达尔 19 岁，特吕弗比他小两岁。一种自发的青年友情在二人之间发生，尽管他们有着截然不同的成长背景。戈达尔可以说出生在庄园里，他的父亲在瑞士一家位于莱芒湖畔的私人诊所里行医。戈达尔成长于一个大家族，有着优渥的物质条件，被文化和艺术所包围。他的母亲属于莫诺德家族，一个久负盛名的新教知识分子家族，而她所属的血脉分支诞生了很多银行家，其父于连·莫诺德（Julien Monod），也就是戈达尔的外祖父，是巴黎－荷兰银行的创始人之一。年轻的戈达尔很快便背叛了他的家庭：他前往巴黎，选择电影，放弃学业，还经常盗取家中的财产。他决定掌握自己的生活，反抗家族意愿。与戈达尔相反，弗朗索瓦·特吕弗是一个自学成才的人：阅读和观赏电影是他的生活支柱。特吕弗来自下层，是一个街头男孩，成长于巴黎第九区殉道者街；他的童年生活比较艰辛——是一个不受人待见的私生子。他很早就离开了学校，打了很多零工，但始终热衷于去电影院。青年时期他曾组建一个电影俱乐部（他把它戏称为他的“影迷圈”），但他不得不偷钱来抵偿这个俱乐部所产生的欠款；结果，他的养父把他交给了警察。[1]他被捕并被送往为未成年罪犯开办的少改所。后来，他应征入伍，却又因擅离部队而再一次被捕入狱。剧作家和诗人让·日奈（Jean Genet）正是在这一时期（1950 年）认识了特吕弗，并为他写下了这些话："我亲爱的弗朗索瓦，我这样说你可别生气，看到你，我感觉自己在某种幻觉中看见了我自己——19 岁时的我。我希望，在将来很长一段时间里，你都能保持深沉的面容，以及那单纯又略显悲伤的自我表达方式。"[2]

二人在很多方面都截然对立，却因那个年代席卷一切的热情——"迷影"而走到一起。成为一个影迷，一个电影的狂热爱好者，就意味着爱上放映厅的黑暗，爱上带着些许地下组织的秘密走进阴影王国的感觉。那是某种形式的对抗：对抗权威，对抗成人，对抗一切一本正经之人的虚伪。肩并肩坐在荧幕前，真实的生活便开始了。他们观赏了成百上千部美国和意大利电影，偶尔也看几部法国电影。他们还共同效力于《电影手册》（*Cahiers du Cinema*），这是一本电影杂志，新一代影迷在其中学习如何进行电影评论。这些影迷很快就以"青年土耳其人"或"希区柯克－霍克斯主义者"的名义为大众所知，以纪念他们对阿尔弗雷德·希区柯克（Alfred Hitchcock）和霍华德·霍克

1 关于"影迷俱乐部"（*"Cercle Cinémane"*, or "Cinemaniac Circle"），见 A. De Baecque and S. Toubiana (1999), *Truffaut: A Biography*, C. Termerson (trans.), Berkeley: University of California Press, pp. 36-39。

2 关于特吕弗与日奈的关系，见 A. De Baeque and S. Toubiana, *ibid.*, pp. 60-62。

斯（Howard Hawks）这两位美国电影大师的热爱。埃里克·侯麦（Eric Rohmer）是这个团体的领导人，他带领雅克·李维特（Jacques Rivette）和克洛德·沙布罗尔（Claude Chabrol）加入其中，再后来戈达尔与特吕弗这对搭档也加入进来。[1]

这对搭档对于电影的好坏有相同的品味和观念。他们崇拜相同的大师，还一起制作了一部短片《水的故事》（*A Story of Water*），由特吕弗导演、戈达尔撰写对话并负责剪辑。[2] 他们爱上相同的女孩，并光顾相同的妓院。年轻的那一位凭借《四百击》成为电影导演并在 1959 年的戛纳电影节上大获全胜，然后，他自然而然地帮助他的朋友进军长篇电影的制作，并送给后者一份三页长的电影大纲，这就是 1960 年由戈达尔编剧并导演的电影《筋疲力尽》。

二人首部电影的成功开启了他们作为电影导演的事业，但也标志着他们之间“迷影”友谊的终结，而后来他们都后悔有过这段友谊。自此之后，二人互相孤立，独自创作电影，但他们常常使用相同的男女演员、技术人员和制片人，比如摄影师拉乌尔·库塔尔（Raoul Coutard）和新浪潮的当红演员让 - 皮埃尔·利奥德（Jean-Pierre Léaud）。根据当时的书信往来可以判断，戈达尔非常怀念这份友谊，希望竭尽全力将它维持下去，

1 安德鲁·巴赞（André Bazin）对手册为新批评提供的舞台所做的特别感谢，见 A. Bazin, “Comment peut-on être Hitchocko-Hawksien?”, in *Chahiers du Cinema* (1955) 44, February: 17-18。

2 *Historire d'Eau* 是一部创作于 1958 年的电影短片，由弗朗索瓦·特吕弗和让 - 吕克·戈达尔编剧并导演。

尽管生活和工作的方方面面已经令这件事变得不可能。这从戈达尔写给特吕弗的两封信可见一斑。"亲爱的弗朗西斯科，"他于 1962 年写道，"我也感觉自己完全迷失了。我正在一片陌生地带漫无目的地徘徊。我感到有个非常美丽的事物萦绕在我的周围。但是每当我想要捕捉它，告诉库塔儿跟上去追拍，它就消失了。" 1961 年 12 月，他给特吕弗写道："我们再也不见对方了，这是愚蠢的。昨天我去片场拜访了克罗德（沙布罗尔），但我和他之间无话可说，真是太糟糕了。……我们都往前走了，孤独地走在各自的星球上；我们再也看不见对方的特写镜头了，像往常那样，现如今我们看到的只有对方的远景镜头。我们睡过的女孩只会让我们日渐疏远，而不能让我们更加接近彼此。这是不正常的。"[1]

可是，真正将这一对朋友分开的，是政治。在 1968 年 5 月左右，戈达尔参与到革命中，并开始制作具有对抗性的影片，而特吕弗则坚持制作从前那种电影，仿佛什么都没有改变。他们的决裂是粗暴的。

在看过特吕弗 1973 年的电影《夜以继日》后，戈达尔感到深恶痛绝。这部电影讲述了一系列发生在片场的故事，把制作电影的挑战和剧组人员之间错综复杂的情爱纠葛交织在一起。戈达尔在 1973 年 5 月底写信给特吕弗说：

1 这些书信被收录并评论在 A. De Baecque and S. Toubiana (n.1) at pp. 171-173。

看来不会有任何人会说你是个骗子了，所以由我来说。称某人是法西斯分子，这可不是一种侮辱，而是一种批判——对于你的电影，或者是沙布洛尔、费拉里、维尼尔、德拉努瓦、雷诺阿等人的电影，[1]我的抱怨在于你们制作的那种电影完全没有为批判留出空间。你说：一部电影就像是乘坐一趟夜班火车，但谁乘坐这趟列车？哪个阶级？又是谁一边驾驶这列车，一边还听着坐在身旁的决策层向他"告密"？他们也是制作列车电影的人。……你是个骗子，因为你和杰奎琳·比塞特（Jacqueline Bisset）那天晚上在法兰西斯（巴黎阿尔马广场附近的一个餐厅）的镜头没有出现在你的电影里，人们会疑惑，为什么导演是唯一一个没有在《夜以继日》中上演床戏的人。现在我要谈谈物质问题了。我需要五百万或一千万法郎来制作《一部简单的电影》。鉴于《夜以继日》

1 克劳德·沙布洛尔（Claude Chabrol，1930—2010），法国电影导演，法国新浪潮的成员。让·德拉努瓦（Jean Delannoy,1908—2008），法国电影导演，他的全盛时期处在 20 世纪 30 年代法国电影的"黄金年代"，特吕弗和新浪潮傲慢地称他为"法国品质"的代表，这是 20 世纪 50 年代以特吕弗为代表的先锋派对他的贬损，出现于特吕弗著名的抨击性文章《法国电影的一种趋势》（"Une Certaine Tendance du Cinema Français"），见 *Cahiers du Cinema* (1954), 31 January 1954。诸如 F. Truffaut (1975), "Jean Renoir", in *Les Films de Ma Vie*, Paris: Flammarion, pp. 53-67，对让·雷诺阿这样写道："这不是经过民意调查的结果，而是一种个人感受——让·雷诺阿是世界上最伟大的导演。"戈达尔也在信中反复提到这些让他和他的追随者——新浪潮的批评者们竭尽所能进行区分和比较的导演。

这部电影的存在，你应该帮助我，这样观众就不会以为这年头只有你拍的那种电影。如果你想跟我谈谈，我没意见。[1]

几天之后，特吕弗回信给戈达尔，这封长达二十多页的手写信用语极为粗暴。特吕弗并不认为戈达尔有资格对自己进行道德训诫，他的言行已经太过分了。他将这位前友人的攻击言辞和立场姿态统统撕开，无一遗漏。他也借此揭露了所谓的激进立场在政治和道德上的虚伪与自大。他从二人各自与让－皮埃尔·利奥德的关系入手。两个人都在他们的电影里使用这位演员。特吕弗在《四百击》中挖掘并“创造”了利奥德－多内尔（Léaud-Doniel）。这个角色凭借着广为人知的多内尔系列电影而得以发展，这些影片讲述了由利奥德扮演的安托万·多

1 节选自戈达尔致特吕弗的信，1973 年 5 月，见 F. Truffaut, *Correspondance*, G. Jacob and C. De Givary (eds) (1988), Renens: Foma, 5 continents, pp. 479-480。

内尔这个角色的生命历程。[1]特吕弗痛斥戈达尔在利奥德格外脆弱的时期侮辱了他。戈达尔曾给这位演员写信，指责他主演《夜以继日》和其他被他称为“资本主义者”拍摄的电影，还指责他向大众需求和品位屈服。与他写给特吕弗的信没有两样，戈达尔也在写给利奥德的信的结尾处向他要钱。“我把你寄给让－皮埃尔的信返还给你，”特吕弗写道，“我已经读过了，并认为它单纯地令人恶心。正是这封信让我觉得，是时候告诉你我的看法了，在我看来，你表现得像个卑鄙小人。”

从这严厉的谴责中，从特吕弗扣在戈达尔头上的“恶心”中，我们很难听不见戈达尔首部电影《筋疲力尽》最后那段著名对话的回音。由让－保罗·贝尔蒙多（Jean-Paul Belmondo）扮演的主人公米歇尔·波伊卡德被击中倒地后，真的是筋疲力尽地对由让·茜宝（Jean Seberg）扮演的帕特里夏（她向警察出卖了米歇尔）说出了他的临终遗言：“这真恶心。”帕特里夏问“他

1 安托万·多内尔（Antoine Doinel）这个虚构角色由让-皮埃尔·利奥德扮演，是戈达尔导演的系列影片里的主人公，这些影片分别是1959年的《四百击》（特吕弗与马赛尔·莫西编剧，Cocinor发行）、1962年的《安托万与科莱特》（*Antoine and Colette*，特吕弗编剧，20th Century Fox/Embassy发行）、1968年的《偷吻》（*Stolen Kisses*，特吕弗、特劳德·德·吉弗雷和贝尔南德·雷文编剧，Columbia Picrure发行），以及1979年的《爱情狂奔》（*Love on the Run*，特吕弗、玛丽-弗朗斯·皮西尔、让·安茹和苏珊娜·希夫曼编剧，AMLF/Gala发行）。按照特吕弗自己的说法，他与利奥德的关系“模糊不清又无处不在”，据他分析，利奥德就像是他的另一个自我，见 F. Truffaut (1970), “Préface” of *Les Aventures d' Antoine Doinel*, Paris : Mercure de Frence。

说什么”，一个警察回答她：“他说你真恶心。”帕特里夏回嘴道：“他说什么‘真恶心’？”[1]正是“这”和“你”[2]的含糊其辞赋予了这段对话以全部的辛辣与微妙，人类的境况、命运势不可挡的主宰、罪责与冷漠在这里汇聚成一场理解与不可理解的灾难，而正是这些令戈达尔——从他的首部电影至今——成为古往今来最伟大的电影剧作者和导演之一。

但是，当特吕弗在信中对戈达尔说，后者写给利奥德的信“单纯地令人恶心”的时候，他就把那种微妙的含糊其词完全粉碎掉了：在特吕弗这里，没有什么文字和语法游戏，不可能把罪责和恶行当成命运与不可避免的事情加以辩护，就像戈达尔在电影中让他的主人公米歇尔和帕特里夏声称的那样。并不是命运让一个人举止恶劣；而是戈达尔自己，他既然如此行事，那么他也应该为自己的行为负责。以这种方式，特吕弗揭开了戈达尔作为艺术家和知识分子的面纱，揭示出其人格的本质，他直截了当地向我们展示了戈达尔如何躲在一套虚伪的伦理背后，同时却向别人提供道德教导。特吕弗的这封信整个就是一

1 来自《筋疲力尽》。这段对话格外有名，应当将对话的原始法语摘录下来，见 J-L.Godard (1974), *A Bout de Souffle*, Nantes: Baland, Bibliothèque des Classiques du Cinema, pp. 189-191:
Michel : C'est vraiment dégueulasse.
Patricia : Qu'est-ce qu'il a dit?
Policeman : Il a dit que vous êtes vraiment 'une dégueulasse'.
Patricia : Qu'est-ce que c'est'dégueulasse' ?

2 英文原文是 the 'it' and the 'you'，译者按照中文习惯译为“这”和“你”。——译注

篇长长的论证，旨在向戈达尔表明，一个人的确要对自己的行为负有责任——这正是米歇尔和帕特里夏在《筋疲力尽》里试图逃避的——而戈达尔在现实生活中也应如此。

然而，关于特吕弗自己，却存在一个更为深刻的问题。这位导演终其一生都沉迷于那贯穿其全部影片与写作的问题——电影到底是不是比生活更重要。在《夜以继日》这部使他与戈达尔的友谊彻底崩塌的电影中，他让其中一个角色——由娜塔莉·贝伊（Natalie Baye）扮演的片场助手说："我可以为一部电影离开一个男人，但我绝不可能为一个男人而离开一部电影。"但这是助手说的话；由特吕弗自己扮演的导演在提到夜班列车（也就是戈达尔在信里激烈反对的比喻）时却说了完全不同的话。导演这个角色说道："真实的生活跌跌撞撞，而电影远比生活和谐；这里没有交通堵塞，没有停机时间，电影就像行驶在夜晚的列车。"特吕弗似乎是在承认，电影比生活更好，人们会想要逃进一部电影里，而生活却对我们提出其他的要求，事实上，生活令人无处可逃。因此，在写给戈达尔的信里，特吕弗也要面对那不停困扰他内心的问题，即生活与电影的取舍。[1]特吕弗揭露戈达尔并不坦诚地藏在他的电影背后，不是退居荧幕之后，而是作为一个虚伪的道德号令者躲藏，但与此同时，他也深陷于自己的道德困境，承认现实的重量压过

1 对这个主题的延伸，比如其与记者 Aline Desjardins 的谈话，可见 F. Truffaut (1996), *Entretiens avec Aline Desjardins*, Ramsay Poche Cinema, pp. 42-43。

了一个人想要逃进电影中的欲望。

特吕弗谴责戈达尔的骄傲自大与不屑一顾，抨击他那自我优越的口吻："把自己打扮成受害者的本领……蓬皮杜的受害者，马赛琳的受害者，审查制度的受害者，无情的电影发行商的受害者，而实际上你总是万无一失地为所欲为，最为重要的一点是，你总能保住一幅单纯而坚定的形象，你希望维持这种形象，哪怕要为此牺牲掉那些无力为了保护自己而对抗你的人。"在特吕弗眼中，戈达尔自我塑造的革命性、斗争性的艺术家形象掩藏不住他的虚伪和造作。"神坛上的卑鄙小人"，他如是称呼戈达尔。他一再重复这一粗暴的责骂，把"卑鄙小人的行为"当成主题贯穿书信始终，这与特吕弗那古典的、节制的一贯风格形成强烈的对比。特吕弗试图把戈达尔和他那根深蒂固的精英范儿与他的政治纯粹性对立起来。他回忆起自己是如何发现戈达尔是一个懦夫的。那是在1970年，他们与让－保罗·萨特（Jean-Paul Sartre）、西蒙·德·波伏娃（Simon de Beauvoir）、帕特里斯·谢罗（Patrice Chereau）以及其他众多知识分子和艺术家，一起走上街头售卖《人民事业报》，这是一份毛派报纸，曾因其煽动性和极端主义的观点而被禁止发行。特吕弗召集大家投身这项事业主要是出于崇拜萨特的道德正直、捍卫言论自由和出版自由，而不是为了忠诚于左翼立场。[1]但是戈达尔，这位自称忠实于左翼立场的人，却不见了踪影。"当

1 关于这段插曲，见 A. De Baecque and S. Toubiana (n.1) at pp. 277-288。

我看到《东风》中‘如何制作莫洛托夫燃烧瓶’这一幕，而一年以后你又在他们请求我们（与萨特一起）上街分发《人民事业报》时临阵脱逃，自此之后，我对你，除了鄙视，没别的感觉……”特吕弗于 1973 年写道，“人人平等的观念对你来说只是理论，而不是你的真情实感。”

最后，在历数完过去十年里中断二人友谊的种种卑微琐事之后，特吕弗告诉戈达尔，他就是一个操纵他人、以自我为中心的狂热分子：“你喜欢搞一些花里胡哨的活动，说大话，……到了 1973 年，你仍然安坐在你的神坛上，不关心他人，不愿意花一点点时间单纯地帮助别人摆脱困境。在你对大众的兴趣和你的自恋之外，不存在任何事、任何人。……在我的印象里，真正的政治反抗分子就像是清洁女佣，她们凭靠自己的双手做着费力不讨好的工作，日复一日，必然如此。但是你，你更像是乌尔苏拉·安德烈斯，一段四分钟的出镜，一些快闪镜头，两三句适时蹦出来的俏皮话，然后你就突然消失，回到你自我营造的神秘感中。”不要误以为特吕弗是在捍卫他自己真诚的政治立场，反对戈达尔“全是大话，没有行动”的轻浮姿态。特吕弗的攻击所表达的是一种更为微妙的道德立场，这种立场是他的电影作品作为一个整体的标志，并揭示出戈达尔作为一个从事政治的艺术家的自相矛盾。特吕弗向戈达尔证明，一个人实际上不可能既做一个艺术家，同时又在生活中践行其反中产阶级、反正统派的政治立场，因为这些革命立场的一部分意义正是在于揭露社会的人为造作。但电影本身就是一种人为造作，有关它的一切都是表演，包括对电影艺术的推广和评论。

特吕弗自己无意成为大众政治权利和人人平等的纯粹的捍卫者，但是我们能看出什么是他所重视的——“帮助一个人”，慢慢意识到一个清洁工日常琐碎的工作。因此，特吕弗所谴责的不仅是人性关怀的缺失，还有伪善，好像成为一个被神秘所笼罩的艺术家就足以实现戈达尔声称的要为之献出其艺术人格的政治抱负：他的那些具有煽动性的俏皮话，简短的公开亮相，还有他在特吕弗电影中对“真理”的寻求，都只是为他自己服务，而不为任何他声称要投身其中的高尚事业服务。这是一场深刻的批判，超越了他与戈达尔的私人恩怨，触及了问题的根本，即艺术表达与对真理的政治和哲学的诉求：谁的真理？哪一时刻？无论如何，戈达尔都是一个伟大的艺术家，特吕弗也是，尽管他们都讲述着不同类型的真理，但他们又都没有也都无法讲出真理本身，如果这样一种东西真的存在的话，而这也是特吕弗想说的。

最后，可能也是最为残忍的攻击，是特吕弗坚持认为《东风》这部戈达尔创作于1969年的革命影片在导演上是失败的、做作的：“你是一个冒牌货，只会装腔作势，一直以来你都是如此，当你给戴高乐发电报慰问他的前列腺，……当你说肖韦贪污受贿（因为他是最后的、唯一的一个始终与你作对的人），当你把雷诺阿和维尼尔混为一谈，不把他们当回事儿的时候，你都是在装腔作势。时至今日，当你声称要揭开电影的真相，揭露那些为此负责的人，以及声称自己离开万众瞩目的焦点之后如何收入过低的时候，你仍是在装腔作势。”戈达尔是如此确信他自己作为艺术家和左翼知识分子的优越地位，以至于他把自己放在一边，把其他所有人放在另一边，甚至将新浪潮评论家严厉抨击的商业电影导演亨利·维尼尔（Henry Verneuil）和被他们誉为最伟大的电影天才之一的让·雷诺阿相提并论。

特吕弗以戈达尔来信末尾的同一句话结束了他的信：“如果你想跟我谈谈，我没意见。”但他们不会再谈了，也不会再见面了——特吕弗于 1984 年 10 月早逝，终结了一切可能的和解。二人这一次的决裂已不可挽回了。

无论是戈达尔还是特吕弗都无法对下面这个严酷的事实视而不见，这是一个当时他们身边的人们都无法逃脱的事实，它常常让这些人不是与其中一个闹翻，就是跟另一个失和，有时甚至和他们俩都决裂。在当时的很多人看来，戈达尔的确是一个“卑鄙小人”。另一方面，特吕弗则被看作一个绝不会离开舒适圈的人，因而被视为一个攀附权势的人，一个极不情愿为了探索更自由和更大胆的表达方式而拿自己的事业去冒险的“中产阶级”。从写这封信的时候开始，这一对交往长达二十五年的朋友将不得不承受他们之间的道德和社会分裂。当然，这两种刻画——一个是冷漠的革命家，一个是中产阶级的妥协分子——都是错误的。但是这两幅漫画肖像为二人极为粗暴的决裂所强化，并从此改变了评论家和观众看待他们的电影的方式。

这份友谊和这次争吵折射出法国电影的生动历史。它们展现了何谓电影，并在更普遍的层面展现了何谓法国。全世界几乎所有的电影导演，以及许多电影观众，都要在某一个时刻决定他们在这份友谊和这次争吵中支持哪一方：特吕弗还是戈达尔？而这意味着：古典的还是现代的？马蒂斯还是毕加索？匠人还是艺术家？情节还是抽象？感性还是愤怒？

第二十章

舞蹈哲学

莫里斯·贝嘉致纳韦尔

(2000 年圣诞节)

感谢你的来信，[1]我回得很慢，请原谅，但你的问题实在太多啦！我的脑袋中一直在反复琢磨这些问题，但每个问题都在产生新的问题，然后它们自己又产生别的问题，无穷无尽，没有答案。能有任何答案吗？我们一直在生活里往前走，不知从何处会有一扇门突然出现在我们面前。为了寻找答案，寻找一个通道、一个出口，我们打开这扇门，但每扇门背后迎接我们的却是一个充满各种新门的走廊，我们必须继续前进，再选一扇门，走下去……或许，这正是活着的意义——追问。而唯一的答案，如此切近，却又似乎总是离我们很远，那就是死亡。

你看，原谅我，我远远地偏离了舞蹈……偏离了，但也没有偏离。舞蹈是我的生活，舞蹈每天早上都会向我提问，而我活得越久，知道得就越少。只有一点是我确定的：我必须继续生活。只有一点是我万分确信的：我必须劳作。

“不下一百次地试炼你的手艺！”[2]

啊，多么老旧的记忆啊！……但我喜欢这句话里的这两个词：“手艺”，“试炼”。

艺术是由工匠创造的；只是在后来，在很久以后，才出现艺术

1 取自 Maurice Béjart (2001), *Letters à un jeune danseur*, Arles : Actes Sub, Letter 1，经贝嘉基金会授权，由 Ada Bronowski 翻译。

2 这句著名的谚语来自 Nicolas Boileau, *Poetic Art*，1674 年首次出版。

家而破坏艺术的，几乎总是艺术家，无论如何，他们至少曲解了艺术最深层的内涵。以往，工匠从师傅那里慢慢地学习一门手艺，然后，通过建筑、绘画、雕刻、歌唱、写作的实践本身，他们再将自己的技术传授给某个学徒。

劳作！曾有人说（事实上很多人都这么说过）：天才等于百分之十的灵感加上百分之九十的汗水。没错，你很清楚这一点，这是一个共识。但我们不太能够在每天早饭前都对自己重复那些共识……在这个意义上，扶杆训练就是一个绝佳的共识。

手艺。细细想来，我的手艺是什么呢？

我曾在一本书第一段的开头写道："我是一个编舞家，因为我不会别的。"[1] 可事实上，我甚至不敢确信我就是一个编舞家……真相是，我很确定事实正好相反……首先，我对舞蹈编排本身不感兴趣（在同一本书里我也曾写道"在芭蕾中，最重要的不是编舞，而是舞者"）。

于我而言，最美妙的事情是，发现一个诠释者，然后进入这个诠释者的内部，扮演助产士的角色，将他或她自己一无所知但是深埋于他们之中的本质传递出来，帮助他们生育出舞蹈并让这舞蹈揭示出他们真实的个性……接下来，那些步骤，无论多么美丽或创新，都微不足道了！

在舞者停下后（在那本书里我还写道"创作一段舞蹈需要两个人，正如做爱需要两个人一样"，不过我这些迂腐的、冗余的自我

1 选自 M. Béjart (1979), *Un Instant Dans la Vie d'Autrui : Mémoires I*, Paris:Flammarion。

引述一定已经让你心烦了）……没错，舞者之后，就到观众了……哈！你一定在笑，现在是三个人了，现在需要三个人来创作舞蹈了！不是的，因为此时我走开了。我已经把我必须交出的东西交了出来，但是你，你自己还要与你的观众继续。当然我也爱他们，当我创造你的时候，当我建立你的时候，我都是爱他们的，只不过，现在轮到你来展示你所得到的了。

至于观众，我并不寻求成功。我热爱欢乐，我所热爱的表演不是“艺术品”，而是一场盛宴，一个事件，一次爆炸。是的，一场盛宴，这是正确的词，我的工作就是去组织一场场盛宴，我们如今格外需要它们，因为在当下的世界中，恒久的、节制的欢愉（感官的腹泻）已经扼杀了一次性的盛宴。

当你有了时间或有了机会，去看看传统的舞蹈吧……或者是它们的遗迹……你最好抓紧时间！

我毕生所学都来自西班牙、非洲、印度的舞蹈，等等。它们格外复杂，业余的人根本掌握不了，然而，妙就妙在，表演这些舞蹈的正是业余的人……不，应该说，他们都是“手艺人”（我喜欢“手艺人”这个词）。列奥波尔德·塞达·桑戈尔（Leopold Sedar Senghor）总统曾告诉我：“所有伟大的文明，在深层的意义上，都来自混种。纯种（正如蒸馏水）只会产生死亡。”

试着把其他舞蹈和你的舞蹈放在一起学习；扶杆只是手段，不是目的。

时间就这么过去了，现在我在这儿说着话，一会儿还要去排练；继续向我提问吧，因为这意味着你仍然在向你自己提问，也就意味着我们都活着，你和我。让我引用我父亲加斯顿·伯格的一句话来结束这封信……这句话并非与此无关：

“人类以为他们来自什么著名的高贵世系，但他们意识到他们可能顶多就是一些幸运的类人猿的后代；这就是为什么他们像那些自命不凡的新手一样，骄傲自大又忧心忡忡。”

回头见

祝好！

Ada Bronowski

莫里斯·贝嘉（Maurice Béjart，1927—2007）是20世纪最伟大的编舞家和舞蹈革新者之一。他也是一位伟大的人文主义者，一位20世纪的文艺复兴主义者，他还写过一部小说，名为《马蒂尔德或遗失的时间》（*Mathilde or Lost Time*），创作于1963年，小说故事基于作曲家理查德·瓦格纳（Richard Wagner）、一个已婚妇女和诗人马蒂尔德·韦森冬克（Mathilde Wesendock，1828—1902）之间的三角恋情——后来，贝嘉将这个故事改编成芭蕾舞剧《瓦格纳或爱的愚蠢》（*Wagner Ou l'Amour Fou*）。他还写了很多回忆录，里面处处都是他与20世纪最有影响力和最重要的艺术家与知识分子之间交往的轶事，从美国编舞家玛莎·葛兰姆（Martha Graham）到意大利电影导演费德里科·费里尼（Federico Fellini），再到演员和戏剧导演让-路易斯·巴劳特（Jean-Louis Barrault）、歌手兼编曲家芭芭拉（Barbara）、作曲家尼诺·罗塔（Nino Rota）和电影导演让-吕克·戈达尔。他的回忆录还对过去和现在都影响过他的许多作家和哲学家的文章进行了深刻而又极具洞见的评论与分析，如歌德、尼采、里尔克、莫里哀、波德莱尔或让·热内。他还在其著作《突然死亡：一部日记》（*La Mort Subite: Journal*

Intime）[1]中发明了一种新的文学体裁，即在自己和已故的父亲的私人日记片段之间建立一场对话。他自己的回忆录则为他从父亲的日记中获取的条目重建了背景，这些内容是他在父亲——哲学家加斯顿·伯格（Gaston Berger，1896—1960）逝世后发现的，他还在这场与死者的对话中添加了想象出的与母亲的对话，她早在贝嘉七岁的时候就去世了。

死亡总是站在贝嘉变幻莫测、充满好奇的内心世界的门口，我们向死亡张开双臂，但它总是从我们的指尖溜走——当然，直到有一天我们抓住它，或者它抓住了我们。贝嘉从根本上是一个舞蹈的创造者，对他而言，这指的就是关于舞蹈的思考者。胳膊伸展、手指张开是他的标志性动作之一，几乎出现在他所有的舞蹈作品中，其中最为著名的当属 1961 年根据莫里斯·拉维尔（Maurice Ravel）的同名音乐剧改编的《包列罗舞曲》（*Boléro*），这部作品被视作贝嘉的代表作之一，并经常在全球巡演。[2]在这部作品中，舞者们伸展的胳膊将舞台中央包围，表现出不可阻挡的力量，但也将人们的注意力引至上方那不可理解且带着不祥预兆的他者，在其他作品中，这个他者被更明确地表达为死亡的彼岸。贝嘉 1997 年的《为生命而芭蕾》（*Ballet for Life*）就是如此，这部作品是对英年早逝之人的沉重纪念，其致敬的直接对象是皇后乐队的创始人佛莱迪·摩克瑞

1 M. Béjart (1991), *La Mort Subite*, Paris:Librairie Séguier.

2 这部舞蹈作品曾被过去的四分之一世纪的很多最伟大的舞蹈家所演绎，有关作品的影像记录很容易在网上找到。

(Freddie Mercury）和贝嘉的头牌舞者乔治·唐（Jorge Donn），二人都于 45 岁死于艾滋病；这部芭蕾的背景音乐混合了皇后乐队与莫扎特，后者同样死于天赋先觉的英年。

贝嘉的作品是关于对话形式和对话可能性的持续性反思：与死亡、过去的自我以及观众的对话，编曲家与观众之间的对话，舞者身体之间的对话，舞者与舞池之间的对话。无论是在著作中——他还出版了一系列对话录，如和朋友进行的《交流》(*Conversations*）[1]——还是在他的电影里，[2] 或是在与日俱增的超过三百部的编舞作品中，贝嘉最关心的问题都是为人与人之间、不同的艺术形式之间、不同传统与不同时代之间的原创性对话创造条件。

在 20 世纪的文化知识领域，贝嘉的独特性在于，他的研究聚焦于让没有也不应该产生交流的事物发生交流。这样一种碰撞产生出某种张力，而这种张力又消解于某种形式的超越，也就是一种既不可重复也难以描述的特殊事件——表演。每一次表演都动用所有的艺术形式来组合成一部整体性的艺术作品，目的是创造出经验的唯一性。不过，贝嘉与瓦格纳不同，

1 与作家、艺术家和比利时政治家米歇尔·罗伯特（Michel Robert）的对话见 M. Béjart (2000), *Conversations avec Maurice Béjart*, Tournai : Paroles d'Aube-La Renaissance du Livre ; M.Robert (2006), *Ainsi Danse Zarathoustra*, Paris : Actes Sud ; M. Robert, (2009) *Maurice Béjart : Une Vie, (derniers entretiens)*, Bruxelles : Luc Pire。还有 René Zahnd (2000), *Maurice Béjar-L'esprit Danse*, Lausanne : Bibliothèque des Arts。

2 贝嘉的电影作品可见莫里斯·贝嘉基金会网站：www.maurice-bejart.ch/03_work_03.html。

作为整体艺术作品（*Gesamtkunstwerk*）的发明者与典范，瓦格纳相信，在一部作品中，将其他各种艺术形式整合起来、容纳进来的是音乐，而在贝嘉看来，是舞蹈。贝嘉一生都怀着对瓦格纳的崇拜之情，在一次访谈中，他称自己“生来就是一个瓦格纳主义者”。如上所言，他写过一部关于瓦格纳的小说，并用瓦格纳的音乐编排了大量舞蹈作品。[1]但是将重心从音乐转移到舞蹈上面，这完全改变了艺术作品之整体性的概念，当然也让舞蹈这个门类发生了翻天覆地的变化。

贝嘉是20世纪致力于崇高的思想家，他重启与重负和恐怖的斗争，博得20世纪现代性惊人的创新与潜力。他最伟大的发现是，舞蹈是一种能够吸收并表达这种全新崇高感的艺术形式——以及哲学形式；一方面，舞蹈解放了身体，另一方面在于，只有身体才能审视20世纪的复杂性，并对它进行表达。这一复杂性来自文化与思想经过好几个世纪积累下来的重负，以及必须对它们进行全面认知的必要性，因为我们无法不为这样做找出任何借口。贝嘉让我们清楚地认识到萨莫萨塔的琉善在公元2世纪对舞者角色所做的理论阐述（取自他的《论舞蹈》）：“（一个舞者）必须知道现在是什么，将来是什么，过

---

1 在1960年的拜鲁特音乐节上，瓦格纳携20世纪芭蕾舞团为瓦格纳的《汤豪森》（*Tannhäuser*）创作了酒神舞蹈，后于1990年柏林将它作为一部整体芭蕾舞作品献给《尼伯龙根的指环》，名为《环外之环》（*Ring Um den Ring*）。关于贝嘉与瓦格纳的关系，见M-F.Christout, *Maurice Béjart*, Paris: Editions Chiron/Association-Danse-Sorbonne, pp. 160-162。

去是什么，以至于没有什么能够逃过他那完美无缺的记忆……他必须无所不知。”[1]要想在20世纪无所不知，就要接受在身体获得自然之美的能力与悲惨的人类处境那难以名状的恐怖之间，存在着不可调和的碰撞。在贝嘉看来，崇高就是通过舞蹈来表达那种不可调和、不可言说的碰撞。这就是为什么，正如贝嘉在本章选取的书信中解释的，表演的独一无二和转瞬即逝对他来说是如此的重要。

贝嘉说，他的任务是创造一个不可重复的事件；他谈到创造一场“fête”，即“盛宴”，并把它定义为全部媒体所能提供的一切（他把这些描述为“感官的腹泻”）的反面。这与其说是在进行批判，不如说是在发起一份挑战的邀请，要在艺术品复制的时代进行创造，本雅明在1935年的《机器复制时代的艺术品》（*The Work of Art in the Age of Mechanical Reproduction*）中极为精准地刻画了这个时代的特性。[2]消费主义用来复制一件艺术品或一场演出的手段仅仅意味着，新的艺术必须克服那些圈套。从根本上讲，那些得到有效组织并急剧拓展视听范围的现代技术，只不过是抬高了艺术家游戏的层次而已。贝嘉于是赋予“盛宴”一词更为深刻的含义，它不仅是感官的经验，还能使我们在理智上清楚地认识到经验的唯一性。舞蹈就是能够产

1 Lucian, *Of Pantomime*, pp. 36-37, in *The Works of Lucian of Samosata*, H.W. Fowler and F.G. Fowler (Trans.) (1905), Oxford, (repr. by Forgotten Books in 2007), vol 2. 关于琉善，见本书第四章。

2 关于本雅明的更多阐述，见本书第八章。

生这种双重效果的艺术形式，通过它，舞台上的舞者就能够将心灵的具象性展现给现场的观众。

2000 年，一位名为奥克塔维奥 · 德拉罗萨（Octavio de la Roza）的阿根廷新舞者加入了贝嘉在瑞士创立的公司——洛桑贝嘉巴黎舞团（Béjart Ballet Lausanne），贝嘉早在几年前旅行南美期间就注意到了这位舞者。在让他成为公司的一位主要舞者之前，贝嘉先是邀请这位年轻的舞者进入自己的舞蹈学校——路德拉舞蹈学校（Ecole-Atelier Rudra）。于是，73 岁的贝嘉成为这位进步飞速但尚不成熟的舞者的导师与皮格马利翁，这位舞者的阿根廷出身似乎也使他想起了乔治·杜恩（Jorge Donn，1947—1992），后者是贝嘉生活和工作中的一个重要人物，曾于 1963 年加入贝嘉当时建立在布鲁塞尔的公司——20 世纪芭蕾舞团（Ballet du XXe Siècle），直到去世都从未离开。在德拉罗萨事业的黎明阶段，同时也是自己作为一位伟大大师生命的黄昏时期，贝嘉给一位年轻舞者写了一系列书信，他将它们献给一个叫“纳韦尔”（Nahuelt）的人。这是美洲原住民的名字，既是对德拉罗萨充满爱意的昵称，也回荡着他心目中另一个南美缪斯的声音，而在这两个人物之上，这个名字所命名的并不是一个真实的人，而是一个收信人的理念，象征着那些缺乏经验但是渴望学习的人。换句话说，它范式性地展开了一种发生在经验丰富的智者和学徒之间、充满信任与熟悉的不平等交流，这种交流再次体现了贝嘉所珍视的体裁——对话。贝嘉在这一系列通信的第一封信（也就是本章的内容）中谈到的正是这种对话形式，带着有些讽刺意味的怀旧之情，他呼唤着工匠与学徒之间的纽带，曾几何时，世上并无艺术家，而只有工匠。

如何传授知识？如何分享经验？贝嘉的《写给青年舞者的信》（*Letters to a Young Dancer*）既致敬了里尔克的《写给青年诗人的信》，对后者而言，寻找自己的声音与学习如何融入世界紧密相关（见本书第十七章），也呼应着一种传统的前提，这个传统始于古希腊的伊壁鸠鲁及其为哲学初学者的成长所提供的虚心的教导总结（见本书第一章），并经由塞涅卡写给后人的《道德书简》而得到充分阐发（见本书第二章）。但贝嘉重新设想了传承的问题，他认为这个问题不在于我们需要知道什么，而在于面对如此多需要学习的东西，我们该如何劳作。对他来说，书信变成了讨论舞蹈哲学的体裁。

贝嘉致纳韦尔的书信以一种苏格拉底式的声明开始：一个人越是寻找答案，就越发意识到自己什么都不知道。是舞蹈使他对知识产生了持续不断、难以熄灭的渴望，但也正是舞蹈让他不可能得到满足。对此的解答是，紧紧抓住那最基本的、人能够把握住的东西，而在舞蹈中，答案相对简单：它就是身体。抽象思维的工具，其自身也是抽象的——苏格拉底那著名而难解的“辩证法”就是如此。相比之下，舞蹈的优势就在于，其首要材料具有最强的可塑性。但不同之处也只是表面的：正如对苏格拉底来说，问题和解答就在于同一个工具，即语言，对编舞家来说也是如此，问题在身体当中，解答也要利用身体。因此，身体既是谜团之所在，也是使问题诞生的基本材料。

众所周知，苏格拉底将他的探求根植于一些简单的问题，以此来更好地颠覆习俗与自明的道理：形状是什么意思？难道不是所有人都想要善好的东西吗？正义是善好的吗？——这就是他提出的一些著名的“无辜”问题。编舞家同样如此，他诉诸有关身体的简单事物。舞蹈拥有一套流程和一种规范，这些是使它得以发展的核心条件。这个自明的道理，这个贝嘉口中的“共识／公共场所”，是自我推翻的吗？要想完成任何一件事，人们必须回到基础，从事看起来没什么启发性的日常劳作。在舞蹈中，这种劳作浓缩在日常的扶杆训练中。于是，贝嘉扭转了“共识”的概念，以真正的苏格拉底方式再现了这个词的字面意义：扶杆就是那个“公共场所”，一个所有舞者前往的共享之地，所有的劳作都围绕它而展开。[1] 抽象的共识——这个被人忘记的东西——开始变得具体。它成了一个场所——扶杆，以及一段时间——动作流程，身体这个最基本的材料借此得以被赋形和被塑造。

贝嘉说，对他而言，生活与舞蹈无异，要想理解这句话，除了作为艺术家为艺术献出身心的一句宣言，对他的艺术究竟有何意义，我们必须深入考察他对舞蹈创作所包含的劳作的分析。他说他不把自己当成一个编舞家，即一段特定的步骤序列，包含开头、中段、结尾的舞蹈片段的创造者，相反，他说自己的工作更像是舞蹈的助产士，这莫名地回荡着苏格拉底的思想。

1 英文 common-place 字面意义为“公共场所”，一般指“共识”，贝嘉利用这个单词实现了一语双关的效果。——译注苏格拉底使用反诘和苏格拉底式的反讽，帮助他的对话者在自身中寻找通达真理的方式，而贝嘉的助产术则在于透过舞蹈发现蕴藏在舞者自身中的存在，使他们获得更高的自我觉醒。

他幽默地写道，创作舞蹈就像是做爱，它需要两个人，若观众也加入进来，甚至会变得更加放荡。抛开玩笑不说，贝嘉在这里对舞者——以及他或她背后的编舞者——与观众建立的那种对话，提出了一种深刻的洞见：不同于凭借文字使所有人得以对作品达成共识的演出（歌剧、戏剧、以故事为基础的传统芭蕾），舞蹈所实现的沟通取决于每个观众那必然个体化和私人化的接受方式。我们每个人都被号召与舞蹈建立起一种私人关系，进而极大增强了事件的唯一性。而舞蹈的神奇之处就在于，它的确实现了某种沟通。

贝嘉通常的写作——特别是他写给纳韦尔那充满善意的书信——总是有一种轻松的口吻，充满插科打诨和玩笑，但与此同时，又对生活、艺术与舞蹈那几乎总是严肃的一面进行着深入的反思。他鼓励纳韦尔开放其心灵与舞蹈，拥抱不同传统中的一切舞蹈形式。因为智慧就存在于文化的交融。在另一封写给纳韦尔的信中，他说自己是“当代分子、后非洲主义者、伪古典派、日式极简主义者、阿根廷－现代主义者、民间－乡村派，以及印度－佩提帕主义者”。贝嘉不仅从不同文化中汲取了创作灵感，他还终其一生为之着迷：他定期前往印度学习“真正的瑜伽”和印度舞蹈，花时间在日本深化他的禅修功夫以及他对歌舞伎舞剧的热爱，培育自己的塞内加尔根底（他的曾祖母是塞内加尔人），与此同时他还在扩展关于古典舞的知识与练习，用他发明的新词“佩提帕主义”大力推崇马里乌斯·佩提帕（Marius Petitpa，1818—1910）。贝嘉常常用精彩的语言描绘他人，其中一例就是，他说自己的“同僚”佩提帕是“编舞界的梅里爱和格里菲斯”。[1]佩提帕与贝嘉一样生于马赛，但他最终经由布鲁塞尔而驻留在圣彼得堡，与塔可夫斯基合作创作了很多伟大的古典标准芭蕾。贝嘉带着兄弟般的情谊称呼佩提帕为“他的同僚”，这个称呼例证了他对一切实践、一切传统、一切艺术和文化在情感上与理智上的认同，贝嘉禁不住全心全意地拥抱这一切。

这种爱与好奇的能力，以及随之而来的人文主义，被贝嘉倾注在他写给年轻舞者的信里。他引用哲学家父亲加斯顿·伯格的话为这封信结尾，这句话讲述了人性的窘迫境遇：我们一方面认为我们知道，一方面又通过科学意识到，我们还需要学习所有的一切，我们的人性夹在这两方面中间备受折磨。这在本质上再现了苏格拉底的咒语：他知道自己一无所知，现如今这个咒语转变为一种科学的发现，“在科学的支持下”，它比以往更难被我们搁置不顾了。尽管贝嘉让问题保持开放性，但是他不经意间透露道：“这句话并非与此无关。”处理这种危机的一种方法是假装它不存在——这是对苏格拉底式警告的一

1 M. Béjart (1979), *Un Instant Dans la Vie d'Autrui*, Paris:Flammarion, p.192.（乔治·梅里爱是法国魔术师及电影制片人，电影艺术的先驱者。大卫·沃克·格里菲斯是美国电影大师。——译注）

种老旧的反应——但另一种方法是，打开我们的心灵，接纳一种包容开放的哲学，它融合所有文化的一切表达形式。舞蹈并非这种意识的伴随物，相反，它就是让这样的一种融合得以实际发生的场所。

撰写者简介

LIST OF CONTRIBUTORS

Delphine Antoine-Mahut, Professor of Early Modern Philosophy, École Normale of Lyon (original French text translated by A. Bronowski).

Ada Bronowski, Fellow in Philosophy, University of Strasbourg, Institute of Advanced Studies.

Alberto Camerotto, Associate Professor in Classics, University of Ca' Foscari, Venice. (original Italian text translated by A. Bronowski).

Luigi Capitano, Research Fellow, University of Palermo (original Italian text translated by A. Bronowski).

Máire Fedelma Cross, Professor of French Studies, University of Newcastle.

Antoine de Baecque, Professor of Film Studies, École Normale of Paris (original French text translated by A. Bronowski).

Stefano Evangelista, Associate Professor of English, Trinity College, University of Oxford.

Rick Anthony Furtak, Associate Professor of Philosophy, Colorado College.

Gweltaz Guyomarc'h, Associate Professor in Ancient Philosophy, University of Lyon III-Jean Moulin.

Katherine Harloe, Associate Professor of Classics, Reading University.

Daniela Helbig, Senior Lecturer in History and Philosophy of Science, University of Sydney.

Sarah Hutton, Professor of Philosophy, University of York.

Charlie Louth, Associate Professor of German, The Queen's College, Oxford University.

Dalia Nassar, Senior Lecturer in Philosophy, University of Sydney.

Nicholas J. Owen, Associate Professor of Politics, The Queen's College, Oxford University.

Marie-Frédérique Pellegrin, Professor of Philosophy, University of Lyon III-Jean Moulin (original French text translated by A. Bronowski).

Kelsey Rubin-Detlev, Assistant Professor of Slavic Languages and Literatures, University of Southern California.

Catriona Seth, Marshal Foch Professor of French Literature, All Souls College, University of Oxford.

Christelle Veillard, Associate Professor in Ancient Philosophy, University of Paris-Nanterre (original French text translated by A. Bronowski).

致 谢

ACKNOWLEDGEMENTS

The editor would like to thank the following publishers, editors and all owners of copyright for permission to use and translate the sources included in this book:

Lisa Shapiro and Chicago University Press for permission to reproduce Lisa Shapiro's translation of the letters of Descartes and Elisabeth of Bohemia.

The Library of Christ's College Cambridge and Oxford University Press for permission to reproduce the letter by Anne Conway to Henry More.

Oxford University Press for permission to use K. Rubin-Detlev's translation of Catherine the Great's letter to the Prince de Ligne.

Professor Stephane Michaud, owner of copyright for the letters of Flora Tristan in S. Michaud, (2003) *Flora Tristan, La Paria et son rêve*, with a preface by Mario Vargas Llosa, Paris: Presses Sorbonne Nouvelle, for permission to translate a letter from his edited corpus.

Mr Merlin Holland, owner of the copyright of the letters of Oscar Wilde, for the text and permission to reproduce an extract of Oscar Wilde's *De Profundis*.

Penguin Random House for permission to reproduce the translation of the letters of Walter Benjamin.

Eva, Laura and Josephine Truffaut for permission to translate a letter by François Truffaut.

The Fondation Béjart and Actes Sud editions for permission to translate a letter from Maurice Béjart's *Lettres à un Jeune Danseur*.

原文索引

INDEX

图书在版编目（CIP）数据

见信如晤：20封哲思书信 / (英) 艾达·布罗诺斯基编著；苏泓睿译. -- 北京：西苑出版社, 2022.10
ISBN 978-7-5151-0838-4

（陈斯一　审订）

Ⅰ.①见… Ⅱ.①艾… ②苏… Ⅲ.①书信集—世界 Ⅳ.①I16

中国版本图书馆CIP数据核字(2022)第156999号

见信如晤：20 封哲思书信

JIAN XIN RU WU:20 FENG ZHESI SHUXIN

[英] 艾达·布罗诺斯基（Ada Bronowski）编著　苏泓睿 译　陈斯一 审订

策划编辑	赵　晖
责任编辑	汪昊宇
装帧设计	黄　尧
责任印制	陈爱华
出版发行	西苑出版社 XIYUAN PUBLISHING HOUSE
地　　址	北京市朝阳区和平街11区37号楼　邮政编码：100013
电　　话	010-88636419
印　　刷	北京盛通印刷股份有限公司
开　　本	880mm×1230mm　1/32
字　　数	238千字
印　　张	12
版　　次	2022年10月第1版
印　　次	2022年10月第1次印刷
书　　号	ISBN 978-7-5151-0838-4
定　　价	69.80元

（图书如有缺漏页、错页、残破等质量问题，请与出版社联系）